Oliver

Kazuo

Carol

William

Edward

Isabel

Chinua

Reynolds

Jeanette W

Alice W

Amitav

E.L. Do

Louise

David G

Jane S

Harold

Jayne Anne

Carlos

Nicole

Martin

Jamaica

John R

작가라는 사람　2

엘리너 와크텔 지음 / 허진 옮김

xbooks

현재 세계에서 가장 뛰어난 작가 22인의
목소리 그리고 이야기

일러두기

1 이 책은 Eleanor Wachtel, *More Writers & Company*, Vintage Canada, 1996를 2권으로 분권해 완역한 것입니다.
2 외래어 표기는 원칙적으로 국립국어원의 〈외래어 표기법〉을 따랐습니다.
3 본문의 모든 주는 옮긴이의 것입니다.
4 본문에서 언급된 책들의 서지정보는 〈참고문헌〉에 있습니다. 찾아보기 쉽도록 본문에 언급된 순으로 정리했습니다.

들어가며

나는 책이 없는 집에서 자랐다. 하지만 내가 독서의 힘을 깨닫기까지는 오래 걸리지 않았다. 나는 긴 복도 끝 방을 언니와 함께 썼고 오빠는 중간 방을 썼다. 토요일 아침이면 복도 반대편 끝 부엌에서 엄마가 그만 일어나서 밖으로 나와 뭐든 하라고 소리를 질렀다. "잠깐만요." 우리는 이렇게 대답하고 책장을 넘겼다.

책은 도서관에서 빌리기도 하고 어느 해에는 초등학교 교실 뒤의 작은 책장에서 가져왔다. 우리 반에서는 독서 카드에 책 제목을 적고 한 번에 한 권씩 책을 빌릴 수 있었다. 나는 카드 앞, 뒷면을 전부 채우겠다고 결심했다. 1950년대에 몬트리올에서 자란 탓에 나의 독서는 마구잡이였고, 『이상한 나라의 앨리스』나 『곰돌이 푸는 아무도 못 말려』 같은 어린이 고전은 아예 건너뛰었다. 1920년대에 영국 맨 섬^{Isle of Man}에서 자란 비평가 프랭크 커모드 경은 최근 나에게 디킨스의 작품을 비롯한 "좋은" 책들을 만난 것은 순전히 우연이었다고, 곰돌이 푸의 친구

이요 이야기가 나오면 무슨 말인지 전혀 몰랐다고 말했다. 내가 바로 그랬다.

　내가 알았던 것은, 영국 책과 미국 책의 냄새가 다르다는 사실이었다. 접착제나 제본 방식 때문이었을 것이다. 영국 책에 나오는 아이들이 더 독립적이고 모험을 좋아하는 것 같았기 때문에 나는 영국 책 냄새를 좋아하게 되었다. 기억에 따르면 처음으로 혼자 읽었던 책은 순전히 묘사——단단하게 언 눈 위를 자박자박 걸어가는 곰이 우는 소리(얼마나 캐나다적인가)——밖에 없었지만, 사실 나는 이야기가 좋아서 책을 읽었다. 몇 년 후 제임스 서버와 에드거 앨런 포를, 그러니까 「침대가 떨어진 밤」과 「말스트룀에 휘말리다」를 만난 후에야 나는 알아볼 수 있는 작가와 목소리라는 것을 인식하게 되었다. 웃음과 공포. 각각의 이야기 양식은 무척 흥미롭고 무척 독특했다. 나는 생각했다. 누가 이 이야기를 썼지? 이런 이야기가 또 있을까? 그러다 보니 작가의 이름을 알아보기 시작했고 작가들이 어떤 삶을 살았는지, 어떤 생각을 했는지 궁금해지기 시작했다.

　어린 시절의 호기심과 어른이 되어서 하는 일에 단순한 상관관계가 있다고 생각하는 것은 아니다. 하지만 나에게 작가들과 대화를 나누면서 무엇을 찾으려고 하는지 묻는다면, 삶과 작품의 교차점으로 되돌아갈 수밖에 없다. 그렇다고 해서 작가의 삶에서 소설의 근원을 찾는다는 뜻은 아니다. 소설과 비슷한 경험을, 심지어는 단서를 찾는 것도 아니다. 오히려 작가의 열정을 엿보는 것에 더 가깝다. 무엇이 작품을 만들어 냈을까? 무엇이 삶에 영향을 주었을까?

이 책은 그러한 매혹의 결과이다. 우리의 삶과 마찬가지로 작가의 삶 역시 부모님과 형제자매, 연인, 자녀와의 관계에 의해 형성된다는 사실을 나는 오래전에 깨달았다. 그러나 내가 발견한 또 한 가지는 작가들의 가장 흔한 공통점, 가장 자주 나타나는 특징이 바로 주변성, 즉 이방인의 지위라는 사실이다. 그러한 위치에서 과거의 고통이나 외로움이 비롯되었거나 지금도 비롯되고 있을지 모르지만 작가들은 대부분 이방인이라는 지위를 소중하게 여긴다. 작가가 세상을 고찰하는 관점과 자격은 바로 그러한 위치에서 나오기 때문이다. 역설적이지만 우리는 바로 작가의 주변성 때문에 작가가 보여 주는 세상을 이해할 수 있다. 나는 캐나다에 기반을 둔 프로그램에서 아일랜드나 오스트레일리아, 아프리카, 서유럽 작가들을 인터뷰하면서 바로 그 작가들을 통해 그들이 사는 사회를 이해하게 되었다. 이러한 역설 ──작가는 주변인이라고 주장하지만 글을 통해 자기 문화의 정수를 우리에게 보여 줄 수 있다──은 많은 작가들의 삶에서 매우 중요하다.

이방인이라는 지위는 클리셰이기도 하다. 혼자 있기 좋아하는 사람, 나무에 올라가 책을 읽는 책벌레 꼬마. 하지만 작가는 곧 추방자라고 조심스럽게 일반화하자마자 예외가 수없이 떠오른다. 주변성의 본질은 작가에 따라서 다르지만 각각의 상황이 무척 다르고 무척 독창적이기 때문에 늘 흥미롭다. 겉으로 보기에 올리버 색스가 선택한 진로는 따뜻한 욕조에 들어가는 것처럼 편한 선택으로 보일 것이다. 색스는 의사 집안에서 태어나 옥스퍼드에서 공부했고 임상 신경학과 교수가 되었다. 그의 작품은 심원한 인간애와 환자에 대한 공감 능력이 특징이다. 그러나 색스 자신은 영원한 관찰자 같은 느낌이라고, "인간의 상황을 부러워하면서, 그러나 공감하면서 들여다보는 외부인" 같다고, "외국인 거주자" 같은 느낌이 든다고 말한다.

아일랜드인들은 망명에 능숙하다. 제임스 조이스와 새뮤얼 베케트, 에드나 오브라이언은 고국이 억압적이거나 갑갑했기 때문에 글을 쓰기 위해 떠나야 했다. 윌리엄 트레버는 스키버린이나 에니스코시로 돌아가면 너무 편안해서 글을 쓰지 못할 것이라고 말한다. 트레버는 불편하게 살아야 한다. 그는 작가란 날이 서 있어야 한다고, 바깥에서 안을 들여다보아야 한다고 말한다. "말하자면 그것이 규칙의 시작인 셈입니다." 트레버는 잉글랜드에서 30년을 살았지만 여전히 방문자일 뿐이라고 역설한다.

가즈오 이시구로는 다섯 살 때 일본에서 영국으로 건너왔다. 실제로 이방인인 이시구로는 자기가 자란 1960년대의 길드포드와 그의 선조들이 살았던 나가사키가 무척 비슷하다고 말한다. 예의와 예법을 강조하고, 감정을 잘 드러내지 않고, 둘 다 섬 문화이기 때문이다. 하지만 이시구로는 "어떤 거리감이 있었다"고 말한다. 그는 영국의 일본인 가정에서 자랐기 때문에 가치관이 보편적인 절대성이 아니라 장소와 민족, 관습에 따라 결정되는 사회적 구성물임을 알아볼 수 있었다. 이러한 거리감은 이시구로 소설의 특징이다.

에드워드 사이드, 아미타브 고시, 이사벨 아옌데, 루이스 어드리크, 자메이카 킨케이드처럼 지리적 경계와 변경에 대해서든, 제인 앤 필립스, 다비드 그로스만, 존 버거, 해럴드 블룸처럼 자기 내면의 경계에 대해서든, 사실상 이 책에 등장하는 모든 작가는 무언가의 바깥에서 살아가고 있다는 느낌이 든다고 말했다. 나는 이제 그런 이야기가 전혀 놀랍지 않다.

내가 예상하지 못했던 것은 작가들의 울림, 그들이 자연스럽게 이끌어나가는 진정한 "대화"였다. 니콜 브로사르와 E.L.닥터로는 작가로서 전혀 다르지만 글쓰기는 관습에 대한 도전이라는 같은 생각을 가지고 있었다. 루이스 어드리크, 앨리스 워커, 윌리엄 트레버는 육체적 고통을, 그리고 그것의 가치 혹은 무용함을 살펴본다. 카를로스 푸엔테스, 지넷 윈터슨, 다비드 그로스만과 아미타브 고시는 다른 사람의 시각과 의견에 얽매이지 않으려면 자신만의 현실과 역사 인식, 그리고 언어를 만들어 내는 것이 중요하다고 말한다. 루이스 어드리크와 제인 앤 필립스는 어머니가 되면 이전으로 돌아갈 수 없을 만큼 바뀐다고 설명한다. 제인 스마일리와 마틴 에이미스는 현대 소설에서 비극이 가능한지, 또 그렇다면 그 속성은 어떠한지 논한다. 해럴드 블룸과 에드워드 사이드는 고전 문학을 열정적으로 옹호하지만, 또한 사이드 자신과 자메이카 킨케이드, 치누아 아체베, 아미타브 고시, 카를로스 푸엔테스는 식민지 정복의 영향을 분석하고, 사이드의 표현에 따르면, 고전에 대한 "대위법적 목소리"를 제공한다. 작가들 사이의 대조는 무척 흥미롭다. 아체베와 사이드는 조지프 콘래드를 다르게 평가하고, 블룸과 닥터로 모두 자신에게 어울리지 않는 고등학교에서 자칭 부적응자였지만 의외로 신비평을 두고 맞선다.

작가들은 또한 변경에서 사람들에게 영감을 주고 삶을 긍정하는 수많은 이야기를 제공한다. 캐럴 실즈는 잊히거나 사라진 여자들의 삶을 되살리며 구원으로서의 글쓰기에 몰두한다. 치누아 아체베는 이제 투쟁과 이야기는 충분하다며 인내가 중요하다고 말한다. 레이놀즈 프라이스는 척추암으로 투병했지만 그 고통과 고뇌, 쇠약해지는 경험을 놓치고 싶지 않다고 말한다. 가즈오 이시구로는 삶이란 기본적인 욕구를 충족시키는 것 이상이 되어야 한다고, 차이를 만들어 내고 싶다고 말한다. 이러한 작가들의 이야기에서 우리는 작가들이 힘들게 깨달은 지혜를 엿볼 수 있다.

내가 어렸을 때는 아무도 책을 읽어주지 않았다. 하지만 삼촌이 가끔 언니와 나에게 이야기를 들려주곤 했다. 삼촌은 늘 커다란 회중시계를 꺼내 놓고 이야기를 시작했다. 삼촌의 이야기를 듣고 있으면 그의 목소리와 손짓과 삼촌 무릎에 놓인 시계 소리가 하나가 되었다. 목소리와 이야기. 나는 작가들과의 대화에서 바로 그것을 포착해서 이 책에 담으려고 노력했다. 보르헤스와 네루다의 작품을 번역한 앨러스테어 리드는 "목소리는 모든 존재의 가장 본질적이고 가장 오래 지속되는 화신일 것이다"라고 썼다. 여기 현재 세계에서 가장 뛰어난 작가 스물두 명의 목소리가, 그리고 이야기가 있다.

2권 contents

1권 contents

"시와 소설을 읽고, 철학을 읽고
비평을 하는 연습과 교육이 없었다면, 경험이 없었다면
글 쓰는 자신이, 작가로서의 제가 어떻게 구성되었을지
상상도 할 수 없습니다."

E. L. 닥터로

E. L. 닥터로

E. L. Doctorow

에드거 로렌스 닥터로는 콜롬비아 영화사의 각본을 검토하는 일부터 시작하여 뉴욕의 뉴아메리칸 라이브러리와 다이얼프레스 출판사에서 문학 편집자로 일했다. 하지만 현재 닥터로는 책장이 술술 넘어가는 인기 소설 집필에 35년째 전념하고 있다. 어느 평론가의 표현에 따르면 닥터로가 다루는 주제는 "미국 국민의 형성"이다.

『래그타임』은 20세기 초 미국이 배경이고 『룬 레이크』와 『세계 박람회』, 『빌리 배스게이트』는 1930년대가 배경이다. 또, 『다니엘 서』는 1950년대와 1960년대를 배경으로 삼는다. 닥터로는 모든 이야기를 역사적 맥락 속에 설정한 다음 실제와 같은 느낌을 더하기 위해서 종종 실제 인물을 소설에 등장시킨다. 예를 들어 『래그타임』에는 무정부주의자 에마 골드먼, 소설가 시어도어 드라이저, 지그문트 프로이트, 헨리 포드와 마술사 해리 후디니 같은 인물들이 닥터로가 만들어 낸 소설 속 가족의 삶에 등장한다. 또 『다니엘 서』에는 줄리어스와 에설 로젠버그 부부의 간첩 재판과 처형이 등장한다.

E. L. 닥터로는 1931년에 뉴욕 시에서 태어났고, "도시 낭만파"라고 할 수 있다. 그의 많은 소설이 뉴욕을 배경으로 할 뿐만 아니라 『급수탑』은 사실상 꿈결 같고, 분위기 있고, 위협적이고, 남북전쟁 참전 군인과 저널리스트, 천박한 정치가들이 가득한 1871년의 뉴욕 시가 주인공이다. 닥터로는 이렇게 말했다. "나는 이디스 워튼이 빼놓은 모든 사람들에 대해서 쓰고 있음을 깨달았다."

닥터로는 장난기가 많고 요리조리 잘 빠져나간다. 소설의 아이디어를 어디에서 얻느냐고 묻자 그는 『래그타임』의 경우 뉴로쉘의 집에서 벽을 물끄러미 바라보다가 "나는 1906년에 지은 집에 산다"라는 문장이 떠올라서 쓰기 시작했다고 대답했다. 책에서는 이 문장이 빠지긴 했지만 그 문장으로 시작했다고 말이다.

인터뷰에 익숙한 닥터로는 시종일관 편안하고 친절한 친척 아저씨 같은 태도를 보여 주었다. 그러나 나는 그의 즉흥성과 적극적인 태도에 놀랐다. 토론토의 스튜디오에서 나와 대화를 나누는 동안 닥터로는 두 번 흠칫 놀랐다. 한 번은 그가 캐니언 칼리지에서 흡수한 보수적인 텍스트 기반의 신비평이 그의 사회주의 배경과 어떻게 어울리는지 물었을 때였다. 닥터로는 신비평과 사회주의가 확실히 흥미로운 조합을 만들어 냈으며 그것을 즐겼다고 인정했다. 또 내가 과학과 기술에 대한 시각의 변화를, 『세계 박람회』의 낙관주의에서 『급수탑』의 암울함으로의 변화를 언급하자 닥터로는 당황하며 이렇게 말했다. "이제 당신의 통찰이 저를 정말 불편하게 만들고 있다는 말씀은 꼭 드려야겠군요."

닥터로의 인터뷰 일화 중에서 내가 제일 좋아하는 것은 『룬 레이크』라는 제목에 대한 질문을 받았을 때 했던 대답이다. 『룬 레이크는』는 별 볼 일 없는 알코올중독자 시인, 갱단, 애디런댁스에 사는 부유한 실업가와 여류 비행사 아내 등등이 등장하는 풍성하고 복잡한 책이다. 닥터로는 어느 일요일, 자동차를 타고 뉴욕 주 북부를 달리다가 룬 레이크라는 표지판을 보고 아이디어를 얻었다고 주장했다. 그는 이렇게 말했다. "책을 쓰려면 그런 일들을 받아들여야지요." 그러자 질문자가 물었다. "룬 레이크라는 표지판 대신 레이크 플래시드라는 표지판이 있었다면 어떻게 되었을까요?"

닥터로는 이렇게 대답했다. "그 표지판을 지나치긴 했지만 못 봤소."

* * *

와크텔 『빌리 배스게이트』는 『룬 레이크』, 『세계 박람회』와 함께

1930년대 배경 삼부작 소설의 세 번째 작품입니다. 30년대 프로젝트 같은 것을 염두에 두고 있었습니까?

닥터로 프로젝트는 아닙니다. 저는 그런 식으로 일하지는 않아요. 의도하지 않았던 3부작이죠. 저는 여러 가지 이유로 1930년대에 매력을 느꼈는데, 그 이유를 정확히 알아내려면 책을 써야 했습니다.

와크텔 1930년대에 대해서, 그 시대의 매력에 대해서 더 이야기해 주시겠습니까?

닥터로 그때 전 어린애였는데, 어린 시절은 원래 지워지지 않는 인상을 남기죠. 어떤 의미에서 이 삼부작은 퇴치 의식이었습니다. 내가 생각하는 삶의 이미지는 항상 30년대와 뉴욕 시와 연관되어 있었고 앞으로도 그럴 테니까요. 『세계 박람회』와 『빌리 배스게이트』는 소년들의 삶을 보여 줍니다. 하나는 격렬하긴 하지만 가족과 함께하는 삶이고 하나는 갱단이라는 대리 가족 속에서 무법적으로 사는 삶이죠. 소설에 소년의 목소리나 시각을 설정하면 큰 장점이 있습니다. 어른이라면 표현하지 않을 놀랍고 평범한 것들을 전부 끌어내도 되니까요. 거리를 청소하느라 물을 뿌려서 보도 위 1미터 정도 높이에 무지개를 만드는 물차에 대해서 열정적으로 이야기하는 것처럼, 어른이라면 깊이 생각하지 않을 단순한 일들을 말입니다. 하지만 물론 작가들은 어린이의 목소리에 자신의 감수성을 더하는 것의 가치를 항상 잘 알고 있었지요. 마크 트웨인은 확실히 알았습니다. 디킨스도 그렇고요. 아주 괜찮은 전략이죠.

와크텔 브롱크스에서 자랄 때의 이야기를 더 해주세요.

닥터로 아마 브롱크스에 대한 이야기는 『세계 박람회』전반부의 내용이 가장 정확하고 자전적일 겁니다. 브롱크스는 새로 생긴 동네였는데, 맨해튼에서 지하철이 연장되면서 사람들이 저렴한 가격에 빨리 통근할 수 있게 되면서 형성되었지요. 브롱크스에는 공원과 넓고 햇빛이 잘 드는 거리가 많았고, 모든 것이 무척 깨끗했습니다. 다들 가난했어요, 다들 돈이 없었죠. 하지만 어쨌든 살 만했고, 모든 게 잘 굴러갔고, 학교와 교사들은 최고였어요. 교사들 자격이 오히려 넘쳤을지도 모릅니다. 대공황 시기에는 뭐든지 직업을 갖는 것 자체가 업적이었고, 그래서 초등학교 교사 일을 하려는 괜찮은 사람들이 많았으니, 아이들에게는 큰 혜택이었지요.

와크텔 집에서 음악을 많이 들었습니까? 아버지는 음반 가게를 하셨고 어머니는 피아니스트였다고 들었는데요.

닥터로 아버지는 시내에, 6번가 라디오 시티 뮤직홀 근처에서 음반 가게를 하면서 레코드와 악보, 악기, 라디오를 팔았습니다. 당시 레코드는 전부 78 rpm의 셀락레코드라서 아주 쉽게 깨졌어요. 가게에서 놀아도 된다고 허락을 받았을 때 자주 듣던 말이죠. 그때는 텔레비전이 없었습니다. 가게는 정말 멋졌고, 거기 있으면 신이 났어요. 가게 문을 닫고 나서 형과 같이 가게 안을 돌아다니면서 드럼을 치고 나팔을 불고 그랬죠. 아버지는 무척 다정했고 그런 건 전혀 신경 쓰지 않았어요. 어머니는 아주 괜찮은 피아니스트였습니다. 쇼팽과 슈베르트를 좋아했어요. 그러니까, 부모님을 통해서 음악을 많이 들었어요. 물론 책도 있었죠, 두 분 모두 진지한 독서가였습니다. 대공황 당시 아버지는 어떻게든 가게를 꾸려나가면서 1940년대에 "소공황"이 올 때까지 어떻게든 버텼고, 어머니는 하루에 1달러로, 혹은 그것도 안 되는 돈으로 우리를 먹였지만, 저는 그 사실을 전혀 몰랐습니다. 부족한 게 없었어요. 저에게는 아주 가득하고 풍요로운 삶이었지요, 트라우마가 없었던 것은 아니지만요. 우리는 삼촌, 할머니와 함께 살았습니다. 경기가 좋지 않으면 확대 가족이 생기죠. 불쌍한 우리 할머니는 사람들이 흔히 말하는 "저주"에 걸려서 자꾸 도망을 치거나 사랑하는 가족들에게 아주 무서운 말을 했습니다. 참 이상했지요. 물론 거리에도 이상한 사람들이 있었어요, 오늘날처럼 정신이상을 약물로 치료하지 않았지요. 더 큰 사회적 맥락에서 보면 나쁜 동네는 아니었어요. 공원에서 노는 게 위험할 때도 있었습니다. 갱들이 돈을 빼앗았거든요. 브롱크스 동부 지역, 더치 슐츠에서 아이들이 와서 공놀이를 하고 있는 동네 아이들의 가슴에 칼을 들이대고 점심 먹을 돈을 빼앗았죠. 하지만, 그런 위험이 있었지만 브롱크스는 대체적으로 지금보다 더 살 만한 곳이었습니다.

와크텔 당신 책에서 도시적인 감성을 강하게 느껴졌기 때문에 중서부의 대학에, 오하이오 주의 케니언 칼리지에 갔을 때 문화 충격을 받지 않았을까 생각했습니다.

닥터로 질문보다 조금 더 거슬러 올라가 보죠. 저는 브롱크스 과학 고등학교에 다녔는데, 거긴 수학과 과학을 잘 하는 아이들이 가득했어요. 아시겠죠, 물리학과 화학에서 노벨상을 탈 아이들이었어요. 실제로 많은 애들이 상을 탔고요. 제가 어떻게 브롱크스 과학 고등학교에 들어갔는지 모르겠지만, 아무튼 전 학교 문학지를 출판하는 구석 사무실에 끌렸습니다. 이름이 "다이나모"DYNAMO였죠. 제 글이 처음 실린 것은 『다이나모』였습니다. 전 고등학교를 다니는 내내 불편했지만, 문학적 삶은 거기서 시작됐어요. 영어 선생님들이 글을 계속 쓰라고 격려해 주었습니다. 저는 아주 뛰어난 시인, 저에게는 무척 신비로운 시인 존 크로 랜섬의 책을 읽었는데, 그가 케니언 칼리지에서 학생들을 가르치고 있었기 때문에 과학고를 졸업한 후 그곳에 가서 공부를 하겠다고 결심했어요. 놀랍게도 입학 허가가 났죠. 아버지가 은행에서 대출을 받아서 1학년 등록금을 내 주었습니다. 그렇게 해서 제가, 브롱크스 출신의 유대인 꼬마가 오하이오 주의 케니언 칼리지로, 우리나라에서 가장 아름답고 목가적인 캠퍼스로, 옥스퍼드 같은 분위기라고 자처하는, 옛날 이야기책에 나올 것 같은 대학으로 당당하게 들어갔습니다. 담쟁이덩굴이 무척 많은 옛날 서부식 고딕 건물이었죠. 그러니까, 맞아요, 문화 충격이었습니다. 하지만 당시 대학 행정부는 무척 진보적이었어요. 1930년대에 케니언은 폴로나 하는 바람둥이들의 학교였지요. 학생들이 대학에 개인 비행기를 대 놓기도 하고 그랬거든요. 학생들 대부분이 아주 부유한 중서부 지역 사립학교 출신이었습니다. 하지만 행정부는, 그리고 랜섬을 비롯한 훌륭한 선생님들은, 저 같은 촌스러운 학생에게, 가난하지만 머리가 좋고 동부 공립학교를 나온 신출내기에게 학교를 개방하기로 결정했습니다.

와크텔 제2차 세계대전 때문이었나요? 그때가 1940년대 후반이었죠?

닥터로 네. 1948년이었습니다. 제대군인 원호법에 따라서 학자금을 받는 퇴역 군인들도 있어서 아주 혈기 넘치는 곳이 되었지요. 대학은 남자동아리를 중심으로 구성되어 있었고, 남자동아리에 들어가려고 하지 않거나 가입을 거부당한 사람들이 또한 무리를 이루었습니다. 그러니까, 봅시다, 시인, 유대인, 가톨릭 신자, 흑인, 동성애자, 퇴역 군인, 여드름이 심한 남자아이들 말입니다. 물론 우리가 그 학교의 영혼이었습니다. 뛰어난 철학교수였던 필립 라이스 선생님은 그런 반골들이 아니었다면 케니언에서 학생들을 가르친 보람이 없었을 것이라고 말했습니다. 그러니 저는 어느 정도 문화 충격을 받았지만 쉽게 적응했습니다. 전 혼자가 아니었고 어쨌든 제가 바라던 자유로운 교육을 받고 있었으니까요.

와크텔 제 기억에 존 크로 랜섬은 텍스트에 초점을 맞춰서 시를 비롯해 모든 작품을 면밀히 읽는 신비평을 주장했지요. 신비평은 보수주의와 연관되었습니다. 텍스트가 하늘에서 뚝 떨어진 것처럼 사회적, 정치적 맥락을 무시했기 때문이지요. 하지만 당신은 소설에서 바로 그런 맥락을 옹호합니다. 어떻게 그렇게 되었지요?

닥터로 저는 케니언에서의 경험을 소중하게 여깁니다. 시와 소설을 읽고, 철학을 읽고 비평을 하는 연습과 교육이 없었다면 경험이 없었다면 글 쓰는 자신이, 작가로서의 제가 어떻게 구성되었을지 상상도 할 수 없습니다. 우리는 비평을 참 잘했습니다. 그게 우리의 스포츠였죠. 오하이오 주에서 풋볼을 하는 것처럼 케니언에서는 비평을 했습니다. 저는 많은 것을 배웠습니다. 작가가, 시인이 사용할 수 있는 수사에 대해서 배웠지요. 예를 들면 라틴어 단어와 앵글로색슨 단어를 같이 쓰면 어떤 효과가 있는지, 또는 왜 어떤 비유는 고상하고 어떤 것은 그렇지 않은지 말입니다. 저는 언어 안에서 음악을 듣는 법을 배웠습니다. 그렇게 해서 괜찮은 편집자가 될 수 있었는데, 초기에는 소설을 쓰면서 편집 일을 해서 먹고살았거든요. 동시에, 신비평의 정신은 말씀하신 것처럼 보수적입니다. 1930년대에 랜섬과 앨런 테이트라는 또 다른 시인, 그리고 몇몇 사람들이 어그래리언^Agrarian 이라는 정치 운동에 참여했는데, 아주 보수적인 운동이었지요. 그들은 남북전쟁 이전의 남부 사회를 그리워했습니다. 모두 친절하고, 계급이 확실히 나뉘어 있고, 노예제도를 도덕적인 관점에서 생각할 필요가 없었던 때를 말입니다. 하지만 어떤 것에서 좋은 부분을 취하고 나머지는 버릴 수도 있는 거죠. 50년대에 랜섬은 어그래리언이라는 어리석은 운동과 거리를 두었습니다. 텍스트에만 관심을 쏟으면서 그 구조를, 심상의 본질을, 기타 등등을 다루는 법을 배우는 것은 무척 유용했습니다. 엄밀히 말해서 신비평 자체는 당시 널리 퍼져 있던 역사적, 전기적 비평이라는 편향된 형태에 대한 반동이었습니다.

와크텔 정치 문제에 적극적으로 참여하는 성향은 어디에서 왔다고 생각합니까? 유대인 혈통인가요?

닥터로 우선 정치 문제에 적극적으로 참여한다는 말을 정의해봅시다. 아니면 제가 그렇다는 것처럼 오도될 수 있으니까요. 픽션은 커다란 부엌 싱크대 같은 예술입니다. 허용되지 않는 데이터는 아무것도 없지요. 과학, 종교, 신앙 고백, 역사, 신화, 꿈, 길거리의 정신 나간 거지들의 중얼거림, 뭐든지 가져다 쓸 수 있어요. 작가는 독자에게 사실과 감정, 외부에 있는 것, 내부에 있는 것, 개인적인 것, 시적인 것, 뭐든지 줄 수 있습니다. 돼지 한 마리를 전부 줄 수 있죠. D. H. 로렌스가 소설을 그렇게 불렀지요, 돼지 한 마리라고요. 우리의 삶이, 아니 누구의 삶이든 사회적이나 정치적 특징이 없다고 주장한다면 이상할 거예요, 안 그렇습니까?

그럼 정치 문제에 적극적으로 참여한다는 게 무엇이냐는 문제로 돌아가 보죠. 네, 저희 집안 사람들은 정치적 의식이 있었고, 정의에 대해서 많이 생각했습니다. 젊고 가난한 인쇄공이었던 할아버지는 1880년대에 미국으로 왔습니다. 할아버지는 이 땅의 문제를 하늘이 아니라 땅에서 풀어야 한다는 결론을 내렸고, 생각도 감수성도 노동조합 사회주의자에 가까웠습니다. 아버지도 비슷한 생각을 가지고 있었죠. 그러니 저는 유대교와 휴머니즘, 민주 사회주의 환경에서 자랐습니다. 우리 집안의 여자들은 더 종교적이고 정치적으로 보수적인 경향이 있었지만요. 사실 이제 저는 비평을 쓸 때 작품뿐 아니라 저자에게도 관심을 기울입니다. 하지만 저는 책을 읽을 때 필요한 모든 것을 책 자체에서, 혹은 시 자체에서 얻을 수 있다는 생각에도 찬성합니다. 요즘은 해체주의자들 때문에 원문 비평이 말도 안 되는 것으로 축소되어 버렸습니다. 해체주의는 텍스트를 너무 철저하게 들여다보기 때문에 책에 구멍이 날 지경이죠. 해체주의 자체가 책을 태우는 것일지도 모릅니다.

와크텔 당신은 「작가의 믿음」이라는 에세이에서 1930년대에 비해 오늘날의 문학은 단정하다고, 진지한 픽션은 소심해졌고 언어는 조심스러워졌다고 썼습니다. 왜 그렇다고 생각하십니까?

닥터로 몇 년 전 미시건 대학의 창작과 대학원생들에게 한 강연이었습니다. 저는 제2차 세계대전 후 대학이 작가의 크나큰 후원자가 되었다는 이야기를 하고 있었습니다. 캐나다도 미국처럼 그런지는 모르겠지만요. 아무튼 그것은 작가에게 무척 좋은 일이었고, 그런 시스템에서 몇몇 일류 작가들이 나타났습니다. 하지만 무슨 일이 일어났냐면, 이런 프로그램을 거친 젊은 작가들이 기술적으로는 50년 전 작가들보다 능숙할지도 모르지만 어느 정도 이론화되어 버렸습니다. 그들은 예술학 석사 학위를 받고 다른 캠퍼스로 가서 다른 젊은 작가들을 가르치고, 그 작가들 역시 예술학 석사 학위를 받고 또 다른 학생들을 가르치죠. 그러다 보니 글을 쓰는 선생이 작가를 가르쳐서 역시 글 쓰는 선생으로 만드는 일종의 그림자 문화가 존재합니다. 그러다 보면 작가로서의 비전이 제한됩니다. 집 안에서 문을 전부 닫고 커튼을 다 내리고 있는 셈이죠. 바깥에 거리도, 고속도로도, 도시도, 시골도 없다는 듯이 말입니다. 제2차 세계대전 이전에는 신문 업계에서 소설가가 많이 나왔습니다. 헤밍웨이는 신문사에서 일했고, 드레이저도 신문사를 몇 년 다니다가 소설을 썼어요.

그래서 저는 현대 작가들이 픽션을 쓸 때 소심해진 한 가지 원인은 학계라고 생각합니다. 물론 텔레비전을 탓할 수도 있지요. 무슨 일이든 텔레비전을 탓하기는 쉬워요. 미디어의 지나친 영향, 영화 문화의 지배, 그런 것 때문에 작가들이 내면에 틀어박히게 되었다고 말이죠.

와크텔 당신은 같은 강연에서 톨스토이나 스탕달 같은 작가를 언급하면서 사회적 의식이 담긴 대작 소설을 옹호했습니다.

닥터로 다른 사람에게 글을 이러저러하게 써야 한다고 이야기하려던 것은 아니었습니다. 전혀 아니에요! 다만 저는 작가들이 온갖 방법으로 패배하고, 스스로를 제한하고, 글을 쓴다는 이유만으로 스스로를 벌한다는 이야기를 하고 싶었습니다.

여기서 하나 더 말해야 할 것이 있습니다. 너무 이를지도 모르지만, 냉전이 미국인의 정신에 끼친 영향을 연구하는 작품이 아직 나오지 않았습니다. 어쨌든 냉전은 반세기 가까이 지속되었는데 말이지요. 냉전은 지금도 글을 쓰고 있는 구세대 작가들 외에 모든 사람들의 삶을 제한했습니다. 제 삶은 확실히 제한했죠. 솔 벨로나 노먼 메일러 같은 작가들, 지금 일흔 살이 넘은 작가들만이 냉전 이전부터 글을 썼습니다. 다른 작가들은 아주 최근까지 냉전 상황에서 글을 썼습니다. 모든 전쟁이 그렇듯이 그것은 이상 현상을 낳았지요.

조금 더 이야기를 해볼까요. 냉전은 기본적으로 세 단계였습니다. 냉전은 두려움 속에서 시작되었지요. 정치가들이 미국인들에게 의도적으로 두려움을 심었습니다. 학생들은 책상 밑으로 들어가서 핵전쟁 대비 훈련을 받았고, 사람들은 뒤뜰에 방공호를 만들고 통조림을 모으라고 부추김을 받았습니다. 매카시즘과 로젠버그 재판의 시대였어요, 사람들은 반체제 활동을 하지 않겠다는 충성 선서를 했고, 1930년대에 스페인 공화제를 지지하는 청원서에 이름을 올렸다는 이유로 직장을 잃었지요. 지적·정치적 순응주의로 모두 퇴보하고 있었습니다. 개인의 삶도 퇴보했지요. 사실상 일종의 청교도적 시민종교가 만들어진 거죠.

그런 다음 1960년대에 대대적인 개혁의 시대가 왔습니다, 베트남 전쟁 반대 운동이라는 반체제 문화가 생기고 록음악이 발전했고, 사람들은 머리를 기르고 가난한 히피가 되었지요. 이것이 두 번째 단계였습니다. 모든 젊은이들이 인권 운동, 반전 운동을 하면서 냉전 미국의 순응주의에 저항하며 반항하는 것 같았고, 이제 냉전 때문에 우리가 베트남 전쟁에 참전해야 한다고 믿지 않는 것 같았습니다. 하지만 그 기간은 짧았습니다. 사회가 개방되고 사람들이 투덜거리고 시끄러운 논쟁을 벌인 기간은 50년 중에서 10년밖에 되지 않았습니다. 그런 다음 세 번째 단계가 되었습니다. 반동, 반개혁이었습니다. 로널드 레이건이 등장하고 보수주의가 부활했지요. 정신 나간 전쟁을 멈춘 60년대의 아들딸들은 미국의 배신자 세대로 여겨졌습니다. 물론 아주 거친 설명입니다. 냉전 때문에 60년대 이후부터 사람들은——작가, 지식인들은——공적 영역을 떠나 개인적인 삶에 몰두하게 되었습니다. 그래서 문학계는 학계로 몰렸죠. 공적인 목소리를 거의 잃었습니다. 물론 변명하는 사람들, 신보수주의자들과 고보수주의자들만 빼고 말이지요.

와크텔 하지만 당신은 몇십 년에 걸친 소설을 썼습니다. 『다니엘 서』가 생각나는데요. 당신은 냉전 시대의 다른 소설가들과 달리 안쪽이 아니라 바깥쪽을 보고 있었습니다.

닥터로 저만 그런 건 아닙니다. 예외가 있어야 일반화도 가능하죠. 그 시절 미국 문화에 일어난 좋은 일 중에 하나는 아프리카계 여성 작가들이 번성하면서 자신들에게 필요했던 목소리를 찾아서 사회적으로 무척 적절한 소설을 썼다는 것입니다. 또 베트남 전쟁 등에 대한 소설도 나왔지요. 하지만 일반화를 하자면, 예를 들어 로젠버그 사건을 바탕으로 소설을 쓰면 비평가가 미국에 적대적인 소설이라고 보는 게 사실이었습니다. 어느 비평가가 『다니엘 서』와 조지프 헬러의 『캐치 22』를 "적대적"이라고 설명했던 기억이 납니다. 얼마나 한심한 상태인지 아시겠지요. 비평계에서는 정치적 소설이라는 생각이 아직 통용되지 않습니다. 다른 나라의 정치 소설만 좋아하지요. 레이건 대통령이 폴란드의 자유 노조 운동을 칭송한 것처럼 말입니다. 레이건은 노동조합을 좋아했습니다, 그것이 폴란드에 있는 한 말이죠.

와크텔 가장 최근 소설인 『급수탑』에 대해서 이야기하고 싶습니다. 아이디어는 계속 가지고 있었는데, 20년이 지난 후에야 쓰기 시작했다고 들었는데요. 왜 그렇게 오래 걸렸나요? 왜 다른 책들을 먼저 써야 했습니까?

닥터로 아마 작가들은 대부분 마음속에 여러 가지 아이디어를 가지고 있지만 어떤 것은 느리고 어떤 것은 빨리 나올 겁니다. 『급수탑』이 제 정신 어딘가에 깊이 박혀 있어서 그것을 다루는 데 시간이 조금 걸렸던 것 같습니다. 사실 저는 『래그타임』을 쓰기 전에 이 책을 생각하기 시작했는데, 그런 다음 『래그타임』을 썼고, 또 그 다음에 『룬 레이크』를 썼고, 그 다음 『빌리 배스게이트』를 썼습니다. 그 중간에 「급수탑」이라는 짧은 작품을 써서 1984년 『시인들의 삶』이라는 책에 실렸지요. 저는 그 생각에서 벗어날 수가 없었습니다. 두 남자가 저수지 둑에서 장난감 배가 뒤집어져서 물속으로 가라앉는 모습을 바라봅니다. 근처 급수탑 건물로 달려간 두 사람은 배의 주인인 아이가 물에 빠져 죽어 있는 것을 발견합니다. 한 사람이 시체를 싸서 서둘러 가고 한 사람은 어떻게 된 일일까 생각합니다, 제가 그랬던 것처럼요. 『급수탑』이라는 소설은 사실상 그 단편의 해설입니다. 허먼 멜빌과 애드거 앨런 포가 주로 그랬던 것처럼 19세기 식으로 이야기를 전개하는 어두운 이야기입니다. 일종의 미스터리, 과학 수사 이야기죠.

와크텔 포는 사실 당신과 이름이 같습니다. "E.L."의 "E"는 에드 거죠.

닥터로 맞습니다. 하지만 포는 지하 감옥과 대혼란, 사람들이 산 채로 매장되는 어두운 이야기들을 통해서 이 행복한 민주주의 안에서 그때까지 누구도 인정하지 않았던 것을 발견했습니다. 『급수탑』 역시 그런 것에 의존하는데, 왠지 저는 제 안의 그런 어둠을 존중하기까지 긴 시간이 걸렸습니다. 예를 들어서, 제 소설의 주제 가운데 하나는 세대 간의 관계, 계승이라는 자연 스러운 질서에 저항하려는 부모 세대입니다. 그런 것들을 생각 하고 표현하는 것은 참 어렵습니다. 그래서 시간이 조금 걸렸 지요. 물론 글을 쓰면서 깨닫는 것들도 있습니다. 물은 보통 어 떤 의식에서 죄의 사함, 구원, 개인의 구원과 관련된 요소, 정화 요소로 여겨지지요. 하지만 이 책에서는 그렇지 않습니다. 그 반대죠.

와크텔 하지만 갈망은 있습니다.

닥터로 네, 있지요. 하지만 1870년대에 물을 도시까지 운반하는 것은 대단한 기술적 업적이었습니다. 뉴욕처럼 도시 한가운데 에 저수지를 만드는 것도 마찬가지고요. 사실 한가운데는 아니 었지요, 당시 5번가와 24번가는 북쪽 끝이었으니까요. 뉴욕은 화재로 여러 번 무너졌는데, 물을 가둬 두면서 이제 그럴 걱정이 사라졌습니다. 대단한 기술적 성취였지요. 사람들은 기술을 자랑스러워했습니다. 증기 윤전기는 몇 시간 만에 신문을 몇만 장씩 찍었습니다. 전보도 있었지요. 전선을 바다 건너까지 이을 수 있었습니다. 또 대륙 횡단 철도도 있었죠. 당시 사람들은 스스로 현대적이라고 생각했고, 사실 그랬습니다.

와크텔 말씀하신 몇 가지에 대해서 더 자세히 이야기해 보고 싶군요. 이 소설에는 긴장이 존재합니다. 물은 정화를 의미하고, 어느 순간 당신의 주인공은 이 놀라운 저수지가 세례에 쓰는 수반 같다고, 또는 "우리가 하나의 국민으로서 필요로 하는 크나큰 죄의 사함을 위한 세례 수반"이 되어야 한다고 말합니다. 동시에 소설은 저수지에 빠져 죽은 어린 소년이라는 이미지로 시작하지요. 삶이 아니라 죽음입니다. 그것은 도대체 어떤 죄의 사함인가요?

닥터로 바로 그겁니다. 분명한 모순 혹은 역설이 또 있습니다. 매킬베인은 30년 전을 회상하는 나이 많은 신문 편집자입니다. 그는 신문 사업에 자부심을 가지고 있죠. 그런데 뉴스를 모아서 눈부실 정도로 짧은 시간에 인쇄를 하고 나면 아이들이, 가난한 신문배달 소년들이 신문을 흔들고 거리를 뛰어다니면서 팝니다. 문화가 사회적으로 큰 도움이 되는 기술을 만들고, 그것으로 인해서 아이들은 먹고살기 위해서, 몇 푼이라도 벌려고 온 거리를 뛰어다니는 거죠. 우리가 문화를 만들고 나면 그 문화가 우리를 만듭니다.

와크텔 『급수탑』은 광범위한 부패와 과잉에 대한 책이기 때문에 어쩔 수 없이 우리들이 살았던 시대와, 특히 1980년대 레이건 시대와 비교를 하게 됩니다. 의도적이었습니까?

닥터로 의도적인 것은 아니었습니다, 불가피했을 뿐이죠. 과거에 대해서 쓰면 당연히 현재에 대해서 생각하게 되니까요. 전문 역사가가 역사를 쓸 때에도 자기 시대의 요구를 반영합니다. 그래서 세대가 바뀔 때마다 역사를 쓰고 또 다시 써야 하는 겁니다. 피할 수 없는 일이에요. 저는 책을 쓸 때마다 그 안에서 벗어나지 않습니다. 무슨 의미여야 하는지, 그것이 타당한지, 무엇과 관계가 있거나 없을지, 어떻게 출판될지, 사람들이 읽긴 읽을지 생각하지 않습니다. 정말 책 속의 문장들 안에서만 살고, 거기서 나오는 것은 책이 끝날 때뿐입니다.

와크텔 역사학자 겸 평론가인 사이먼 샤마는 『급수탑』 서평에서 이 책에 드러나는 우리 시대의 모습이 보통 당신의 다른 소설들보다 "아름다운 그림은 아니"라고 말했습니다. 이 소설이 더 어둡다고 느낍니까?

닥터로 이건 어두운 이야기입니다. 저는 이 소설에 음울한 긴장과 서스펜스가 있다고 생각합니다. 제가 쓴 소설 중에서 플롯

이 가장 복잡합니다. 발견 과정을 설명하지요. 사람들은 차라리 몰랐으면 좋을 것을 알아내려 노력합니다.

와크텔 저는 부패한 분위기에 더 중점을 두어 생각하고 있었는데요.

닥터로 그럴 수도 있지요. 하지만 지금은 뭐가 얼마나 다른가요? 단순한 정치적인 부패가 아니라 더 큰 부패가 존재하지요. 뉴욕은 어떤 의미에서 그 당시와 크게 달라졌지만 어떤 의미에서는 그대로입니다. 그때는 부랑아들이 거리에서 뛰어다녔지만 이제는 그런 아이들이 보이지 않습니다. 이제 우리는 사회 정책이 있지만 어쨌거나 아직도 복지 시스템에 갇혀 버려진 아이들이 있습니다. 당시에는 재향 군인 관리국이 없었습니다. 남북 전쟁에서 끔찍한 부상을 입거나 팔다리를 잃고 돌아와서 일자리도 찾지 못하는 젊은이들이 많았지요. 그 사람들은 거리에서 구걸을 했어요, 너덜너덜한 군복을 입고 백화점 앞에서 구걸을 했습니다. 이제 그런 사람들은 없지만, 베트남 전쟁과 걸프 전쟁에서 돌아온 군인들은 끔찍한 트라우마를 안고 있고, 정부는 그것을 어떻게든 해결할 생각이 없어 보입니다. 높은 건물과 세계무역센터 등등 때문에 도시의 스카이라인은 무척 달라졌습니다. 하지만 어느 날 저녁에 서재 창문으로 맨해튼 남부를 내려다보는데, 안개가 세계무역센터와 맨해튼 남부의 높은 유리 건물과 1920년대에 지어진 울워스빌딩을 가리자 낮은 건물들만, 19세기의 도시만 남았던 기억이 납니다. 아직 여기 있는 겁니다. 윤리적인 경솔함이 아직 있어요. 삶은 제일 잘 적응하는 사람에게만 주어집니다. 그러니 모든 것이 다르면서도 똑같지요.

와크텔 당신은 19세기 미국으로, 또는 19세기 뉴욕 시로 돌아감으로써 역사를 다시 쓰고 재발명합니다. 역사의 어떤 점이 당신을 그렇게 끌어당깁니까?

닥터로 저는 이 책을 쓰면서 역사를 다시 쓴다는 생각은 전혀 없었습니다. 제가 그 시대에 대해서 말한 것은 전부 진실이라고 생각합니다.

와크텔 그건 항상 그렇지요. 당신이 『래그타임』을 쓸 때 이제부터 만들어 낼 거짓말을 뒷받침할 그럴듯한 자료를 찾기 위해서 자료를 조사한다고 말했던 것을 읽은 기억이 납니다.

닥터로 음, 그것은 하나의 표현 방식이었지요. 『래그타임』의 사실적 정확성이 대부분의 사람들의 생각보다 훨씬 크다는 뜻이었습니다. 『급수탑』에서 제가 묘사하는 1871년의 정부 상태는 꽤 정확합니다. 우리가 더 큰 진실이라는 말을 할 때 그것은 픽션의 진실, 은유의 진실, 사회의 도덕적 인물들이 그리는 진실이라는 뜻입니다. 시의 기록에 당시의 정치가 보스 트위드가 돈 많은 늙은이들의 수명을 과학적으로 연장시키기 위한 음모에 가담했다는 말이 없을지도 모르지만, 저는 은유적으로 그것을 부인할 수는 없다고 생각합니다. 트위드는 뉴욕 시를 정말 끔찍하게 운영했고, 아이들은 실제로 늘 죽었습니다.

와크텔 『급수탑』은 부패와 함께 고삐 풀린 과학적 혹은 기술적 확장의 위험, 자연의 조작에 따르는 위험을 살핍니다. 개인적으로 그런 점을 걱정하시나요?

닥터로 분명 그렇습니다. 그렇지만, 이런 말을 하면 혼란스럽겠지만, 사실 사토리어스 박사가 이 소설에서 이용하는 처치들은 몇 세대 이후 의학적으로 용인되는 처치가 되었습니다. 그러니 조금 모호하지요. 사토리어스 박사는 전형적인 미친 과학자가 아닙니다. 예를 들어서 그는 남북전쟁 당시 외과에서 큰 발전을 이루어서 병사들의 팔다리를 구하고 목숨을 구하는 방법을 발견했습니다.

와크텔 그는 혁신적이고 창조적인 과학자지만, 당신 소설에서 아주 음흉한 목적을 위해 과학을 이용합니다.

닥터로 음, 그는 계속 밀고 나가죠, 그건 억제할 수 없는 지식인의 문제입니다. 여러 가지 전문직에서 많은 사람들이 진정한 공헌으로 명성과 영예를 손에 넣지만, 그렇게 계속해 나가다 보면 윤리적 합의의 경계를 넘고 맙니다.

와크텔 『급수탑』에서 당신이 생각하는 과학과 기술이 『세계 박람회』의 결말과 무척 다르다는 생각이 들었습니다. 『세계 박람회』의 결말은 1939년의 정말 희망찬 느낌이 있습니다. 미래의 도시, 내일의 세계 말입니다.

닥터로 당신 말이 맞을지도 모릅니다. 하지만 『세계 박람회』는 내일의 세계를 약간 반어적으로 봅니다. 반대로, 과학과 합리주의와 계몽주의의 업적을 종교적인 사람의 비전이나 생각과 비교한다면 저는 계몽주의 쪽을 택할 겁니다. 그런 문제들을 단순한 범주로 나누는 것은 쉽지 않아요, 픽션에서는 다르게 생각하니까요. 합리주의, 비합리주의, 과학, 종교, 시적 표현과 일상적이고 평범한 말 모두 각자 제 몫을 합니다.

와크텔 『급수탑』의 주인공은 —— 낭만적 주인공과 화자 모두 —— 저널리스트이고 이 책에 등장하는 많은 인물들이 픽션 작가가 아닌 저널리스트입니다. 당신이 고등학교에서 경험한 저널리즘에 대해서, 또 저널리스트가 되는 것과 픽션 작가가 되는 것의 차이에 대해서 생각해 보았습니다. 당신은 소설에서 저널리스트의 삶을 낭만적으로 그리고 있으니까요.

닥터로 화자인 매킬베인이 이런 말을 합니다. 기자는 이야기를 물어 와 출판업자의 발치에 떨어뜨려 주는 개라고 말입니다. 저는 저널리스트들을 많이 아는데, 그 사람들이 바로 그래요.

제가 매킬베인의 목소리를 발견하고 그가 저널리스트라는 사실을 깨닫지 못했다면 이 책을 쓰지 못했을 겁니다. 초기 원고에서 매킬베인은 여러 인물들 중 하나였는데 ──화자가 여러 명이었지요──그의 차례가 돌아올 때마다 저는 아주 즐거웠고, 그러다가 매킬베인이 화자가 되어야 한다는 사실을 깨달았습니다. 갑자기 모든 것이 바뀌었지요. 저는 그 당시 신문 1면을 읽기 시작했습니다. 마이크로필름으로요. 삽화는 없고 모든 기사가 한 단인데, 기사 예닐곱 편 정도가 나란히 있습니다. 긴 제목도 없고, 한 페이지 전체는커녕 두 단, 세 단, 네 단을 가로지르는 헤드라인도 없죠. 매킬베인은 실종된 젊은 프리랜서 마틴 펨버튼을 찾으려고 조사를 하면서 서로 전혀 관련이 없는 것 같은 다양하고 기괴한 사건들을 만납니다. 서로 아무런 관계도 없는 신문 1면의 기사들과 마찬가지죠. 하지만 우리 사회를 객관적으로 볼 수만 있다면, 1면의 모든 기사는 결국 연결됩니다. 사실 그것은 항상 하나의 이야기입니다. 이 소설에서 일어나는 수수께끼 같은 사건들이 결국 신문 1면 전체를 가로지르는 헤드라인처럼 하나의 이야기로 이어지듯이 말입니다. 저에게는 그것이 굉장히 중요한 이미지였고, 그것은 바로 이 화자의 목소리가 준 선물이지요.

제가 저널리즘을 경험한 건 고등학교 때 한 5분 정도입니다. 브롱크스 과학 고등학교에서 저널리즘 수업을 들었는데, 밖으로 나가서 누군가를 인터뷰해 오는 과제가 있었지요. 저는 카네기홀 문지기의 인터뷰를 가지고 돌아왔습니다. 너무 일찍 나이들어 버린 유대인 난민으로, 전쟁 때문에 유럽에서 온 가족을 잃었어요. 옷차림도 형편없었죠. 파란색 서지 직물로 만든 더블브레스트 재킷과 갈색 바지를 입고 있었습니다. 그는 매일 저녁 출근할 때 먹을 것이 담긴 종이봉투와 차가 든 보온병을 가지고 왔고, 차를 마시는 방법도 구식이었습니다. 각설탕을 입에 물고 마시는 거죠. 그리고 그날 공연을 하는 위대한 예술가들, 독주자들 ——파데레프스키와 호로비츠와 루벤슈타인과 하이페츠—— 은 이 문지기를 정말 좋아했습니다. 클래식 곡을 다 알고 정보에 무척 밝았기 때문이죠. 아주 친절하고 좋은 사람이었습니다. 음악가들은 다들 그를 이름으로, 카를이라고 불렀지요. 문지기 카를. 제가 과제를 제출하자 선생님이 말했습니다. "정말 멋진 인터뷰구나. 학교 신문에 실어야겠다. 사진 담당 학생을 보내서 카를의 사진을 찍어 신문에 싣자." 그래서 제가 말했죠. "그건 안 될 것 같은데요." 선생님이 말했습니다. "왜 안 되지?" 제가 말했지요. "음, 카를이 수줍음을 많이 타서요." 선생님이 말했습니다. "수줍음이 많다니 무슨 뜻이지? 너한테는 이야기를 했잖아?" 제가 말했습니다. "꼭 그런 건 아니에요. 카를이라는 사람은 없어요. 제가 지어냈어요."

저는 진짜 누군가를 지루하게 인터뷰하느니 이야기를 만들어 내는 게 훨씬 말이 된다고 생각했습니다. 그 당시에는 말이죠, 사실—

와크텔 진로가 정해졌군요!

닥터로 당시에는 이것이 징조라는 것을 깨닫지 못했습니다. F를 받아서 기분이 무척 나빴지요. 규칙을 어겼으니까요. 저는 나중에서야 규칙 위반이 픽션의 생명이자 영혼이라는 것을, 어떤 식으로든 금지된 것을 접하지 않으면 가치 있는 것을 쓸 수 없다고 깨달았습니다.

1994년 10월

래리 스캔런과 인터뷰 공동 준비

"이 땅에서 사는 것이 어떤 것인지에 대해서 솔직하고 싶습니다.
당신이 누구인지, 혹은 당신의 배경이 무엇인지
저는 신경 쓰지 않아요.
삶이 무엇인지에 대해 정말 열린 자세를 취하는 것은 쉽지 않지요.
우리에게 닥치는 순간을 선물이라고 생각하며 살아야 하지만,
고뇌를 느끼지 않고 삶에서 벗어날 방법은 없어요.
우리 모두 마찬가지죠."

루이스 어드리크

루이스 어드리크

Louise Erdrich

루이스 어드리크는 프랑스인과 치페와 족의 피가 섞인 어머니와 독일계 미국인의 피가 섞인 아버지 사이에서 태어났다. 부모님은 노스다코타 주 터틀마운틴 인디언보호구역 근처 인디언 사무국 기숙학교에서 일했다. 어드리크는 이렇게 설명한다. "나는 노스다코타 주 작은 마을에서, 한때 와페턴-시세턴 수족의 땅이었지만 오랫동안 인디언이 아닌 농부들에게 임대되고 팔린 땅에서 자랐다. 우리 가족 아홉 명은 마을의 거의 끝부분에 살았다…. 몇 킬로미터나 걸어도 밭, 더 많은 밭, 그리고 완벽하게 쭉 뻗은 흙길밖에 보이지 않았다. 글을 쓸 때 그 마을의 경계 ─하늘, 높이 솟아 대열을 계속 바꾸는 구름들, 너무나 아름다운 빛을 받은 텅 빈 허공─가 자주 보인다."

루이스 어드리크는 1912년부터 현재까지 이어지는 터틀마운틴 치페와 족의 두 가족을 둘러싼 놀라운 소설들을 썼다. 『사랑의 묘약』, 『사탕무 여왕』, 『트랙스』, 『빙고장』이 바로 그 시리

즈이다. 서로 연결되는 광범위한 단편 소설들 때문에 어드리크는 발자크, 윌리엄 포크너, 가브리엘 가르시아 마르케스와 비교된다. 한 평론가가 말했듯이 어드리크는 "원형과 신비로움을, 미국 중심부와 경계 지역의 분열증을 하나로 통합하는" 세상을, "상상 속의 노스다코타"를 만들어 냈다. 어드리크의 단편소설은 사랑, 죽음, 야망, 역사, 마법을 다룬다. 죽은 사람이 다시 등장하기도 하고 젊은 사람이 치유력을 잃기도 한다. 이렇게 시작하는 단편도 있다. ──"터코트 호수의 차갑고 잔잔한 물에 처음 빠져 죽었을 때 플뢰르 필레이저는 어린 소녀에 불과했다."

어드리크는 역시 작가인 마이클 도리스와 결혼했다. 두 사람은 뉴햄프셔에 살고 있으며, 도리스는 다트머스 대학에서 아메리카 원주민 연구 프로그램을 설립하여 이끌고 있다. 두 사람은 입양아 세 명을 포함해서 여섯 아이를 키우고 있다. 1995년에 어드리크는 첫 번째 논픽션인 『어치의 춤』을 출판했다. "아이가 태어난 해"라는 부제가 붙은 이 책은 임신 상태였던 겨울부터 새로 엄마가 된 봄과 여름 동안의 인상과 관찰을 기록한 1년 동안의 일기이다. 이 책은 또한 성장과 변화를 바라보는 자연주의자의 시각이기도 하다. 어드리크의 최신 소설은 『불타는사랑의 이야기들』이다.

* * *

와크텔 당신은 내용이 서로 연결되는 네 편의 소설을 통해서 노스다코타의 아주 독특한 공동체를 그립니다. 글을 쓰면서 아메리카 원주민의 목소리를 편하게 이용하게 된 것은 언제부터인가요?

어드리크 오랜 시간이 걸렸어요. 저는 출신 배경이 복잡해서 제가 프랑스계, 치페와족, 독일계 중에서 어떤 배경을 제일 편안하게 느끼는지 정말 몰랐거든요. 아마 제가 도시 지역 인디언 협회에서 일하면서 그곳 사람들을 알게 된 후부터였을 겁니다. 제가 스물여섯 살 때쯤, 지금의 남편인 마이클 도리스와 결혼했을 때부터 제 목소리와 이야기를 쓰는 능력이 제가 원하는 것에 가까워졌어요. 마이클은 저를 격려했을 뿐 아니라 그 시기를 저와 함께 겪어 주었고, 그때부터 제가 글쓰기에 집중하기 시작했죠.

와크텔 마이클 도리스 역시 혼혈인가요?

어드리크 네. 역시 혼혈인 제 친구가 언젠가 "당신은 육체적으로 저주를 받았어"라고 말했지만 그는 그냥 웃고 있었어요. 혼혈이라면 모든 일에 대해 아웃사이더의 관점을 갖게 되는데, 어디에도 속하지 못한다는 느낌이 한 사람의 인간으로서는 힘들지 모르지만 작가로서는 큰 장점이니까요.

와크텔 어렸을 때 근처 보호구역에 살던 외조부모님과 많은 시간을 보냈나요?

어드리크 네, 조부모님과 시간을 보낼 수 있다는 것은 일생의 보물이에요. 조부모님과 함께할 수 있었던 시간이 저에게 무척 심오하고 크게 다가온 것 같습니다. 어렸을 때 나이 많은 어른과 며칠 또는 몇 주를 보내면 아주 많은 것을 배울 수 있죠. 아이와 조부모님의 관계는 무척 독특하고 특별해요.

와크텔 무엇을 배웠는지 말씀해 주시겠습니까? 너무 거창한 질문이라는 건 알지만, 지금 되돌아보면 어떤 교류였는지 기억납니까?

어드리크 평화로운 느낌이 남아 있어요. 또래에게서는 그런 것을 얻지 못하죠. 또래들은 그만큼 오래 살지 않았으니까요. 그리고 부모님과 가까운 것과 조부모님과 가까운 것은 전혀 달라요. 아이들은 조부모님에게서 뭔가를 배울 때 위협을 느끼지 않죠. 나이 많은 어르신과 함께 시간을 보내는 것 자체가 배움이 돼요, 특별히 현명하지 않다 해도 오래 살았으니까요. 저희 조부모님은 현명한 사람들이기도 했던 것 같습니다. 살면서 아주 복잡한 문제들을 많이 해결했지요. 조부모님과 함께 보낸 시간을 떠올리면 다정함, 유머, 그리고 평화로움이 기억납니다.

와크텔 외할아버지의 죽음에 대한 글을 쓰셨는데, 외할아버지를 "족장, 인디언 집회에서 춤을 추는 사람"이었다고 설명했습니다. 당신에게 외할아버지의 죽음은 어떤 상실이었습니까?

어드리크 우리 가족 내에서 조부모님, 그리고 증조부모님 ──저는 증조할머니가 기억나요──은 우리의 가장 먼 기억, 우리 자신의 확장이죠. 그 분들은 우리를 통해서 계속 살아 있습니다. 저는 할아버지와 함께 보내던 시간이 정말 그리워요, 제 일부가 같이 사라진 듯한 느낌입니다. 할아버지는 무척 똑똑하고 아주 재밌는 사람이었고, 또 전통에 굳건하게 뿌리를 내리고 있었어요. 할아버지는 우리 가족 중에서 자기 배경과 전통에 가장 강하게 연결되었던 사람이기 때문에 저와 우리 가족들에게는 어떤 수수께끼 같은 느낌과 상실감이 있습니다. 다행히도 할아버지의 자식들은 강한 자아와 출신 배경에 대한 자부심을 가지고 있고, 저 역시 할아버지 덕분에 그렇게 되었습니다.

와크텔 당신 글에서 유럽의 가치관과 원주민의 가치관이 대립할 때 항상 긴장이 흐릅니다. 특히 종교 부분이 그렇지요. 당신은 고딕-가톨릭적인 어린 시절을 보냈다고 설명했습니다. 그 경험으로 당신이 어떤 사람이 되었는지 설명 부탁드립니다.

어드리크 제 어린 시절 중에서 가장 극적인 부분은 프란치스코회 수녀님들에게서 받은 교육일 거예요. 수녀님들 밑에서 배운 아이들은 ──지금은 우리 때만큼 많지 않지요── 인간관계를 다르게 볼 거라고 저는 확신해요, 관습에는 아주 큰 힘이 있으니까요. 수도원은 무척 신비롭고, 아이들에게 크나큰 인력을 발휘합니다. 그런 교육은 무척 극단적이죠. 저를 가르치신 수녀님들 중에서 세실리아 수녀님을 정말 좋아했어요. 하지만 어떤 수녀님들은 너무나 무력하고 의욕이 없어서 아이들을 어떻게 대해야 할지 몰랐습니다. 전부 제2차 바티칸 공의회 이전의 일, 미사에서 기타를 쓰기 이전의 일이죠. 바티칸 공의회 이후 저는 "하느님의 군대"에 들어갔어요. 신앙과 가톨릭 교리와 우리 삶에서 중요한 것에 대해서 이야기하는 십대들의 모임이었죠.

와크텔 가톨릭 교리와 원주민의 영성을 어떻게 흡수했습니까? 순차적으로 받아들였나요?

어드리크 다시 할아버지 이야기를 해야겠군요. 할아버지는 가톨릭 교리와 원주민 영성이 같이 작용하는 것을 보여 주는 가장 유력한 예거든요. 할아버지는 믿음이 무척 깊은 가톨릭 신자였을 뿐 아니라 원주민 회의를 주관했고 숲에서 기도를 했어요. 할아버지는 가톨릭교뿐만 아니라 원주민 종교도 이용했죠. 방법은 모르겠지만 할아버지는 가톨릭 교리와 원주민 종교의 모순을 해결했고, 어쨌든 할아버지의 마음속에서는 그 두 가지가 하나였어요. 할아버지는 가톨릭 신앙에 원주민 의식을 통합하면서 두 가지 모두를 실천할 수 있었고, 그로 인해 신앙이 더 풍성해졌던 것 같습니다. 할아버지가 보기에는 모순이 없었어요. 할아버지는 영성을 믿었지요.

와크텔 당신은 어떻습니까?

어드리크 저에게는 아주 큰 모순이 있어요. 그 두 가지를 화해시킬 수가 없어요. 여자인 제가 가톨릭 교리를 받아들이려면 남자보다 못한 존재라고 믿어야 하는데 저는 그렇게 생각하지 않아요.

와크텔 믿음이라는 관점에서 봤을 때 스스로 어떤 사람이라고 설명하시겠어요?

어드리크 아직 지켜보고 있다, 아직도 찾고 있다고밖에 설명할 수 없군요. 평생 그럴 것 같습니다. 저는 가능성을 믿고, 지켜봐야 한다고, 찾아야 한다고, 시험해야 한다고 믿어요. 저는 어떤 교리도 믿지 않아요. 조직화된 종교는 믿을 수 없지만, 그래도 매력을 느낍니다. 원주민 종교는 더욱 그래요, 거기서 아주 강한 연관성을 느끼거든요. 저는 원주민 종교로 돌아가는 것, 전통과 영적인 방식으로 돌아가는 것이 오늘날 부족민들의 아주 큰 희망이라고 생각합니다. 그런 것들이 우리 삶의 일부가 되는 것은 저의 크나큰 희망이죠. 특히 젊은이들에게는 무척 중요해요. 가치관을 지키고 문화와 언어를 지키는 것과 무척 밀접한 관계가 있죠. 무언가를 가르쳐 줄 교사를 찾아서 그 사람의 가까이 머무는 것이 현재의 젊은이, 특히 부족민 젊은이에게 무척 중요한 일이라고 생각합니다.

와크텔 당신은 유대감이 깊은 가족 출신이고, 아이들이 여섯 명이나 되는 유대감 강한 가족을 꾸리고 있습니다. 하지만 글에서 가족 전체를 보여 주지는 않아요. 왜 그런가요?

어드리크 제 내면에서는 아직 분열을 느끼기 때문일 거예요. 저는 아직도 제 등장인물들이 완전한 세계에 속해 있지 않다고 보는 것 같아요. 저는 혼혈 집안 출신이고 가족이 제 중심이었지만 다른 세계에 대해서는 아직 아웃사이더 같은 느낌이 있어요. 사실 가족들을 보면 세상에서 온전하고 완벽한 작은 단위로 남아 있는 가족은 거의 별로 없어요. 사람들은 대부분 완벽했다 그렇지 않았다 하는 울퉁불퉁하고 복잡한 가정생활을 하죠. 완벽한 순간만이 있을 뿐 완벽한 상황이나 삶은 없습니다.

와크텔 당신의 글에서는 어머니들이 무척 강력한 인물로 등장합니다. 「도약」이라는 단편에 나오는 공중곡예사는 아이를 구하기 위해서 말 그대로 날아오릅니다. 어머니들은 당혹스럽거나 관습에 어긋날지는 모르지만 아주 역동적인 여성으로 그려집니다.

어드리크 그 글들은 아이를 낳고 얼마 안 되었을 때, 부모가 된다는 것이 발휘하는 힘에 어안이 벙벙해졌을 때 썼습니다. 저는 믿을 수가 없었어요. 부모님을 전혀 다른 방식으로 이해하기 시작했습니다. 부모님을 완전히 용서했죠, 얼마나 잘 해냈는지 믿을 수가 없었어요. 아이를 낳자마자 그렇게 되죠. 이렇게 생각하는 거예요. '아, 우리 부모님은 정말 대단했구나. 나를 어떻게 견디셨을까?' 우리 부모님은 무척 자상하셨고, 좋은 본보기

이셨어요.

와크텔 당신은 영혼의 존재에 대해서, 마법 같은 힘에 대해서 썼습니다. 때로는 죽은 사람들이 한동안 우리 곁에 남아 있다고 말입니다. 어렸을 때 그런 생각이 일상의 일부였나요?

어드리크 아까 말했듯이 전 가톨릭 신자로 자랐는데, 가톨릭 신자는 일상생활이라는 막 뒤에 또 다른 세상이 있다고 믿습니다. 저는 머리에서 그 믿음을 없앨 수가 없어요, 마음에서 원주민의 믿음을 없앨 수도 없고요. 우리의 일상적인 삶 뒤에는 뭔가가 있고, 우리의 배경이 무엇인지는 중요하지 않아요. 죽은 자들은 우리를 따라다니고 우리와 함께 살아요, 그것이 그들이 사는 방식이에요, 우리는 그런 식으로 사랑하는 사람들과 계속 접촉할 수 있죠. 우리는 죽은 자들을 우리 영혼에, 우리의 삶에 계속 살게 해야 합니다, 그러면 위안이 되죠. 그들이 우리를 도와줘요.

와크텔 당신 글을 보면 영적인 힘이라는 것은 연약합니다. 영적 힘을 잃을 수도 있죠. 당신은 원주민의 약이나 마술을, 뉴에이지의 추종자들이 받아들여 왔던 문화적 가치를 낭만적으로 그리지 않습니다. 배신과 질병과 실패도 보여 주죠. 원주민 문화의 전용에 반대하는 글을 쓰고 있다고 생각합니까?

어드리크 저에게 의제 같은 것은 없지만, 이 땅에서 사는 것이 어떤 것인지에 대해서 솔직하고 싶습니다. 당신이 누구인지, 혹은 당신의 배경이 무엇인지 저는 신경 쓰지 않아요. 삶이 무엇인지에 대해 정말 열린 자세를 취하는 것은 쉽지 않지요. 우리에게 닥치는 순간을 선물이라고 생각하며 살아야 하지만, 고뇌를 느끼지 않고 삶에서 벗어날 방법은 없어요. 우리 모두 마찬가지죠. 그 부분만 빼놓는다면 틀린 거예요. 우리가 유토피아에서 살고 있지 않은데 완벽하고 행복한 세계에 대한 글을 읽는다고 해서 위안이 되진 않습니다. 우리는 문제가 있는 우주에서 살고 있지만 크나큰 기쁨과 일치와 조화의 순간들도 있고, 그러한 극단을 전부 받아들입니다.

와크텔 세금 징수와 압수, 인종주의를 통해서 오늘날까지도 계속되고 있는 원주민 토지의 실질적인 전유에 대해서 썼습니다. 예를 들어 단편 소설 「빙고 밴」에서 등장인물이 백인 악당들에게 두드려 맞지만 아무런 보상도 받지 못하지요. 이런 문제에 대해서 이야기하는 것이 당신에게 중요한가요?

어드리크 중요합니다. 예를 들어서 제 어머니 부족은 끔찍한 사기를 당했어요. 사기를 당하지 않은 부족이 없죠. 사기당한 부족 출신이라는 생각을 가지고 자라면 삶을 보는 어떤 관점이 생깁니다. 부족의 땅에서 자라면 아, 여긴 공간이 부족해라고 생각하게 되죠. 그러다가 현재 보호구역보다 20배는 큰 보호구역이 에이커당 10센트에 팔렸다는 이야기를 어른들에게 듣게 됩니다. 미국 정부가 우리를 정말 개떼처럼 취급했다는 사실을 깨닫는 거예요. 그런 얘기를 들으면서 자라죠. 우리는 정말 그런 느낌을 받아요. 원주민이 정말 놀라운 점은 관대함과 강인함 같은 전통적인 가치를 아직도 가지고 있다는 거예요. 그런 강인함으로 사법제도를 이용해 땅과 돈을 돌려받기 위한 노력을 계속할 수 있죠. 생존이 보여 주는 놀라운 위업이에요. 세기가 바뀌는 지금 누구도 기대하지 않았던 것이죠. 문화가 번성하고, 살아남고, 힘든 시대를 살아내는 것을 보면 세상 누구든 기운을 차리고 교훈을 얻게 됩니다.

와크텔 당신 글의 소재가 된 공동체에서 당신 책은 어떻게 받아들여지나요?

어드리크 복합적이에요. 항상 반발이 있죠. 이 사람을 왜 이런 식으로 그렸어? 그러면 보호구역 사람들은 술만 마신다고 생각할 거 아냐. 또는, 이 사람은 왜 이렇게 완벽해? 그런 식이죠. 사람들마다 반응이 달라요. 강렬한 반응도 많은데, 그건 훨씬 더 좋죠. 사람들이 반응을 해줘서 기뻐요. 제가 어떤 사람에게 영향을 주려고 글을 쓰는 건 아니지만요. 제가 글을 쓰는 동기는 아주 이기적이에요. 저는 글 쓰는 것이 좋고, 그래서 글을 써요.

와크텔 아까 부모의 힘에 깜짝 놀랐다고, 그것이 당신을 너무 강렬하게 사로잡았다고 했습니다. 『어치의 춤: 아이가 태어난 해』라는 논픽션도 썼지요. 부모의 힘에 대해서 글을 쓰는 것이 왜 그렇게 중요했나요?

어드리크 제가 그 책을 쓴 것은 그토록 심오한 경험을 할 준비가 되어 있지 않다고 느꼈기 때문이기도 해요. 우리가 부모로서 느끼는 감정적인 충격은 정말 놀랍습니다. 우리의 가장 큰 본능은 아이를 지키는 거예요. 어떤 면에서는 너무나 두렵죠. 삶에 완전히 새로운 차원의 두려움이 덧붙는 거예요. 부모님의 사랑을 받는다는 것이 어떤 것인지 완전히 새롭게 이해하게 되죠. 아이의 감정에 완전히 동일시하기 때문에 그런 감정을 느끼게 됩니다. 그렇게 되어 있어요. 그냥 유전적인 거예요. 제 생각에는, 임신과 출산 과정에서 우리는 과거와, 미래와 물리적으로 연결되었다는 느낌이 드는 것 같아요. 아주 심오한 것의 정점에 서 있는 느낌이죠.

그리고 전 제 감정을 이해할 수 있게 설명하는 글이 좋아요. 임신 중일 때, 그리고 아주 어린 애들을 키울 때, 감정적인 면에 대해서, 부모의 내적인 삶에 대해서 이야기하는 글을 원했어요.

와크텔 제 생각에 부모가 되는 것이 이 책의 주제라면 자연은 끊임없이 등장하는 배경인 것 같습니다. 당신은 자연과 어떤 관계를 맺고 계십니까?

어드리크 인간이라는 자체가 자연의 일부가 되는 것이에요. 저는 운 좋게도 아름다운 숲과 나무의 일부가 될 수 있는 환경에서 이 책을 썼습니다. 우리는 모두 자연의 영향을 받죠. 자연에 대해서 끊임없이 이야기를 하든, 시골에서 살면서 비를 맞든, 우리는 모두 자연의 영향을 받습니다. 우리는 인간이라는 것의 의미를 점점 더 의식하면서 우리가 누구인가라는 정의를 점차 바꿔요. 그것이 하나의 문화입니다.

우리 스스로를 자연의 일부로 생각하지 않을 방법이 없습니다. 특히 임신과 출산이라는 신체적 과정을 직접 겪으면 더욱 그렇지요. 저는 스스로 더 추상적인 사람이라고, 신경증적이고 논리적으로 사고하는 사람이라고 생각하고 싶지만 신체적 자아를 부인할 방법이 없었습니다. 저에게는 부모가 되는 경험이 가장 우선이었고, 지성과 육체가 구분되지 않았어요. 아이를 기르는 과정에 지적으로, 감정적으로, 육체적으로 정말 푹 빠지게 되죠.

이 책은 우리 딸들을 위해서 쓴 것이기도 해요. 저는 이 이야기를 나중에 하면 직접적이지 않을 거라고 생각했어요. 우리 아이들이 엄마가 된다면 그때는 이 경험이 흐릿해지겠지요. 그래서 저는 엄마가 되는 경험을 할 때 무슨 생각이 들었는지 아이들에게 이야기해 줄 것이 필요하다고 생각했습니다.

와크텔 짧고 간결한 에세이와 관찰을 모은 책인데 그 중 한 부분의 제목이 "어치의 춤"이죠. 책 제목을 『어치의 춤』으로 정한 것은 본인의 선택이었나요?

어드리크 네, 상징적이라는 생각이 들었거든요. 언젠가 작고 강한 새가 ──어치였어요 ──우스꽝스러운 춤 같은 걸 추면서 거대하고 위협적인 매를 쫓아내는 장면을 보았는데, 유머 감각이 있었기 때문에 그랬던 것 같아요. 적어도 제게는 그렇게 보였어요. 사실은 그렇지 않을지도 모른다는 걸 알지만, 제가 보기에는 정말 대단한 장면이었어요. 어치가, 기회성 동물들이, 똑똑한 동물들이 생존하게 만들어 주는 것은 무엇일까 생각하기 시작했어요. 그리고 어떤 면에서는 그 장면이 저에게 도움을 주었죠. 저는 부모가 된 많은 사람들과 똑같은 경험 ──갑작스러운 감정 기복을 가져오는 불면과 한없는 기쁨의 조합이죠 ──을 하고 있었는데, 아이를 돌보는 데 정말 집중하고 싶을 때 한꺼번에 그런 일들이 일어나요. 쉬운 경험이 아니지요. 어쨌든 이 별 거 아닌 그 장면에 도움을 받았어요.

와크텔 바로 다음에 당신이 일을 쉬면서 아이를 돌봐야 하는 때에 대한 이야기가 나오는데, 그것이 이 책의 주요 주제인 것 같습니다. 작가로서의 자아와 어머니로서의 자아 사이의 긴장에 대해서 이야기해 주시겠어요?

어드리크 제가 그 이야기를 쓰고 싶었던 이유 중에는 좋은 예술가가 되기 위해 나쁜 엄마가 되고 싶지 않다는 생각도 있었던 것 같아요. 다른 사람들은 그 긴장을 어떻게 하는지 모르겠어요, 작가라면 자기 시간과 에너지를 이기적으로 써야 하지만 저는 우리 아이들에게 완전히 매료되었고 아이들을 정말 사랑했으니까요. 저는 다른 여자들의 글에서, 어머니이면서 예술가인 여자들을 보면서 그것을 알아내려 애썼어요. 조언과 희망을 찾아서 다른 여자들의 글을 보았지만, 사실 어머니가 된다는 것은 크나큰 축복이자 행운이라고, 그로 인해 경험이 더욱 깊어졌다는 토니 모리슨의 말에서 큰 희망을 발견했어요. 저는 그 말이 정말 진실이라고 생각해요.

물론 아이를 낳는 데 이유가 있다면 단지 불가피하기 때문이고, 아이와 함께하고 아이를 돕고 아이와 함께 자라는 과정을 사랑하기 때문일 거예요. 저는 예상하지 못했던 전혀 다른 방식으로 삶을 다시 경험하는 느낌이었어요. 예를 들어서 우리는 네 살짜리 아이의 유머 감각이 어떤 건지 잊죠. 아주 독특해요, 직설적인 농담을 할 능력은 없지만 뭐든지 거꾸로 하는 것이 정말 웃겨요. 아이의 눈으로 새롭게 보는 것이 저에게 무척 놀라운 경험이었어요. 정말 세상을 대부분 다시 경험하는 느낌이었죠. 지금도 그래요.

와크텔 당신은 스스로를 "파란 눈의 깡충거미"에 비교했습니다. 그 비유를 자세히 설명해 주시겠어요?

어드리크 따뜻하고 사교적이고 가정적인 사람과 일종의 고독을 간직하면서 사람들과 약간 거리를 둬야 하는 예술가 사이의 긴장과 관련이 있어요. 고독의 가치라는 것은 무척 중요한 문제이지만 우리 문화에서는 많이 이야기되지 않는 것 같습니다.

우리는 오히려 외로움이 비극이라고 생각하죠. 칠남매라서 항상 수많은 가족에게 둘러싸여 있었기 때문일지도 모르지만, 저는 고독을 더 소중히 여겨야 한다고 생각해요.

와크텔 당신은 거미와 마찬가지로 남편이나 가족과 어느 정도 거리를 두지 않으면 잡아먹힐 것이라고 말했습니다.

어드리크 정말 그래요. 불쌍한 거미 이야기로 돌아가면, 잡아먹히는 것은 주로 수컷이죠. 하지만 제가 말하는 건 가족 안에 완전히 갇히는 위험이에요. 그리고 잡아먹히는 거죠! 정말 그런 느낌입니다. 사랑하는 사람에게 나를 조금씩 내주는 것 같아요, 가끔은 내가 사랑하는 일을 하기 위해서 몸을 추스르기가 어렵습니다.

와크텔 당신은 어떻게 해냈습니까? 여섯 아이와 역시 작가인 남편과 살면서 글을 쓸 시간을 어떻게 만들었나요?

어드리크 우리는 협력이 아주 잘 되기 때문에 가능했던 것 같아요. 남편은 무척 조직적인 사람이고 저는 그렇지 않은데, 서로 접근법이 다르기 때문에 어쨌든 해낼 수 있었어요. 저에게는 파트너가 있다는 게 중요했죠, 그래야만 제가 해낼 수 있었어요. 하지만 내가 글 쓸 시간이 있어야 한다며 고집을 꺾지 않았던 것도 중요했어요. 글을 써야 한다는 충동을, 집착을 느끼는 거죠, 그게 세상에서 제일 중요한 일이라고 말이에요. 하지만 아이도 늘 세상에서 제일 중요한 사람이기 때문에 어떻게든 둘 다 해내야 해요. 알아요, 많은 사람들이 겪는 일이죠.

와크텔 『어치의 춤』에서 여성 작가의 이름을 쭉 대면서 아이가 있는 작가와 없는 작가, 결혼한 작가와 독신 작가를 구분합니다. "여자와 남자는 다르게 쓰는가"라는 것만큼이나 무리한 질문이라는 것은 알지만, "어머니는 다르게 씁니까?"

어드리크 저 역시 알아내려고 노력 중이에요. 토니 모리슨은 모성을 아주 강력한 방식으로 이용한 것 같아요. 예를 들어서 『빌러브드』는 인간으로서 가장 끔찍한 가능성에 대해서, 자기 자식을 죽이는 어머니에 대해서 이야기합니다. 그것이 오히려 깊은 사랑과 애착을 보여 주죠. 어머니는 노예제도에서 아이를 구하기 위해서 아이를 죽입니다. 가장 끔찍한 방식으로 아이를 안전하게 지키는 거예요. 저는 사람들이 어떤 공포와 맞서 싸우는지 보여 주기 위해서 토니 모리슨이 그것을 이용했다고 생각합니다.

저는 다른 여성들의 책을 읽으면서 모성이나 아이를 낳지 않겠다는 결정이 글을 쓰는 작업에 어떤 의미를 가질까 생각해요. 제인 스마일리 역시 비슷한 주제에 대해서 썼는데, 『천 에이커의 땅에서』에서, 특히 결말 부분에서, 보호하고 지키고 간직하려는 원시적인 본능에 대해서 이야기합니다. 저는 그것이 가장 놀라운 결말이라고 생각했어요. 제인 스마일리는 어머니이기 때문에 그렇게 쓸 수 있었던 것 같아요. 어머니가 되면 자식들을 보호하려고 애쓰면서 수많은 방법을 통해 말 그대로 세상 모든 일에 손을 뻗으니까요. 내 아이들만이 아니라 더 일반적인 의미에서 사람들을 보호하고 싶어집니다.

와크텔 당신은 또한 아이를 돌보는 여자가 되고 싶지만 그 사실을 깨닫지 못한 남자들이 쓴 문학이 가장 감동적일지도 모른다고 추측합니다. 더 자세히 설명해 주시겠습니까? 남자는 예술 작품을 낳고 여자는 아이를 낳는다는 고전적인 비유를 말하는 것은 아니지요?

어드리크 문학에는 완성과 일치를 향한 크나큰 갈망이 있습니다. 인간의 예술은 그런 거죠. 플라톤은 그것을 성적 결합으로 생각했어요, 반쪽인 두 사람이 만나서 하나가 되어 굴러가는 거예요. 어머니가 되어서 아이를 보살피고, 아이와 그토록 가까워지고, 나에게 완전히 의존하는 동시에 모든 것을 주는 아이가 있으면 완전해진 느낌, 절대적으로 옳다는 느낌이 들어요. 모자 관계에서만 경험할 수 있는 것은 아니에요. 여러 가지 다른 방식으로 경험할 수 있고, 모자관계는 그 중 하나일 뿐이죠. 제가 하고 싶은 말은 예술이, 문학이 그러한 완전함을 갈망한다는 것입니다.

와크텔 제 생각에는 모성애와 전혀 어울리지 않는 작가도 언급했습니다. 어니스트 헤밍웨이 말이에요.

어드리크 제가 말하고 싶었던 것은 가장 특이하고 마초적인 방식으로 자기 용기를 증명하고 싶다는 헤밍웨이의 욕구였어요. 여자들은 다른 방식으로 용기를 증명하지만 남자들처럼 높이 평가받지 못했지요. 이제 더 많은 여자들이 글을 쓰면서 이 상황이 바뀔 거예요. 여자들은 아이를 낳으면서 정말로 힘든 시간을 겪어 냅니다. 하지만 그 이야기는 별로 언급되지 않죠. 의학적인 과정이 되어 버려서 인간적인 관점에서 생각하지 않아요. 여자들이 뭔가를 증명했다고 생각하지 않죠. 하지만 저는 사실 겁에 질렸으면서 씩씩하게 아이를 낳으러 가는 여자들이 정말 놀랍다고 항상 생각합니다. 여자들은 극도로 어려운 상황을 아주 용감하게 견디고, 우리는 그것을 당연하게 여깁니다. 출산은 의학적인 경험에 불과한 것이 아니에요. 종교적인 경험이지만 크게 인정받지 못하지요.

와크텔 어머니가 되면서 어떤 두려움을 느꼈습니까? 머리카락을 잘랐을 때 기절한 적이 있을 정도로 겁이 많다고 했는데, 그러니 아이를 낳을 때는 정말 큰 용기가 필요했을 것 같습니다.

어드리크 저는 정말 겁쟁이예요. 어렸을 때 예방 접종을 하면 반드시 엄마 손을 꼭 잡았어요. 그러니 의학에 온전히 몸을 맡기는 것은 정말 무서웠지만, 제 친구이기도 한 산파가 같이 들어가서 정말 다행이었죠. 그 친구는 저를 편안하게 해주었고 제가 잘 통제하고 있다고 격려해 주었습니다. 하지만 많은 여자들이 그렇듯이 저는 통제할 수 없다는 느낌이, 무슨 일이 일어날지 정확히 모른다는 사실이 두려웠습니다. 저는 아이를 낳는다는 것이 어떤 느낌일지, 제가 어떻게 반응을 하고 뭘 해야 할지 다른 여자들에게서 계속 물어봤어요. 사람마다 다 달랐죠. 아이를 십 분 만에 낳았다는 란제리 가게 주인을 계속 찾아가서 물어보기도 했어요. 그 여자와 이야기를 나누고 괜찮은 란제리를 사면 저도 그렇게 할 수 있을 것만 같았거든요.

와크텔 당신은 왜 어떤 여자의 출산도 소크라테스의 죽음만큼 유명하지 않은지 질문을 던집니다. 자살과 출산을 연관시키는 이유는 무엇입니까?

어드리크 『어치의 춤』은 출생뿐 아니라 자살과 죽음에 대한 내용입니다. 제가 그 책을 쓰던 집에 원래 살던 사람이 자살을 했기 때문이기도 하고, 삶의 완전한 주기를 계속 느꼈기 때문이기도 합니다. 소크라테스의 죽음을 그린 그림은 수없이 많아요. 그것은 영웅적인 선택이었고 사람들은 거기서 많은 용기를 얻습니다. 하지만 여자들은 출산이 어떤 것인지 말하지 않아요. 우리는 출산을 모든 여자가 해야 하는 일로, 그저 해야 하는 일이라고 받아들입니다. 최초의 제왕절개술로 태어난 카이사르를 생각해 보세요. 카이사르에 대한 이야기뿐, 카이사르의 어머니에 대한 말은 없어요.

와크텔 출산에 대한 글이 그렇게 적은 이유는 무엇일까요?

어드리크 제가 말했듯이 출산은 종교적인 경험이지만 조직적인 종교에 의해 통제되었고, 출생의 과정 자체가 몇 세기 동안이나 언급할 수 없는 것으로 여겨졌어요. 가톨릭이 통제하는 세상에서는 출산에 대해서 이야기할 수도, 설명할 수도 없습니다. 수많은 여자들이 아이를 낳다가 죽었어요. 백 년 전만 해도 출산을 하다가 죽을 확률이 반반이었지요. 저는 청교도 문화 배경에 일부 이유가 있다고 생각해요. 출산은 우리가 생각하거나 쓰는 대상이 아니에요, 공적 대화의 대상이 아니죠. 하지만 여자들이 출산에 대한 글을 계속 쓰면 문학의 일부가 될 겁니다.

와크텔 당신은 의미 있는 고통이 인생을 바꿀 수 있다고 말했습니다. 설명해 주시겠어요?

어드리크 저는 고통을 겪으면 이미 그것을 경험한 사람들과 유대감으로 하나가 된다고 생각해요. 아이를 낳기 전까지 정말 큰 육체적 고통을 단 하루도 겪지 않았다는 점에서 전 매우 운이 좋았습니다. 작은 일들은 있었죠. 하지만 저는 아이를 낳고 퇴원한 후 새 생명을 얻었다는 놀라움을 느끼는 동시에 고통을 더욱 진지하게 받아들이게 되었습니다. 아이를 낳는 것이 무척 심오하고 교훈적인 경험이었기 때문에 국제 앰네스티에 가입했어요. 그렇게 기쁜 목적도 없이 고통을 받는 것은 너무 끔찍하다는 생각이 들었기 때문이죠. 저는 아이를 낳을 때 정말 운이 좋았어요, 특이하다고 할 만한 일은 하나도 없었거든요. 하지만 세상을 달리 보게 되었습니다.

와크텔 당신은 이 책을 관통하는 주제가 출생뿐만 아니라 죽음이라고, 죽음의 위협이라고 했습니다. 말씀하신 것처럼 당신 집에 예전에 살던 사람이 자살을 했지요. 또 당신이 글을 쓰던 시기에 조부모님 중 세 분이 돌아가셨습니다. 그 시기를 어떻게 헤쳐 나왔습니까?

어드리크 그것이 이 책을 쓴 목적 중 하나였어요. 저는 제 자신에 대해서 쓴 적이 없었습니다. 시작은 끝을 암시하죠. 특히 제 조부모님들이 떠나셨기 때문에 ——지금 생각해 보면 정말 그냥 걸어 나가신 느낌이에요——저는 삶이라는 영역에 대해서 계속 생각했습니다. 저는 조부모님들과 정말 친밀하게 이어져 있었고, 지금도 그렇습니다. 저희 가족은 대가족이고 서로 무척 가까웠기 때문에 조부모님들이 세상을 떠나는 동시에 새로운 아이들이 세상에 태어나는 것이 저에게는 무척 심오한 경험이었습니다. 저는 첫째여서 할아버지 할머니와 가까웠으니 운이 좋았어요. 할아버지 할머니가 비교적 젊으실 때의 모습을 알았으니까요. 저는 조부모님들과 많은 시간을 보냈고 감정적으로 무척 가까웠는데, 그것이 저에게는 아주 소중한 기억입니다. 그런 경험을 되살려서 제 아이들을 위해 남기고 싶었어요.

와크텔 당신은 『어치의 춤』을 "사적인 탐구"라고 표현했습니다. 이 책을 쓰면서 무엇을 발견했습니까? 전에는 몰랐지만 지금은 알게 된 것은 무엇인가요?

어드리크 저는 기쁨도 예상하지 못했지만 우울함도 예상하지 못했습니다. 무슨 일에 대해서 그렇게 감정 기복이 심해지거나, 감정적으로 대응하거나, 사랑에 압도당할 것이라고 생각하지 못했어요. 저는 그런 유아적인 사랑을 겪은 적이 없었어요. 아이를 낳자마자 쏟아지는 사랑의 감정이 있는데, 저는 정말 깜짝 놀랐어요. 이제 다른 사람과 이야기를 나누면서 그것이 인간 삶의 일부라는 것을, 가끔 사람들을 두렵게도 한다는 사실을 깨달았습니다. 5분마다 아이가 숨을 쉬는지 확인하게 만드는 사랑이에요. 아주 귀찮은 사랑일 수도 있지만, 저는 어쨌든 더 행복해졌습니다.

저는 이 책을 쓰면서 더 유쾌해졌어요. 즐거움뿐만 아니라 이런 끔찍한 감정들도 가지고 있음을 인정하는 다른 사람들도 이 책을 읽으면서 저처럼 유쾌해지면 좋겠어요. 그 자체로 기쁨을 느끼면 우리는 자유로워집니다.

1993년 6월 / 1995년 4월

샌드라 라비노비치, 래리 스캔런과 인터뷰 공동 준비

"작가는 다른 사람들이 이미 이용한 말, 따라서 남용된 말에 대해
폐소공포증을 느끼는 사람이라는 느낌이 항상 들어요.
모든 것을 저만의 말로 설명하려는 강렬한 충동,
저에게는 그것이 가장 중요합니다."

다비드 그로스만

다비드 그로스만
David Grossman

이스라엘 소설가이자 저널리스트인 다비드 그로스만이 웨스트뱅크의 유대인과 팔레스타인 사람들의 삶에 대한 열정적이고 문제적인 글들을 『뉴요커』에 실은 다음 『황색 바람』(1987)이라는 책으로 출간했을 때 나는 그의 이름을 처음 들었다. 6일 전쟁*으로부터 20년이 지난 후, 즉 이스라엘 점령이 시작하고 20년이 지난 후였다. 그로스만은 그의 경험을 이렇게 설명한다. "1987년 3월에… 나는 웨스트뱅크로 나갔다가 에세이집 『황색 바람』을 가지고 돌아왔다. 내가 거기에서 본 것들은 무시무시했지만, 더욱 무시무시한 것은 나와 이야기를 나누었던 사람들이 말 사이사이의 여백으로 암시한 것들이었다. 그들의 침

---

* 1967년 6월 5일부터 이스라엘이 이집트, 요르단, 시리아를 차례로 공격하여 일방적으로 승리를 거둔 전쟁. 이 전쟁으로 이스라엘은 골란고원, 웨스트뱅크, 가자 지구, 시나이 반도(이집트에 단계적으로 반환)를 점령했다.

묵에, 분노와 증오로 이빨을 가는 사이사이에는… 재난의 씨앗이 있었다." 그로스만은 6개월 뒤에 일어날 인티파다, 즉 팔레스타인 봉기를 미리 예상했다.

아랍어를 유창하게 하며 라디오 저널리스트이기도 한 다비드 그로스만은 점령 웨스트뱅크를 배경으로 하는 소설 『양의 미소』와 50년대 후반 이스라엘과 제2차 세계대전 당시의 나치 강제 수용소를 배경으로 하는 복잡한 소설 『밑을 보라:사랑』을 썼다. 『밑을 보라:사랑』은 귄터 그라스나 가브리엘 가르시아 마르케스의 작품과 비교되는 걸작이다.

현재 비평가들은 다비드 그로스만을 "이스라엘에서 가장 뛰어난 소설가"라고 부른다. 그로스만이 한 소년의 의식에 설득력 있게 파고드는 『본질적인 문법의 책』은 제임스 조이스의 작품이나 헨리 로스의 고전 『선잠』을 연상시킨다. 그러나 이제 다비드 그로스만은 비교 자체를 벗어나기 시작했다. 그의 글은 기이하며 그만의 힘을 갖는다. 『본질적인 문법의 책』은 내가 오랜만에 읽은 무척 불편한 소설인 동시에 최고의 소설이었다.

다비드 그로스만은 소설과 보도 문학 작품을 계속 쓰고 있다. 『줄 위에서 잠자기』는 1948년에 이스라엘이 건국되고 아랍 이웃나라들이 전쟁을 선포한 후 이스라엘에 남기를 선택한 팔레스타인 사람들과의 대화로 구성되어 있다. 팔레스타인 사람들을 향한 그로스만의 연민은 이스라엘과 해외에서 다시 한 번 논란을 불러일으켰다.

1954년 예루살렘에서 태어난 그로스만은 고국의 정치적·사회적 우여곡절을 확실하고 사색적으로 계속 분석하고 있다. 1994년 가을, 내가 그로스만과 대화를 나누었을 때(그는 『본질적인 문법의 책』 홍보를 위해 뉴욕을 방문 중이었다) 그는 평화 협상 과정에 대해서 낙관적이었다. 그러나 1995년 말 이스라엘 국무총리 이츠하크 라빈이 암살당하고 1996년 초에 하마스 자살 폭탄 사건이 연달아 일어나면서 그로스만의 자신감은 줄어들었다. 1996년 3월, 그로스만은 CBC의 「뉴스월드」에 출연해서 이렇게 말했다.

"이스라엘 사람과 팔레스타인 사람 대부분에게 이제 평화란 아주 좋은 말에 불과합니다…. 우리는 전쟁 상황에, 공포 속에서 살고 있습니다. 아이들에게 매순간이 곧 마지막인 것처럼 이야기하지요…. 한 걸음 한 걸음이 치명적일 수 있고, 타서는 안 될 버스를 타거나 행운의 버스를 놓칠 수도 있습니다. 이처럼 죽음을 가까이 느끼며 사는 것은 영혼에, 정신에, 언어에 무척 부담스러운 짐입니다. 그러한 위험이 사방에 도사리고 있기 때문에 이제 우리는 삶을 잠재적인 죽음으로 이야기하기 시작했습니다. 그러므로 우리는 이것을 끝내기 위해서, 평범하게 살기 위해서, 어느 정도 희망을 가지고 어느 정도 미래를 생각하면서 평화 협상 과정을 시작했습니다."

* * *

와크텔 『황색 바람』 문고판 서문에서 당신은 이렇게 말했습니다. "작가의 일은 상처에 손가락을 집어넣는 것, 독자가 아직 방어하는 법을 배우지 못한 언어로 그렇게 하는 것이다." 작가로서 그렇게 해야 한다고 느끼는 이유는 무엇인가요?

그로스만 저는 그런 충동을 느꼈고, 그것을 표현할 방법을 찾다가 작가가 되었습니다. 상처는 고통을 주기 때문에 이것이 작가가 할 수 있는 가장 중요한 일이라고 생각해요. 고통은 사람을 마비시킬 수 있지요. 사람들은 아주 왜곡된 방식으로 자신의 상처와 함께 살아가는 법을 배웁니다. 가끔 인성 자체가 상처나 결함을 중심으로 형성되는 것을, 그 사람이 상처를 안고 살아갈 수 있게 해주어야 할 아주 복잡한 장치가 감옥이 되어버리는 모습을 볼 수 있지요. 작가가 해야 하는 일은 언어를 순화하고 언어의 근본적인 중요성을 상기시키는 것, 복잡하고 모순으로 가득한 현대의 삶에서 세월이 흐르면서 잊힌 우리 문화의 저류를 다시 복원하려고 노력하는 것입니다.

와크텔 상처가 시작점이라고 하셨는데, 왜 상처에 끌렸는지 아시나요?

그로스만 무척 개인적인 질문인데요, 솔직하고 숨김없이 대답하겠습니다. 저는 제가 아는 모든 것에 대해서 영원한 아웃사이더라는 느낌이 드는데, 그것과 상관이 있는 것 같습니다. 저는 제가 본 것을 제 자신의 말로 서술함으로써 저만의 현실을 만들어 냅니다. 또, 다른 사람이 이미 말한 언어로는 말하지 못하기 때문이기도 하지요. 작가는 다른 사람들이 이미 이용한 말, 따라서 남용된 말에 대해 폐소공포증을 느끼는 사람이라는 느낌이 항상 들어요. 모든 것을 저만의 말로 설명하려는 강렬한 충동, 저에게는 그것이 가장 중요합니다. 그래서 『황색 바람』을 썼습니다. 말이 제 감정이나 지식과 맞지 않아서 저와 현실 사이에 전쟁이 벌어지는 것 같았고, 그래서 그것에 대해 써야 했지요. 제가 쇼아, 즉 홀로코스트에 대해서 『밑을 보라: 사랑』을 쓴 것도 그래서입니다. 제가 읽은 책들은 어떻게 그런 일이 저 같은 사람들에게 벌어질 수 있었는지 진실을 말해 주는 것 같지 않았으니까요. 살인자와 피해자 모두에 대해서 말입니다. 다들 의도치 않게 그런 상황에 처한 평범한 사람들이었습니다. 마지막으로, 제가 『본질적인 문법의 책』을 쓴 이유도 바로 그것입니다. 주인공 아론이 자신만의 언어를, 다른 사람들이나 외부 세계, 어른들의 언어에 오염되지 않은 언어를 만들어 내야 하는 거의 절박한 필요성도 바로 거기서 나오지요.

와크텔 항상 아웃사이더 같았다는 말은 개인적, 심리적인 표현으로 느껴지는군요. 당신은 이스라엘에 사는 이스라엘 사람이고, 그 문화의 일부로 보일 테니까요.

그로스만 그렇습니다, 제가 설명할 수 없는 모순과 이분법이 항상 존재했습니다. 저는 어렸을 때 무척 사교적이면서도 완전히 외톨이였던 기억이 납니다. 아마 우리 모두 그렇겠지요. 저는 대체적으로 제가 속한 사회의 필수적인 일부라고 느끼고, 사회의 일부가 되어 스스로 만들어 나가는 이 사회에 참여하고 싶어요. 특히 새로운 발전들로 인해서 예전처럼 살아남는 것에만 신경을 쓰는 것이 아니라 온갖 층위에서 정상적인 삶을 살게 된 지금은 더욱 그렇지요. 저는 이스라엘의 삶에 참여하고 있고, 글을 써서 영향을 미치고 싶습니다. 저를 조종하거나 어떤 생각을 하고 어떤 말을 하라고 시키려는 사람들을 위해서 이 무대를 떠나고 싶지는 않아요. 하지만 동시에 아웃사이더라는 느낌이 들어요. 아주 개인적인 느낌이지만 제가 어떻게 할 수가 없습니다.

와크텔 당신은 보도 문학 『황색 바람』을 위해서 경계를 넘어 점령 지역으로 들어간 최초의 이스라엘 작가입니다. 『황색 바람』은 웨스트뱅크와 가자 지구에 사는 유대인과 팔레스타인 사람들을 인터뷰한 아주 도발적인 책이지요. 왜 점령 지역에 가고 싶었습니까?

그로스만 저는 그보다 3년 전에 첫 번째 소설 『양의 미소』를 썼는데, 두 책 모두 제가 빼앗긴 현실을 회복하려는 노력이었습니다. 이스라엘 사람과 팔레스타인 사람은 정말 심한 왜곡 속에서 살고 있어요. 점령은 모두 알다시피 무척 비정상적인 상황이지만 우리는 구체적으로 어떤 삶인지, 어떤 괴롭힘을 당하는지, 어떤 굴욕을 당하는지 세세히 알지 못합니다. 다른 이를 점령한다는 것은 무슨 뜻일까요? 정치적 관점 ─ 무척 편협하고 일관성 없고 폭력적이죠 ─ 에서의 점령뿐만이 아니라, 다른 사람의 사생활에 침투한다는 것이 무슨 의미일까요? 다른 사람의 친밀한 관계를 지배한다는 것은요? 그들의 일상적인 현실을 구성한다는 것은요? 아주 어려운 질문이지만 저는 그런 질문을 다루고 싶습니다. 신문이나 책을 읽어도 대답을 해주는 것 같지 않으니까요. 저는 그런 상황에서 질식할 것 같은 느낌이 들었습니다. 우리 삶의 일부인데 우리는 그것을 표현할 말이 없습니다. 말이 없어요! 우리 앞의 현실을 상상하려고 애쓰지 않으면, 그 모든 뉘앙스를 파악하려고 노력하지 않으면 언젠가 상상도 할 수 없는 현실 속에서 잠을 깰 것입니다. 이스라엘 지도자들이 깨어 보니 인티파다가 일어났던 것처럼요. 그들은 무슨 일이 벌어지고 있는지 몰랐기 때문에 정말 깜짝 놀랐지요. 제가 인티파다 6개월 전 『황색 바람』을 펴냈을 때 우리 수상이었던 이츠하크 샤미르는 저를 비난했습니다. "저널리스트의 창작물일 뿐 현실과는 다르다. 현장에서 무슨 일이 벌어지고 있는지 말해 주는 부하들이 있기 때문에 나는 잘 알고 있다"라고 말했지요. 그랬다가 현실의 모순 때문에 많은 사람들이 그랬던 것처럼 샤미르 역시 깜짝 놀랐습니다. 사람들은 보고 싶지 않은 것으로부터 자신을 보호하는 경향이 있지요.

와크텔 『황색 바람』은 이스라엘 독자에게는 무척 어려운 문제를 탐구합니다. 점령은 고통받는 자들과 생존자들의 국가로서 이스라엘이 도덕적으로 우위에 있다는 생각에 의문을 제기하니까요. 소설가 아모스 오즈는 이스라엘인은 세상에서 제일 좋은 나라를, 가장 높은 윤리적 기준을 가진 가장 순수한 나라를 원하는 사람들이라고 설명했습니다. 그렇지 않으면 완전한 환멸을 느끼게 될 것이라고요.

그로스만 음, 누구나 자기 자리가, 자기 환경이 가장 좋기를 바라니까, 저 역시 그와 같은 것을 바랄 수 있습니다. 우리 이스라엘인들은 이제야 ─평화가 이루진 후에야─ 그렇게 고귀하고 신성한 미래를 생각하는 게 아니라 실용적인 이데올로기를 갖는 것이 더 나을지도 모른다는 사실을 이해하기 시작했어요. 하늘처럼 높은 꿈을 꾸지 않아도 할 일이 많습니다. 이 땅에도 우리가 개선할 수 있는 것이, 스스로 이해하려 노력할 수 있는 것이 아직 많아요. 이스라엘은 이제 겨우 45년 됐고, 아직 기본적인 의문을 해결하지 못했기 때문입니다. 예를 들어서, 우리는 누구일까요? 우리는 유대인일까요, 이스라엘인일까요? 우리 새로운 이스라엘 사람들은 유대인 역사를 어디까지 가져와야 할까요? 유대인과 이스라엘인 사이에는 크나큰 차이가, 건널 수 없는 강이 있을지도 모릅니다. 유대인 역사에서 무엇을 가져와서 우리 아이들에게 전해 줘야 할까요? 재난, 고난, 고통밖에 없을까요? 다른 것이 있을지도 모릅니다. 이제 우리는 처음으로 우리 역사 앞에 새롭게 설 기회를 얻었으니까요. 이스라엘 내에 살고 있는 소수 팔레스타인 사람들은 어떨까요? 우리 인구의 5분의 1에 해당하는 소수민이 있습니다. 그들은 아랍인이고 이슬람교도이지만 유대인 국가에 살고 있습니다. 그러면 여기가 그들의 나라일까요? 우리는 정말 민주주의자가 될 수 있습니까? 다른 문제들도 있습니다. 우리는 중동의 일부일까요? 우리는 중동에 살고 있다는 사실을 받아들이고 있을까요? 중동은 우리를 받아들일까요, 아니면 평생 우리를 외국인이나 이방인으로 볼까요? 아시겠지요, 무거운 질문이 너무나 많습니다. 이스라엘에 산다면 이런 질문 하나당 책을 한 권씩 쓸 수 있습니다.

와크텔 당신은 환상에서 깨어났습니까? 당신은 팔레스타인 사람들에 대해 무척 동정적인 책을 쓰고, 점령자 이스라엘인을 비판하고, 이스라엘인을 점령자로 보는 것에 불편함을 느낍니다. 이스라엘의 국가 정신에 미치는 영향에 대해서 이야기하는 것이지요. 그렇다면 당신 자신이 받은 영향은 어떻습니까?

그로스만 정말 어려웠습니다. 저는 이스라엘과 이스라엘의 교육, 수많은 슬로건과 클리셰, 제가 바라는 이스라엘이라는 이상의 산물이에요. 그런데 그러한 개념들 대부분이 갑자기 깨져 버린 거죠. 이제 저는 제가 무슨 생각을 하는지, 그 안에서 제 역할이 무엇인지, 제가 어떻게 항변할 수 있는지 찾아내야 했습니다. 『황색 바람』을 쓰고 난 후 몇 주 동안 저는 완전히 소외된 느낌이었습니다. 책을 끝낸 것은 이스라엘 독립기념일 하루 전, 친구들과 모여서 노래를 부르는 날이었어요. 이스라엘의 의식이죠. 전쟁 직후나 전쟁 중에 만들어진 노래들이라서 전쟁에 물들어 있지만, 우리가 정말 좋아하는 노래들입니다. 어떤 면에서 우리를 구성하는 요소이지요. 제가 그 노래들을 부를 수 없었던 것, 다른 사람들과 함께 노래할 수 없었던 것은 그날이 처음이었고, 저 스스로 파문당한 기분이 들더군요. 지금은 상황이 전혀 다르지요. 7, 8년 전이라면 언론과 정부로부터 위협을 당하거나 심지어 저주를 받을 만한 말들이 지금 이스라엘 국회에서 오가고, 라빈 총리가 공공연하게 말하고 있습니다. 아모스 오즈와 이사이아 레이보위츠를 비롯한 사람들이 몇 년 전에 하던 말들을 라빈 총리가 지금 하고 있고, 그것이 현재 이스라엘의 공식 정책이에요. 이스라엘은 아주 긍정적인 방향으로 움직이고 있고, 우리는 그것을 기억해야 합니다.

와크텔 『황색 바람』을 쓰는 것이 얼마나 괴로운 경험이었는지 들으니 『줄 위에서 잠자기』를 어떻게 썼을까, 하는 생각이 드네요. 점령 지역이 아니라 이스라엘에 사는 팔레스타인 사람들과의 대화죠. 그런 이야기들을 모은 이유는 무엇입니까?

그로스만 아직 누구도 다루지 않은 주제이며 가까운 미래에 폭발할 것이라고 느꼈기 때문입니다. 그것이 다음 폭발, 중동의 다음 위험이 될 것 같아요. 팔레스타인 국가가 생겨서 팔레스타인의 큰 문제가 해결되기 시작하면 우리는 이스라엘 내부의 팔레스타인 소수민 문제를 마주해야 할 테니까요. 이스라엘 내 팔레스타인 사람들은 누구일까요? 스스로 유대계라고 선포한 국가에 사는 이스라엘인이지만 유대인은 아닐까요? 이스라엘 안에 사는 팔레스타인 사람일까요? 어쩌면 이스라엘 내에서 자치권을 요구할지도 모르는데, 이스라엘인들에게는 정말 받아들이기 힘든 생각입니다. 어쩌면 그들이 결정을 내려야 할 때인지도 모릅니다. 그들은 46년, 47년 동안 결정을 미뤄 왔습니다. 아주 이상한 존재죠. 저는 발을 잘못 디딜까봐 두려워하는 줄 타는 곡예사라는 비유를 썼습니다. 만약 이스라엘 쪽으로 가면 팔레스타인 사람들, 점령 지역의 형제들이 비난을 퍼부을 것이고, 그렇다고 팔레스타인 쪽으로 가면 이스라엘의 여론이 위험해지겠지요. 그래서 이스라엘 내의 팔레스타인 사람들은 줄 위에서 화석처럼 굳어 있습니다. 그들은 평생 줄 위에서 잠을 잤고, 이제는 깨어나서 결정을 내릴 때입니다. 너무나 위협적인 문제이기 때문에 이스라엘에서 거의 다루어지지 않았다는 사실을 쉽게 상상할 수 있겠지요. 점령 지역의 팔레스타인 사람들의 문제보다 훨씬 더 위협적입니다. 점령 지역은 이스라엘과 분리될 수 있고, 그 사실은 누구나 다 아니까요. 점령 지역과 이스라엘의 분리는 외과 수술이나 마찬가지이고, 저는 분리

되어야 한다고 생각합니다. 물론 사람들은 그로 인해 큰 고통을 받을 것입니다. 역사적·종교적 정서가 점령 지역과 관련되어 있으니까요. 하지만 분리할 수 있고 아마 그렇게 될 것입니다. 그러나 우리 시민이며 이스라엘 안에 살고 있는 팔레스타인 사람의 문제는 정체성의 문제입니다. 그 사람들 역시 이스라엘인이지만 이스라엘인이라 불리고 싶어 하지 않는다면 우리는 어느 정도까지 스스로 이스라엘 사람이라고 부를 수 있을까요? 그렇기 때문에 아무도 그 문제에 대해서 말하지 않았습니다. 그 소수민을 부르는 이름조차 없어요. "소수민 문제"라든지 다른 잘못된 이름으로 불리죠. 무언가를 틀린 이름으로 부르는 것은 우리 자신을 속이는 일입니다. 현실은 나름의 에너지와 동력을 가지니까요. 그래서 저는 그 문제에 대해서 쓸 가치가 있다고 느꼈습니다.

와크텔 틀린 이름과 비유에 대해서 말씀하셨는데요, 이스라엘 내 팔레스타인 사람들은 "부재하는 현전"라고 불려 왔으니 소설가에게는 매혹적인 주제라는 생각이 듭니다.

그로스만 네, 공식적인 히브리어로 그들은 "현존하는 부재자" 또는 "부재하는 현존자"라고 불립니다. 저는 이와 같은 법적 명칭이 이 나라에 존재하면서도 존재하지 않는 그들의 상태를 잘 보여 준다는 생각이 들었습니다. 그리고 이제 그들의 존재를 회복시켜 진짜 대화를 시작할 때라는 느낌이 들었지요. 우리는 항상 공존에 대해서, 우리와 이스라엘 내 팔레스타인 사람들의 공존에 대해서 이야기 하니까요. (제가 말하는 "우리"는 이스라엘 유대인이라는 뜻입니다.) 하지만 공존은 없어요. 40년 이상 지속된 상호 무시만이 있을 뿐이죠. 아시겠지만, 저는 이 상처에 대해서 이야기하는 것으로 시작했습니다. 이건 상처예요. 그들은 우리와 함께 살겠다고 선택하지 않았고 우리도 그들과 함께 살겠다고 선택하지 않았습니다. 이것은 1948년 독립 전쟁이 양측에 떠안긴 짐입니다. 뼈가 부러졌다가 다시 붙었지만 잘못 붙은 것과 마찬가지였죠. 그래서 그 연약한 부분이 다시 부러지지 않도록 전혀 다르게 움직이는 법을 배운 겁니다. 불행히도 우리가 지금 해야 하는 일은 뼈를 다시 부러뜨린 다음 더욱 건강하고 정상적인 방식으로 다시 붙이는 것인데, 그것은 진정한 언어로 진정한 대화를 할 때에만 가능해요.

와크텔 당신의 논픽션 작품은 소설가의 눈으로 세세한 부분을 보기 때문에 무척 놀랍습니다. 그런 점에서 당신의 소설은 무척 다르지요. 훨씬 난해하고 야심차고 다른 방식으로 불편합니다. 당신의 소설에는 무척 주관적인 목소리가 존재합니다. 『밑을 보라:사랑』과 『본질적인 문법의 책』 모두 그렇죠. 무엇 때문에 그런 방향으로, 거의 의식의 내적 흐름에 가까운 방법으로 소설을 쓰게 되었습니까?

그로스만 그것이 제가 삶과, 현실과 대화하는 유일한 방법이라고 말할 수 있을 것 같군요. 몇 년 전에는 그렇게 거만한 주장을 하기가 꺼려졌지만 이제 그것이 진실임을 깨달았습니다. 저는 일 년 동안 글을 쓰지 않으려 노력해 보았지만, 저에게는 불가능하더군요. 그래서 궁극적인 해방을 위해서 시작한 것이 계속해서 숨 쉬는 방법이 되었습니다. 저는 제가 얼마나 깊이 헤엄쳐 들어가고 싶은지 압니다, 그곳이 바로 저의 자리예요. 어떤 사람들에게는 읽기 어려울지도 모르지만 저는 제가 책을 읽을 때 무엇을 원하는지 알고, 따라서 책을 쓸 때 무엇을 원하는지도 압니다. 저는 책을 읽을 때 많은 것을 기대합니다. 오락을 위한 책은 별로 좋아하지 않아요. 비행기를 타거나 해변에 가면 그런 책도 괜찮지만요. 저는 카프카를 무척 좋아합니다. 카프카는 책이 즐기기 위한 것이 아니라고, 우리 영혼의 얼어붙은 바다를 깨뜨리는 도끼가 되어야 한다고 말했지요. 저 역시 책에서 그런 것을 바라는 것 같습니다. 저는 책을 읽고 나면 전혀 다른 모습이 되어 있기를 바랍니다. 작가가 책을 쓰는 유일한 이유 역시 전혀 다른 사람이 되기 위해서죠. 저는 『본질적인 문법의 책』을 쓰면서 제가 어떻게 바뀌었는지 알고 있어요. 일상생활이라는 관점에서 보면 무척 파괴적이지만, 그것은 제가 이 모순투성이 세상을 살아가는 유일한 방법입니다. 저는 모든 뉘앙스를 탐구하고 싶어요. 깊은 곳에서 자유롭게 헤엄치고 싶지요. 저는 혼자서 생각하는 환경을, 혼자 욕망하고 상상하는 환경을 만들어야 합니다. 무척 야심찬 말이라는 것은 알지만, 그게 바로 저를 나아가게 만드는 연료입니다. 저는 이런 책들을 쓴 후에야 제가 무엇을 이루고 싶은지 깨달았습니다. 제가 할 수 있을지는 모르지만 그것이 바로 제가 가고 싶은 방향이에요.

와크텔 『밑을 보라: 사랑』과 『본질적인 문법의 책』의 배경은 이스라엘 초기 역사, 당신의 어린 시절입니다. 그 시절을 환기하고 싶었던 이유는 무엇입니까?

그로스만 제가 아는 작가들은 거의 모두 어린 시절로 돌아가고 싶어 합니다. 제 경우에는 우연히도 제 어린 시절이 이스라엘의 어린 시절이었지요. 이스라엘의 삶에서 그토록 강렬하고 중대한 시기를 어린이로 보낸 경험은 글로 쓸 가치가 있다고 생각합니다. 그때 너무나 많은 것들이 나타나기 시작했거든요. 너무나 많은 거짓말, 너무나 많은 저류, 너무나 다른 대화와 조작과 강조와 과거의 묵직한 기억들이 새로운 사회를, 기억이 없는 아기처럼 완벽하게 순수하고 깨끗한 사회를 건설하고 싶다는 욕망과 뒤섞여 있었습니다. 음, 이스라엘이라는 아기가 알고 보니 아주 늙은 아기라는 사실이 밝혀졌지만, 저는 어린 아이로서 거기 있었고 그때로 돌아가고 싶어요. 릴케가 어린 시절은 크나큰 기억의 박물관이라고 말한 적이 있었던 것 같은데요. 가끔 저는 그 박물관에 돌아가는 것이 왜 그렇게 어려울까, 이상하다는 생각이 듭니다. 아주 힘센 문지기가 지키고 서서 제가 다시 들어가지 못하게 막는 것 같습니다. 제가 돌아가서 어린이였던 진짜 저를 보려고 하는데 문지기가 왜 막으려는지 모르겠어요. 기억을 보호하기 위해서, 제가 기억을 남용하는 것을 막기 위해서일지도 모르지요.

와크텔 『본질적인 문법의 책』은 어린 시절과 청소년기 사이에 걸친 소년의 이야기입니다. 어느 평론가의 말처럼, "이것은 성장 소설이지만 성장은 절대 이루어지지 않"습니다. 주인공은 정체되어 있지요. 왜 거기에 초점을 맞추었나요?

그로스만 저에게는 어린이와 어른의 사이라는 아론의 위치가 무척 매력적이었던 것 같습니다, 아주 이상한 방식으로요. 그 나이 때는 삶의 기초적인 것들을 전부 관찰할 수 있는 아주 드문 기회가, 때로는 불쾌하면서 즐겁기도 한 기회가 있지만, 어느 정도 왜곡된 관점에서 관찰할 수밖에 없지요. 사랑, 성, 성적 존재가 되는 것, 결혼 생활에 대한 질문들, 아이로서의 두려움과 고통. 아이들은 그런 질문을 던지고 싶어 합니다. 혼돈스러운 현실에서 자기만의 세상을 상상할 수 있도록 말이지요. 아이는 일상이 지루하고, 절대 오지 않는 것들에 대한 끝없는 기대를 안고 있어요. 하지만 어린 시절의 연금술을 이용해서 지루함으로 금을 만들어 낼 수 있습니다. 『본질적인 문법의 책』에 나오는 저의 아론은 특히 그렇지요. 아론은 무척 과민한 아이이고, 모든 것을 돋보기를 통한 것처럼 보면서 모든 것을, 매일을, 질서 있게 재창조합니다. 그렇기 때문에 현실을, 아주 거칠고 폭력적이고 세속적인 현실을 살아갈 수 있습니다. 아론의 집과 부모라는 현실이 있고 또 외부의 현실, 아론은 아직 사춘기가 오지 않은 3년이라는 긴 세월 동안 점점 성숙해지는 친구들의 언어, 그리고 새로운 나라, 군국화된 나라에서 들려오는 외부의 대화가 있습니다.

와크텔 하지만 아론은 그 현실에서 너무나도 소외되어 있습니다. 아론은 상상력이 풍부하고, 고통스러울 만큼 다른 사람을 의식하지요. 아론이 상상하는 놀이 중 하나는 스파이 놀이인데, 그러다가 어떤 의미에서 스스로 자기 세계에 침투한 스파이라고, 어떤 역할을 하고 있을 뿐이라고 생각하게 됩니다. "그는 적진에 영원히 버려졌다." 이렇게 쓰셨던 것 같은데요. 연금술이라고 하지만 아론이 만들 수 있는 세계는 그 자신에게도 행복한 세계가 아닙니다.

그로스만 네, 우리는 현실에 살고 있으니까요. 하지만 당신은 그런 아이가 아니었습니까? 소설이 출판되자 학교에서 저와 같은 반이었던 수많은 친구들이 책을 읽고 전화로, 편지로, 심지어는 저를 찾아와서 이렇게 말했습니다. "야, 우리 모두 그랬어. 딱 그런 느낌이었어!" 물론 어렸을 때 저는 다른 사람들은 전부 풀로 붙인 것처럼 이어져 있고 저 혼자 파문당한 꼬마 아웃사이더가 된 느낌이었습니다. 하지만 저는 아이들 고유의 고독이 있다고 생각하게 되었어요. 저는 이 책을 쓰면서 그러한 고독에 대해서, 제가 그때 어떤 기분이었는지 다른 사람들에게 말할 수 있었습니다. 곧 저만 그랬던 것이 아니라는 사실을 깨달았지요. 하지만 너무 외롭고 자신이 없다고, 위로와 언어를 줄 더 큰 무언가에 흡수되고 싶다고, 그래서 이 끔찍한 개인의 언어로 자신과 대화하지 않아도 되기를 간절히 바란다는 사실을 절대 인정하지 않는 사람도 있을지 모릅니다. 저의 아론은 언어로 이 모든 것을 이루려고 의도적으로 노력을 하지요. 이 책은 어린 시절뿐 아니라 사랑과 성에 대한 책이기도 합니다. 저에게 이 책은 무엇보다도 어느 예술가의 뿌리에 대한 책, 송구스럽지만 그렇게 말해도 된다면, 젊은 예술가의 초상입니다. 저는 창의성의 근원을, 현실에서 자기만의 세상을 만들고 자기만의 법률을 제정하고 싶다는 강렬한, 거의 육체적인 욕구가 어디에서 오는지 보여 주고 싶었습니다.

와크텔 아론에게는 언어가 범상치 않은 힘을 가지고 있습니다. 아론에게는 정화하는 단어라는 게 있어요, 무척 감명 깊은 이미지죠. 아론은 몇몇 단어의 소리를 좋아하는데, 7일 동안 그 단어들을 소리내어 말하지 않으면 정화시킬 수 있다고 말합니다.

그로스만 네, 그런 다음에 특별 기도를 하죠. 단어를 거꾸로 말하는 겁니다. 아론에게는 단어를 정화시키는 아주 복잡한 절차가 있어요. 그런 다음 세상으로 다시 내보내는 거죠. 이제 아론은 그 단어들을 말할 수 있으므로, 그 말들은 아론의 것입니다. 저도 어렸을 때 그런 느낌이 강했던 기억이 있어요. 내가 모든 단어를 말할 수는 없지만, 이 고립된 세상에서 몇몇 단어는 내 것이어야 한다고, 내가 크게 말할 수 있어야 한다고 말입니다. 아론은 저한테서 그런 생각을 가져간 셈이죠.

와크텔 또 아론은 "아로닝Aroning"이라는 것을 하면서 많은 시간을 보냅니다. 아론이 내면으로 도망치는 수단처럼 보이는데요. 정확히 어떤 것이죠?

그로스만 영어로 설명할 수 있으면 좋겠군요, 영어는 그것을 설명하기 제일 어려운 언어거든요. 아론도 저도 6학년 때 학교에서 영어를 배우기 시작하면서, "자고 있다", "가고 있다" 같은 현재 진행형을 익혔습니다. 히브리어에는 그런 시제가 없어요. 수많은 과거형이 있고, 아주 불안정한 미래형이 있고, 현재형은 하나밖에 없습니다. 그런 아론에게 현실이 너무나 갑작스럽게 모습을 드러낸 거죠. "나는 가고 있어." 아론은 돋보기로 현실을 관찰하는 아이이기 때문에 이렇게 "가고 있는" 진행 상태를 끝없이 중첩시키고, 그 사이사이에서 수많은 일들이 일어납니다. 당신 바깥에 존재하는 사람들은 당신이 "가고 있을" 때 당신 내면에서 무슨 일이 일어나는지 이해하지 못하지요. 이 책은 12개 언어로 출판되었는데, 다른 언어로는 그럭저럭 표현할 수 있었지만 영어로는 표현할 수가 없었습니다. 그래서 우리의 선택은 —번역자의 선택이었고 저도 지지했습니다 —아론이 이런 놀이를 할 때 "아로닝"을 한다고 쓰는 것이었습니다. 정말 아름답다고 생각해요. "아로닝"은 느긋한 명상, 자기 안으로 천천히 침잠하는 것이지요. "아로닝"이라는 발음도 마음에 듭니다. 약간 우울한 종소리 같죠. 아로닝은 안으로 깊이, 깊이 가라앉는 것입니다.

와크텔 아론에게는 모든 것이 어렵고 모든 것이 배신입니다. 육체마저도 그를 배신하죠.

그로스만 음, 우리 모두 마찬가지라고 생각합니다. 우리는 몸을 통해서 고통, 질병, 노화와 죽음에 익숙해져요. 저는 육체가 우리에게 주는 즐거움이 가끔 아주 작은 싸구려 뇌물처럼, 아주 짧은 것처럼 느껴집니다. 아론에게는 그러한 모순을 해결하는 것이 무척 중요하지요. 영과 육이라는 두 가지 다른 차원에서 산다는 것은 무슨 의미일까요? 우리가 아론의 가족이 되어 한자리에 앉아서 같이 감자를 먹는다면 감자 하나가, 또는 감자 하나의 일부가 결국 아버지가 되고 나머지는 어머니의 일부가, 아론의 여동생 요키의 일부가 될 것입니다. 하지만 바깥에서 왔지만 내가 되어서 끝까지 나로 남아 있는 것, 나에게 무슨 일이 있어도 남아 있는 것은 무엇일까요?

저는 지금 이 헤드폰을 통해서 당신에게 이야기하는 제 목소리를 들으면서 이런 생각이 들어요. 그것은 철학적인 책이 아니에요, 어린 아이의 삶에 대한 책이지요. 저는 그것이 아이에 대한 책이 되기를, 아이의 눈을 통해서 본 모습이 되기를 바랐습니다. 우리가 지금 이야기하고 있는 모든 질문이 이 책에서 나온 것이기를 바라긴 하지만, 그렇다고 해서 철학책을 쓰려던 것은 아니었습니다. 저는 소설의 형태를 띤 철학책을 좋아하지 않아요. 책이 나를 가르치는 것이 아니라 나를 어딘가로 데려가기를 바랍니다.

와크텔 음, 이 책이 너무나 강렬하기 때문에 그런 것 같군요. 당신의 의도가 무엇이었든 무척 철학적이고 형이상학적이기 때문이에요. 하지만 독자에게 훨씬 직접적으로 다가갑니다. 사실이 책의 많은 부분이 육체적이에요. 당신의 이야기를 들어 보면 아론의 세계는 흥미롭고 불편하지만 다루기 쉬울 것 같습니다. 하지만 소설 속에서 예민한 인물들은 끔찍한 시간을 보내지요. 아론뿐만 아니라 이웃도 마찬가지예요. 같은 주택 단지에 사는 이웃이 등장하지요. 현실은 받아들이기 너무 힘듭니다.

그로스만 행복한 사람을 많이 아세요? 저는 세 살 이후에는 진정한 행복이 불가능에 가깝다고 생각합니다. 일부러 절망적인 책을 쓰려고 노력하는 게 아니에요, 전혀 아니죠! 음, 절망적이라, 맞습니다, 하지만 우울하지는 않아요.

와크텔 아주 중요한 차이군요.

그로스만 네. 저는 모든 차원을 가진 완전한 현실을 만들고 싶었습니다. 아론의 삶에는 기쁨도 많아요. 저의 아론은 자기가 무엇을 겪고 있는지 이해하지 못할지도 모릅니다. 하지만 독자들은 아론과 함께 청소년기로 이어지는 길목에 서 있다가 갑자기 어린 시절의 모든 뉘앙스를 기억해 낼지도 몰라요. 어쩌면 그것이, 우리는 혼자가 아니라는 사실이 행복일지도 모르지요. 우리는 혼자가 아니에요, 모두 거의 같은 경험을 하죠. 우리 스스로 이 진실을 말하기만 하면, 갑자기 우리는 혼자가 아니게 됩니다. 이 책에 대해서 좋은 이야기를 들을 때마다 저는 아론에게 바로 전해 줍니다. 아론에게는 그럴 자격이 있어요. 만약 27년 전에 누가 아론에게 와서 "있잖아, 언젠가 캐나다의 아주 똑똑한 저널리스트가 네 삶에 대해서 물어볼 거야"라고 말했다면 아론은 믿지 않았을 거예요. 당시 아론은 너무나 소외되어 있었거든요. 그러니 정의는 없지만 위로가 있는 셈이지요.

와크텔 하지만 삶에서든 소설에서든 청소년기의 첨예한 고뇌나 고통은 지나갑니다. 자신이 혼자가 아니라는 사실을, 혹은 반대로 모두가 혼자라는 사실을 깨닫고 거기서 위안을 얻지요. 하지만 이 책에서는 ──결말을 말하지는 않을 거예요 ── 무척 불안합니다.

그로스만 우리가 청소년기를 겪고 있을 때 ──실제로 그 과정을 거치고 있을 때 ──는 사소한 장애물과 고뇌를 못 본 척하는 것이 생존에 도움이 되니까요. 하지만 글을 쓰게 되면 스스로에게 잔인하게 굴면서 예전의 방어 기제를 해제해 버리고 알몸으로 서게 되겠지요. 그 모든 것을 다시 겪으면 청소년기에 내가 현실을 보지 않기 위해서 스스로를 얼마나 교묘하게 조종했는지, 하루하루를, 때로는 1분 1초를 살아내기 위해서 얼마나 큰 힘이 필요했는지 깨닫게 됩니다. 어쩌면 어른이 된 지금이야말로 그때로 돌아가서 우리가 어땠는지를, 사실은 혼자가 아니었음을 기억해야 하는 것인지도 모릅니다.

와크텔 그러면 당신은 작가로서 상처에 손가락을 집어넣을 때 치유될지도 모른다는 생각을 어느 정도 가지고 있는 셈이군요. 제가 어떻게든 당신에게서 낙관주의를 끌어내려고 하는 것 같은데, 왜 그런지는 저도 모르겠어요.

그로스만 저는 무척 낙관적인 사람입니다, 정말이에요. 책을 쓰는 것은 무척 낙관적인 일이라고 생각합니다. 상처를 치유할 수 있다고 생각하지는 않아요, 그저 상처를 더 잘 설명할 수 있을 뿐이죠. 그 이상은 아닙니다. 저는 그저 상처를 다시 배치하고, 새로운 이름을 붙이고, 그런 다음 그래, 나 역시 그 상처로 만들어져 있어, 그건 내 상처야, 나도 그 일부야, 라고 말하고 싶습니다. 제가 정말 하고 싶은 것은 그것뿐이에요.

1994년 9월

샌드라 라비노비치와 인터뷰 공동 준비

"우리 문화의 아주 중요한 부분인 소유 관계는
본질적으로 비극적입니다.
소설이 하는 일은 누가 무엇을 소유하는지,
그것을 정말 소유할 수 있는지,
소유 대상이 자율과 주체성을 주장하면 어떻게 되는지
탐구하는 것입니다. 그렇게 되면 소유자의 입장에서는
모든 것이 산산조각 나지요."

제인 스마일리

제인 스마일리
Jane Smiley

제인 스마일리는 1991년의 베스트셀러 소설이자 퓰리처상과 미국 비평가협회상을 수상한 『천 에이커의 땅에서』로 유명해졌다. 아이오와 주의 가족과 농업을 그리는 풍성하고 만족스러우면서도 불편한 소설 『천 에이커의 땅에서』는 셰익스피어의 『리어 왕』을 멋지게 새로 쓴 작품이지만 나는 이 소설을 읽기 시작했을 때 그 사실을 깨닫지 못했다. 아이오와의 기름진 땅 천 에이커를 가진 아버지 래리 쿡은 세 딸 지니, 로즈, 캐롤라인에게 자기 농장을 넘겨주기로 결정한다. 막내딸이자, 변호사가 되기 위해 유일하게 도시로 떠난 캐롤라인은 래리의 결정에 의구심을 표시하고, 래리는 캐롤라인을 쫓아낸다. 점차 모든 것이 분열된다. 가족은 산산이 흩어지고, 래리는 미치고, 이웃은 눈이 멀고, 태풍이 몰려온다. 결국 가족은 농장을 잃고 쫓겨난다.

그러나 제인 스마일리의 『리어 왕』은 리어 왕, 즉 래리의 시점이 아니라 큰딸 고너릴, 즉 지니의 시점에서 전개된다. 고너릴과 리건, 즉 이 소설의 지니와 로즈는 고생을 하며 헌신하는 자매이고, 배신자라기보다는 피해자에 가깝다. 막내딸 코딜리어, 즉 캐롤라인은 절대적으로 순수한 인물이 아니다. 『천 에이커의 땅에서』는 수많은 차원에서 작용하는 복잡하고 미묘한 소설이며, 특히 농촌 가족의 삶을 세세하게 묘사한다.

어느 평론가가 말했듯이 제인 스마일리는 "엇나가는 가정생활의 리듬을 정확히 잡아내 독자들을 불안하게 만드는 능력"으로 유명하다. 단편집 『슬픔의 시대』도, 중편소설 『평범한 사랑과 선의』도 마찬가지였다. 사라져 버린 14세기 극지방 식민지의 유럽 문명에 대한 거대하고 음울한 역사 소설 『그린란드 사람들』조차 결국은 가족 대하소설이다. 제인 스마일리는 세 번 결혼했고 세 명의 자녀가 있다.

1949년에 태어난 제인 스마일리는 에임스의 아이오와 주립대학에서 글쓰기를 가르친다. 스마일리는 『천 에이커의 땅에서』 이후 『무』라는 캠퍼스 소설을 내놓았다. 나는 1989년에 스마일리를 처음 만났을 때 두 가지 사실에 놀랐다. 하나는 제인 스마일리가 무척 크다는 것(188센티미터이다), 또 하나는 무척 솔직하다는 것이었다. 당시 우리는 스마일리의 소설에 등장하는 가족과 관계들에 대해서 주로 이야기를 나누었다. 『평범한 사랑』의 마지막 문장은 이렇다. "나는 아이들에게 줘야 할 두 가지 가장 잔인한 선물을 주었다. 완벽한 가정의 행복이라는 경험과 그것이 지속될 수 없다는 깨달음이다." 당시 내가 깨달지 못한 것은 스마일리가 무척 정치적이라는 사실이었다. 이는 스마일리의 최근 소설뿐 아니라 잡지 『하퍼스』(1996년 1월호) 에 실린 도발적인 글 「그렇지 않다고 말해, 헉: 마크 트웨인의 걸작을 다시 생각하다」에도 분명히 드러난다.

나는 아이오와 에임스의 스튜디오에서 제인 스마일리와 이 야기를 나누었다.

* * *

와크텔 당신의 소설 『천 에이커의 땅에서』는 셰익스피어의 희곡 『리어 왕』을 토대로 하고 있습니다. 『리어 왕』을 처음 접했던 때 가 기억납니까? 연극으로 보았나요, 아니면 학교에서 희곡을 읽었나요?

스마일리 학교에서 읽었던 것 같습니다. 우리는 해마다 셰익스 피어의 희곡을 하나씩 읽었는데, 아마 고등학교 졸업반 때 읽 었을 거예요. 좋았는지 어떤지는 기억나지 않아요. 대체로 저는 희곡을 이해하고 선생님의 의견을 좇아가려고 애를 썼던 것 같 습니다. 그렇지만 특히 2, 3막까지는 여자들의 편에 서서 여자 들이 논리적이라고 생각했어요. 하지만 선생님이 여성 인물들 은 비이성적이라고 말하면 그렇구나, 하고 고개를 끄덕이며 수 긍했지요. 하지만 『리어 왕』의 어떤 점이 항상 마음에 들지 않았는데, 대학교와 대학원을 졸업한 다음 학생이 아니라 성인으로서 문학을 보게 되었을 때에도 저에게 주어진 해석이 『리어왕』에 대한 저의 반응과 일치하지 않는다는 앙금 같은 느낌이 여전히 있었죠.

와크텔 왜 그렇지요?

스마일리 언니들의 말에도 일리가 있다는 느낌이 항상 들었어요. 특히 리어 왕이 어딜 가든 부하들이 항상 따라 다녀야 하는지 논의하는 부분이 그래요. 딸들 중 하나가 수행원단이 곳곳에서 싸움을 일으킨다고, 너무 사납다고 말하지요. 저는 항상 그녀의 입장이 되어서 생각했습니다. 나라면 우리 집에서 저런 행동이 일어나기를 바랄까? 그러자 아니, 그렇지 않을 거야, 라는 생각이 들었어요. 딸들은 이성적으로 굴고 있어, 라고요. 물론 『리어왕』은 아버지에 대한 딸들의 사랑이 이성을 바탕으로 하면 안 되고 더욱 깊은 감정적 애착을 바탕으로 해야 한다고 가정합니다. 저는 이성과 감정적 애착이 반드시 모순된다는 것도 받아들이기 힘들었어요. 나이가 들면서 『리어 왕』에 대한 그런 생각들이 씨앗처럼 남아 있었죠.

와크텔 그 씨앗이 어떻게 꽃을 피우게 되었습니까? 『천 에이커의 땅에서』를 쓰면서 『리어 왕』에 다시 끌린 이유는 뭘까요?

스마일리 연극을 봤던 기억도 나고 『리어 왕』을 바탕으로 한 구로사와 아키라 감독의 영화 「란」을 보러 갔던 기억도 나네요. 저는 배우 일을 하는 사촌과 함께 두 딸을 다르게 해석하는 연극을 만들 수 있지 않을까, 이야기를 나눴어요. 하지만 연극에는 전혀 다른 경력이 필요하다는 사실을 깨달았죠. 그래도 소설로 쓸 수는 있었어요. 또, 연극 「로젠크란츠와 길덴스턴은 죽었다」를 보면서 『리어 왕』을 다시 쓸 수 있다는 사실을, 다시 쓰기가 가능할 뿐 아니라 다시 쓰기가 무척 뛰어난 전통이라는 사실을 깨달았어요. 그래서 안 될 게 뭐야?라고 생각했죠.

지난 몇 년 동안 저에게 별로 인정받지 못했던 남편이 캔자스의 밀밭을 배경으로 하는 게 어떠냐고 말했어요. 저는 밀 농사에 대해서 아는 게 하나도 없었기 때문에 남편의 제안을 거절했지만, 그러던 어느 날 북부 아이오와에서 고속도로를 타고 달리면서 창밖을 내다보다가 문득 그런 생각이 들었어요. 아이오와의 옥수수와 콩 농장에 대해서는 잘 알잖아, 여기를 배경으로 하면 어떨까?

와크텔 소설을 쓰는 동안 희곡과는 어떤 관계였습니까? 『리어 왕』때문에 한정되었다거나 『리어 왕』에서 영감을 얻었다면 어느 정도일까요?

스마일리 『리어 왕』을 다시 쓰려면 극의 구조를 최대한 지켜야 한다는 느낌이 들었습니다. 극의 구조를 제 소설의 기본 규칙으로 삼는 거죠. 어떤 의미에서 저는 『천 에이커의 땅에서』를 셰익스피어 희곡의 연출이나 해석으로 보았기 때문에 『리어 왕』의 소재에서 벗어나고 싶지 않았습니다. 몇 번인가 편집자가 희곡과 거리를 두라고 한 적도 있었어요. 특히 언니들이 막내에게 독을 먹이는 부분에서 그랬죠. 편집자는 지니가 그런 행동을 하면 공감할 수 없는 인물이 되어 버릴 거라고 생각했습니다. 저는 자매들이 예전 일에 대해 이야기를 나눌 수 있을 만큼 오래 살기를 바랐기 때문에 독살을 성공시킬 수는 없었지만, 지니가 그런 충동을 느끼기 바랐어요. 저에게는 그 충동이 아주 논리적으로 느껴졌거든요. 저는 그 논리를 찾아내서 독자들이 그 논리를 받아들여 지니에 대한 공감을 많이 잃지 않도록 설득력 있게 제시해야 했습니다.

저는 글을 쓸 때 일단 본능을 따른 다음 조금 더 생각하고 연구해 보면 여러 가지 이유로 본능이 맞았음을 깨달을 때가 종종 있어요. 그래서 지니가 그렇게 반응하는 논리를 찾는 일에 돌입했어요. 그러자 지니가 아버지의 생각도 못할 행동을 받아들이려면 지니 역시 생각도 못할 행동을 해야 한다는 생각이 들었습니다. 그때 이런 문장이 떠올랐어요. "그녀는 상상도 할 수 없는 것을 기억해야 했다." 그러니까, 생각도 못할 행동이기 때문에 상상도 할 수 없지만 어쨌든 그렇게 했고, 그러므로 그런 행동을 했다는 사실을 기억해야 한다는 거죠. 저는 사람들이 종종 열정 때문에 상상도 할 수 없는 일을 한다고 생각합니다. 그것을 탐구하고 싶었어요. 지니가 로즈를 독살하려고 시도

하게 만듦으로써 인간이 생각도 할 수 없는 일을 하게 만드는 열정을 알아볼 수 있습니다.

와크텔 하지만 일단 비극에·몸을 맡기면 멈출 수 없는 느낌이 들지요.

스마일리 이제 우리는 예전과 같은 비극의 원인들을 다 버렸어요. 우리는 더 이상 운명을 믿지 않아요. 이제 신들의 판단을 믿지 않죠. 우리가 믿는 것은 선택과 주체성과 환경을 결정하는 능력이에요. 적대적인 환경이라 해도 말이죠. 예전에 비극은 운명을 어떻게 받아들일 것인가, 또는 운명과 어떻게 싸울 것인가의 문제였어요. 그것이 제 소설과 셰익스피어 희곡의 차이인 것 같습니다. 제 소설 속 등장인물들은 모두 자기 행동을 선택할 수 있었다는 것이 기본 가정이니까요. 그래서 저는 이 소설이 비극인지 확신하지 못하겠어요. 비극보다는 리얼리즘 소설에 더 가까운 것 같아요.

와크텔 저도 처음에는 그렇게 생각했지만 몇 가지 일들 ─ 황야에 태풍이 불고, 이웃사람은 눈이 멀고, 처음에는 질서정연했던 세계가 와해되죠─이 벌어지자 비극을 멈출 수 없다는 느낌, 모든 것이 결국 산산조각 날 것이라는 느낌이 들었어요.

스마일리 안정적이라고 생각하고 있던 삶이 갑자기 와해되기 시작하면 비극이라는 느낌이 듭니다. 모든 사람, 아니 적어도 많은 사람의 경우 가진 재산, 가진 돈, 가진 땅이 있으면 삶이 안정적이라고 느껴요. 서구 문화를 뒷받침하는 것은 살아 있는 것을 소유할 수 있다는 개념입니다. 우리는 땅을 소유할 수 있고, 옛날에는 노예도 소유할 수 있었지요. 남자라면 집안의 여자를 소유물이라고 생각할 수 있어요. 또 많은 면에서 아이들을 소유한다고 말할 수 있죠. 저는 살아 있는 존재들이 소유라는 개념을 바탕으로 맺는 관계는 본질적으로 비극적이라고 생각합니다. 소유의 본질은 환상이니까요. 주체가 대상을 소유하고 있는 것이 아니라 사실은 두 주체가 있고, 한 쪽이 다른 쪽을 대상으로 생각하는 것뿐이기 때문에 안정적으로 보이는 것이 사실은 불안정합니다. 그러나 대상으로 여겨지는 사람 역시 어느 정도는 주체일 수밖에 없고, 자율적일 수밖에 없어요. 땅, 동물, 사람, 아이들, 모든 관계가 마찬가지죠. 우리 문화의 아주 중요한 부분인 소유 관계는 본질적으로 비극적입니다. 소설이 하는 일은 누가 무엇을 소유하는지, 그것을 정말 소유할 수 있는지, 소유 대상이 자율과 주체성을 주장하면 어떻게 되는지 탐구하는 것입니다. 그렇게 되면 소유자의 입장에서는 모든 것이 산산조각 나지요. 하지만 소유 대상의 입장에서는 중대한 전환이자 세상의 새로운 재건입니다. 저는 현재 우리가 겪는 문화적 딜레마의 핵심에 비극이 있다고 생각하기 때문에 이 소설에서 그것을 탐구했어요.

와크텔 질서정연한 세상이 혼란스러운 세상으로 변하는 모습을 지켜보는 것은 확실히 괴롭지만, 권력의 이동에 대해서 하신 말씀은 무슨 이야기인지 알겠습니다. 하지만 소설 앞부분에 좋은 농장을 나타내는 지표에 대한 설명이 등장해요. "깨끗한 밭, 깔끔하게 페인트를 칠한 건물들, 여섯 시의 아침 식사, 부채도 없고 고인 물도 없는" 농장이죠. 이렇게 질서정연하고 확고한 세상은 매력적이지만 곧 모두 사라집니다.

스마일리 저는 클린턴 대통령 취임식에서 마야 안젤루가 낭송하는 시를 듣고 충격을 받았습니다. 우리가 역사의 공포를 떨칠 수 있을까요? 많은 미국인들이 이 나라의 역사를 긍정적으로 돌아보면 깔끔한 농장과 행복한 백인 가족, 흑인 하인들, 탁 트인 시골, 저 멀리 지평선을 향해 몇몇 인디언들이 달아나는 질서정연한 세상이 보이겠지요. 우리에게 주입된 질서정연한 역사의 이미지, 우리가 어렸을 때 보았기 때문에 갈망하는 그런 이미지들은, 그런 역사는, 환상입니다. 미국인들이나 서구 사람들이 이해해야 하는 사실은, 우리가 아무리 원한다 해도 그런 역사적 환상을 갈망하는 것은 도덕적으로 문제가 있다는 것입니다. 첫째, 그들은 과거에 무슨 일이 있었는지 사실 관계를 잘못 알고 있고, 둘째, 비도덕적이고 비윤리적인 체제를 유지하고 싶은 사람들이 그러한 잘못을 저질렀습니다. 저는 질서정연한 세계를 향한 갈망과 싸워야 한다고, 끔찍한 역사의 붕괴를 받아들여야 한다고, 붕괴를 받아들인 다음 더욱 정의롭고 더욱 지속 가능한 세상을 새로 만드는 것이 무척 중요하다고 생각합니다. 무슨 뜻인지 아시겠죠?

와크텔 물론이죠. 정말 맞는 말이에요. 제가 말한 것은 질서를 향한 뿌리 깊은 갈망이었습니다.

스마일리 하지만 우리는 추상적으로 갈망하지 않아요. 특정한 이미지를 갈망하죠. 1950년대의 이미지일 수도 있고, 농장에서의 삶이 꽤 괜찮았던 1910년대의 이미지일수도 있어요. 미국이 전 세계의 위대한 구세주 같았던 1940년대의 이미지일 수도 있죠. 그런 이미지들은 많은 면에서 거짓이고, 우리가 아무리 갈망한다 해도 그런 이미지들을 받아들이는 것은 주변 사람들에게 악행을 저지르는 것입니다. 그들에게는 그것이 바로 억압과 노예 제도와 비극의 이미지니까요.

　제가 정말 잊지 못하는 것이 있는데, 1980년대 초에 로널드 레이건은 특유의 지루한 말투로 연설을 하면서 이렇게 말했어요. 모든 것이 근사했던 1920년대로 돌아가지 못할 이유가 어디 있느냐고요. 1920년대는 남북전쟁 이후 흑인들에 대한 린치가 가장 많았던 시절입니다. 레이건이 그때로 돌아가고 싶다는 갈망을 표현하자 흑인 사회는 깜짝 놀랐죠. 저는 그것이 교훈이라고 생각해요. 레이건이 교훈을 얻었는지는 모르지만, 당시 격렬한 항의가 있었던 것을 보면 적어도 대중은 어느 정도 교훈을 얻은 것 같아요. 저는 그때의 교훈을 가르치고 또 가르쳐야 한다고 생각합니다. 어떤 면에서 제 소설은 다른 문제에 대해서, 인종주의가 아닌 땅과 가족 문제에 대해서 똑같은 교훈을 탐구하려는 시도입니다.

와크텔 『천 에이커의 땅에서』의 배경에 대해서 이야기하고 싶습니다. 소설의 배경은 당신이 살고 있는 아이오와 주의 옥수수와 콩을 재배하는 농장, 변화하는 20세기 말의 미국 농장입니다. 『리어 왕』의 현대적 재해석의 배경을 아이오와 주 농장으로 정한 이유는 무엇이었습니까?

스마일리 저는 미네소타 주 남부와 아이오와 주 북부에 해당하는 미니애폴리스에서 에임스까지 차를 타고 지나가다가 이 지역이 세계적으로 비옥한 땅이라는 생각이 들었어요. 각각의 농장이 비교적 고립된 지역이기도 하죠. 이웃은 있지만 대도시는 없어요. 사람들은 대체로 홀로 지내죠. 이 지역에 정착한 사람들은 대부분 영국, 스칸디나비아, 독일에서 온 이민자들인데, 그 사람들은 원래 전통적으로 남들과 잘 어울리지 않아요. 따라서 『리어 왕』 같은 일들이 일어날 수 있고 실제로 일어나는 곳이에요. 저는 본능적으로 떠올렸던 생각을 확인하면서 정말 그렇다는 사실을 깨닫고 깜짝 놀랐어요. 다음 세대가 농장을 어떻게 물려받는지 조사한 사례사 책을 읽었는데, 전부 『리어 왕』의 변형이더군요. 게다가 실제 사람들의 삶이죠. 마지막으로, 그 책의 저자들은 가족 내 위기를 촉발시키지 않고 농장을 물려줄 방법은 없다고, 적절한 자녀 수 같은 것은 없다고 말했어요. 그러자 적절한 배경이라는 확신이 들었어요.

와크텔 당신이 그리는 농장 생활은 무척 설득력 있습니다. 학자인 제 친구의 말로는 민족지라고 해도 될 정도라더군요. 70년대 후반과 80년대 미국의 농장 생활이 궁금하면 『천 에이커의 땅에서』를 읽으면 된다고요.

스마일리 사실 농장에서 자랐거나 농장에 살고 있는 사람들로부터 농장 생활의 정취를 잘 포착했다는 편지를 많이 받았는데, 제가 이 소설을 쓰면서 가장 걱정했던 부분이었기 때문에 정말 기분이 좋았습니다.

와크텔 농장에서 자란 것도 아닌데 어떻게 그렇게 포착할 수 있었죠?

스마일리 전체적으로 스며든 거예요. 저는 디모인*의 명부도 읽고, 농장에 대한 논픽션도 읽고, 리처드 로즈의 『농장』이라는 책을 아주 뻔뻔하게 이용했죠. 농업에 대한 책도 많이 읽었어요. 그리고 제가 "정보원"이라고 부르는 사람들이 있었죠. 같은 동네에 사는 어떤 여성 분은 남편과 어린 두 딸과 함께 10년 동

* 아이오와 주의 주도.

안 농장에서 살았어요. 우리 동네의 또 다른 남자 분은 정치 행사 기획자인데, 열세 살부터 쉰다섯 살이 된 지금까지 가족 농장을 맡아서 농사를 짓고 있고요. 제가 그런 사람들을 찾아가서 말했죠. "원고를 좀 읽어 주세요." 그분들은 기꺼이 읽어 주었고, 농장의 정취를 잘 살렸다면 그분들 덕분이에요.

와크텔 농장 생활의 어떤 문제를 탐구하고 싶었습니까? 당신은 보통 소설에서 정치적인 생각을 다루는데, 이 책에서는 가족 대하소설에 정치적 생각을 넣었다고 했습니다. 당신이 살펴보고 싶었던 농업의 정치는 무엇인가요?

스마일리 제 마음속에서 농업의 정치는 가정생활의 정치와 얽혀 있어요. 가족을 관통하는 것은 땅의 소유라는 개념이고, 농장과 땅의 소유가 정점인데 ──농장이 얼마나 오랫동안 가족의 소유였는지, 농장을 다음 세대에게 물려줄 것인지 ──가족이 농장을 소유하는 것인지 농장이 가족의 동력을 통제하는 것인지 분명하지 않아요. 농장에서 대를 이어 사는 가족이라는 개념은 유럽과 미국의 오랜 전통입니다. 하지만 현대 미국에는 기술이라는 추가적인 짐이 있어요. 제 생각에 이제 사람들은 땅에 어떤 기술이 적절한지 묻고 있는 것 같아요. 땅을 자동차 공장처럼 취급하면서 규모의 효율성을, 완벽하게 통제된 투입과 산출을 목표로 삼을 수 있을까요? 다시 말해서, 어떤 의미에서 현대 미국의 이상이 기계라면, 땅에, 자연에, 소에게, 개에게, 자연계에 존재하는 것에 기계라는 비유를 실용적으로 적용할 수 있을까요?

와크텔 질문을 하는 방식을 보니 당신의 대답이 짐작이 가네요.

스마일리 물론 대답은 아니라는 거예요. 세월이 흐를수록 우리모두──저는 농부들도 그렇다고 생각해요──우리의 육체부터 가족과의 관계, 땅과의 관계, 자신과의 관계에 이르기까지모든 것이 이런 이미지에 의해서 파괴되고 있다는 사실을 깨닫고 있습니다. 윌리엄 키트리지라는 미국 작가가 이 문제에 대한 멋진 글을 썼어요. 키트리지의 가족은 오리건 주에서 수 천에이커의 땅에 농사를 지었지요. 키트리지가 밭의 관개수로를관리하게 되었는데, 그의 말에 따르면 관개수로를 완성하자 야생 서식지가 전부 파괴되었고, 농장에 대한 흥미도, 시골 생활을 즐겁게 해주었던 모든 요소도 파괴되었습니다. 공장 노동자와 다를 게 없었어요. 키트리지는 농장을 소유하고 있었지만자신의 노동에서 완전히 소외되었죠. 그래서 그는 농장을 떠나야 했습니다. 아마도 1950년대 후반에 절정에 달한 이러한 경험 때문에 키트리지는 어떤 기술이든 기술이라는 것이 농업에적합하다는 생각에, 땅을 하나의 기계로 만들어서 매년 이런품종을 어느 만큼 투입하면 어느 만큼 산출된다는 생각에 의문을 품게 되었습니다.

와크텔 당신은 땅을 다루는 방식과 여자를 다루는 방식을 연관시킵니다. 처음에 지니와 로즈 자매는 겉모습에 신경을 쓰는 착한 아내이자 충실한 딸입니다. 적어도 주변에서 여러 사건이 일어나 무너지기 전까지는요. 땅이 취급당하는 방식과 여자가 취급당하는 방식이 직접적으로 연결된다고 생각하나요?

스마일리 저는 문학사를 공부했는데, 서구의 어떤 시, 어떤 문학을 봐도 여자와 자연을 연결하는 고리, 양쪽 모두를 손상시키는 고리가 보입니다. 자연과 여자 모두 정복 대상이고, 둘 다 미개하고, 둘 다 감정이 없죠. 수많은 형용사를 가져다 붙일 수 있습니다. 자연과 여자를 연결하는 고리는 문학 전통에 이미 존재하고 있었어요. 저는 그러한 연결 고리가 남자의 마음에서 비롯되었고, 그것이 자연과 여자에게 상처를 입혔다는 가정을 덧붙였을 뿐입니다. 여자와 자연이 같다는 우리의 문학 전통에서 제가 내디딜 수 있는 최소한의 걸음이었어요.

와크텔 물론 고너릴과 리건의 명예를 회복하고 싶은 마음, 또는 그들의 시점에서 보고 싶다는 바람과도 상관이 있겠지요.

스마일리 지니와 로즈는 농장과 자신을 동일시하지 않지만 자신들에 대한 아버지의 기대나 소유욕이 농장에 대한 기대나 소유욕과 같다는 사실을 알고 있습니다. 기본적으로 아버지가 모든 것을 통제하면서 마음대로 할 수 있다는 사실을 말이죠. 지니와 로즈는 본인의 욕망이 아버지의 욕망과 충돌하자 그동안 모든 것을 자기가 통제하고 뭐든 마음대로 할 수 있다는 아버지의 생각 때문에 자신들이 얼마나 큰 손해를 입어 왔는지 점점 더 뚜렷하게 이해하죠. 저는 나이가 들수록 그런 생각이 들어요. 많은 사람들, 특히 권력을 가진 많은 사람들이 어떤 행동을 하는 이유는 그러고 싶다는 것밖에 없고, 욕망을 정당화하는 것은 그 다음 일이에요. 지니는 아버지가 무슨 행동을 하면서 자기는 원래 그런 사람이다, 그냥 그렇게 하고 싶다는 이유밖에 대지 않는다고 생각합니다. 권력을 가진 사람들은 그걸로 충분하다고 생각하는 경우가 많은 것 같아요.

와크텔 당신은 아버지가 위의 두 딸을 성적으로 학대한다는 설정을 넣음으로써 『리어 왕』의 전제에 의문을 제기합니다. 그로 인해 우리가 상황을 보는 방식이 완전히, 근본적으로 바뀌게 되지요. 일부 비평가들은 그 설정이 과도하다고, 근친상간은 지나치고 그 결과 『리어 왕』이 폄하되었다고 말합니다. 어떻게 생각하시나요?

스마일리 분명 리어라는 인물이 그 결과 폄하된 것은 맞지만, 저는 스스로에게 물어봤어요. 우리 시대에 악이 존재하지 않는다고 믿는다면 희곡 속의 두 여자가 왜 그런 식으로 행동하는지 물어야 하지 않을까요? 이 질문에 대한 우리 사회의 대답은 그들이 아주, 아주 화가 났다는 거예요. 제가 만나 본 중에 그 정도로 화가 난 여자들은 가족에게 성적 학대를 당한 사람들입니다. 그래서 저는 여자들의 행동과 그런 행동을 불러온 이유를 논리적으로 연결시키려 애썼어요. 그것이 제가 그렇게 쓴한 가지 이유입니다. 또 한 가지는, 딸들을 대하는 리어 왕의 태도를 보면——딸들에게 화가 났을 때든 흡족할 때든——자기를 모시는 것이 딸들의 제일 가는 의무인 것처럼 굴어요. 좀 나르시시스트적이라고 생각했죠. 딸들의 자율성을 허락하지 않는 건데, 그건 학대하는 사람의 특징이에요. 학대자들은 다른 사람을 자율적인 존재로 보지 않습니다, 자기 욕망을 따르는 사람으로 보죠. 저는 리어 왕이 딸들과의 관계에서——다른 남자들과의 관계에서는 꼭 그렇지 않아요——처음부터 끝까지 변함없는 나르시시스트였다고 생각했어요. 세 번째는, 리어 왕이 1장에서 무대로 걸어나오면서 말하는 것을 보면 역사가 여기서 시작되는 것 같아요. 그 전까지는 아무 일도 없었던 것 같죠. 그는 코딜리어가 다른 딸들처럼 열정적으로 대답하지 않아서 깜짝 놀랍니다. 저는 이렇게 생각했어요. 우선, 코딜리어가 가족들 사이에서 이렇게 소외되기까지 무슨 일이 있었을까? 또 이렇게도 생각했죠. 한 남자가 오늘이 남은 생의 첫 날인 것처럼 행동하는 이유는 뭘까? 왜 지금까지의 삶을 부정하려고 할까? 이 의문에 대한 대답은, 그가 정당화할 수 없는 행동을 했고, 그래서 오늘부터 다시 시작하려는 거라고 생각합니다.

와크텔 『천 에이커의 땅에서』에서는 리어 왕 이야기를 기본틀로 이용했고, 『그린란드 사람들』에서는 고대 노르웨이어와 노르웨이 전설을 바탕으로 이용했습니다. 당신은 다양한 주제에 대해서 여러 가지 형태로 글을 써 왔지만, 대부분 가족 내의 관계에 대한 것이었죠. 신화와 가족 사이에서 연관성을 보는 것 같습니다. 혹은 가족사를 통해서 신화에 접근하든지요.

스마일리 생각이 많은 우리 세대의 사람들 ── "사상가"나 "지식인"이라고 부르진 않겠어요, 그냥 저희 세대예요(저는 1949년 생입니다) ── 은 위대한 사회 체제의 종말을 목격했습니다. 우리는 공산주의의 종말을 보았고 자본주의의 구멍을 보았죠. 기독교를 비롯한 여러 형태의 종교에 대한 대대적인 토론이 있었고, 종교는 주류에서 점점 더 작은 부분을 차지했는데도 우리는 종교에 더욱 매달리게 되었습니다. 부모님이나 조부모님 세대와 달리 우리는 사회 체계를, 또는 사회적 삶에 대한 체계적인 사고방식을 믿지 않아요. 이제 사회 체계가 틀렸다고, 또는 통하지 않는다고 증명되었으니 세상을 보는 방식을 재건하는 것은 우리의 몫입니다.

저에게 새로운 방식은 세상에서, 즉 어떤 사회 체계에서 가족을 추론하는 것이 아니라 가족에서 세상을 추론하는 것을 의미했어요. 저와 같은 세대의 미국 작가들은 가족 소설을 너무 많이 쓴다고 비판받을 때가 있지만, 저에게 그것은 가족에게 신경을 쓴다는 뜻이며 가족에 대한 생각을 통해 더 큰 사회적 세계를 이해하려 애쓴다는 뜻입니다. 우리가 아는 것을 더 큰

시스템과 통합하는 방법을 내놓지 못한다면, 다음 세대가 그렇게 하겠지요. 저는 그런 것 같아요. 제 경우에는 분명히 그렇습니다.

1993년 2월

샌드라 라비노비치와 인터뷰 공동 준비

"무엇보다도 제 생각에 문학은,
심오한 의미의 기억력 훈련을 위한 것입니다.
기억력이 없으면 생각도 할 수 없고, 읽을 수도 없고,
글을 쓸 수도 없으니까요.
그것이 위대한 고전 작품의 기능입니다.
고전은 무엇이 기억할 가치가 있는지,
또 그것을 어떻게 기억할지 가르쳐 줍니다."

해
럴
드 블
룸

해럴드 블룸
Harold Bloom

나는 해럴드 블룸의 책을 읽기 전부터 그를 싫어할 준비가 되어 있었다. 존경할지는 몰라도 애정을 느낄 것 같지는 않았다. 해럴드 블룸은 뛰어난 비평가로서만이 아니라 호전적인 반동자, 여러 가지 문학 비평을 "분노파school of resentment"라는 이름으로 묶어 비난하고—또 경멸하며 조롱하고— 문학 정전을 옹호하는 보수주의자로서 명성을 얻었다. 분노파란 페미니즘, 아프리카 중심주의, 다문화주의, 신역사학파 등등을 일컫는다.

하지만 해럴드 블룸을, 블룸에 대한 글이 아니라 그 자신이 쓴 『서구 정전』을 읽은 나는 열정이 넘치고 물론 강한 의견을 가진 매력적이고 열정적인 사람을 발견했고 즉시 그에게 끌렸다. 그는 함께 시간을 보내기 좋은 친구였다. 나는 블룸의 비평을, 그리고 그가 사랑하는 것이 너무나도 분명한 책들을 더 읽고 싶어졌다.

블룸은 스스로 "좌익"이나 "우익"의 동맹이 아니라고 말한다. 미학적으로 말이다. 정전을 읽는다고 해서 도덕적으로 더 나은 사람이 되는 것은 아니지만 문학은 사회적·문화적 목적을 홍보하는 장소도 아니다. 블룸은 위대함을 마주하기 위해서 책을 읽는다고 말한다.

지난 4반세기 동안 해럴드 블룸은 『뉴욕 타임스』의 표현처럼 "세계에서 가장 영향력 있는 비평가-학자-이론가 중 하나" 였다. 그의 폭넓은 독서와 놀라울 정도의 기억력은 유명하다. 블룸은 밀턴의 『실락원』을 처음부터 끝까지 암송할 수 있고, 블레이크의 시 대부분, 스펜서의 『요정 여왕』, 셰익스피어의 작품 등을 암송한다. 그는 스무 권 넘는 책을 썼고 문학 비평집 500권의 서문을 썼다. 어느 비평가는 "해럴드 블룸에 대한 모든 것이 지나치게 광대하다"라고 썼다. 서구 문학을 모두 연구하면서 무엇이 중요하고 무엇이 정전인지 결정하기에 해럴드 블룸보다 더 적절한 사람이 어디 있을까?

이 책에 실린 인터뷰들 중에서 해럴드 블룸과의 인터뷰가 제일 놀라웠다. 블룸은 다른 작가들보다 감정적이었고, 눈물을 터뜨릴 뻔하기도 했다. 이러한 감정과 지성의 조합에 청취자들은 어마어마한 반응을 보이며 기록적일 만큼 많은 글을 보냈고 테이프를 주문했다. 블룸은 감동을 드러내기 주저하지 않았고, 그것이 우리 모두를 감동시켰다.

해럴드 블룸은 예일 대학교 인문대의 석좌 교수이고, 예일 대학교에서 40년 동안 학생들을 가르쳤으며, 뉴욕 대학교 영문과의 석좌 교수이다. 우리는 뉴욕 CBC 스튜디오에서 이야기를 나누었다.

* * *

와크텔 당신은 문학과 삶에 구분이 없다고 말한 적이 있습니다. 그것에 대해서, 어떻게 해서 문학이 당신의 삶에서 그토록 큰 부분을 차지하게 되었는지 이야기하고 싶습니다. 영문학을 처음 접했던 때 이야기를 해주시겠습니까?

블룸 저는 브롱크스 동부의 이디시어를 쓰는 집안에서 자랐고——1930년에 태어났습니다——이디시어만 쓰는 동네에 살았습니다. 그래서 뉴욕에서 태어났지만 아직도 영어 발음이 좀 이상하죠. 책을 읽고 영어 발음을 짐작하면서 배웠으니까요. 그래서 제가 말하는 영어는 발음이 좀 독특합니다.

와크텔 왜 발음을 짐작해야 했죠? 학교에 가기 전에 영어를 배웠기 때문인가요?

블룸 저는 네 살 때쯤 혼자서 영어와 몇 가지 언어를, 하지만 주로 영어를 공부하기 시작했습니다. 어렸을 때 저는 거의 강박적으로 책을 읽었는데, 이유는 잘 모르겠지만 아무튼 강박적이었습니다. 당시 이디시어는 물론 읽을 줄 알았고, 히브리어를 공부하고 있었는데, 영어를 실제로 배우거나 들은 것은 유치원에 들어간 다섯 살 반 이후의 일입니다. 영어 읽는 법을 혼자서 익힌 후였죠.

와크텔 강박적으로 책을 읽은 이유가 무엇인지 짐작해 보셨습니까?

블룸 저는 사랑이 넘치지만 아주 가난한 집안의 5남매 중 막내였습니다. 좁은 집에서 살았지만 우리는, 형제자매들과 저는 충분히 평온하게 지냈습니다. 제가 제일 어렸고, 확실히 제일 똑똑했지요. 우리 남매 중에 고등학교 이상 다닌 사람은 저밖에 없었어요. 유복한 집안에 태어났다 해도 지금 같은 성격이었다면 책을 열심히 읽었을 겁니다. 부모님은 프롤레타리아였고 조부모님들도 마찬가지였습니다. 아버지는 의류 공장에 다녔고, 어머니는 주부였고, 할아버지는 러시아-폴란드에서 목수로 일했던 것 같은데, 나치의 손에 죽임을 당하셨지요. 저는 아직 살아 있는 친척들과 이야기를 나누다가 증조부의 형제들 중에 탈무드 학자나 유대교 신비주의자가 있었다는 사실을 알아냈습니다. 그러니 학문에 대한 관심을 물려받은 면도 있겠지요. 예를 들어서 아주 어렸을 때 저는 어떤 언어로 읽는 법을 배우면 ─어렸을 때만이 아니라 지금까지 늘 그랬는데요─ 정말 놀라운 속도로 책을 읽었습니다. 지금은 예순다섯 살이니 스물다섯 살 때만큼 빨리 읽지는 못하지만요. 억지로 속도를 줄이지 않는 한, 그리고 미학적 즐거움이 아니라 정보를 얻으려고 읽을 때면, 지금도 거의 페이지를 넘기는 동시에 그 안의 내용을 바로 다 읽습니다. 또 가증스러울 정도의 기억력을, 무시무시한 기억력을 가지고 있습니다. 운문이든 산문이든 감동을 받은 것은 무엇이든 다 기억합니다. 시는 거의 외워서 내용을 거의 정확하게 말할 수 있고, 산문도 많이 인용할 수 있습니다. 저는 일종의 괴짜였던 것 같아요.

와크텔 한 시간에 500페이지를 읽는다고 들었습니다.

블룸 아직 그렇게 읽을 수 있지만 그러고 싶지는 않습니다. 읽는 속도를 줄이는 여러 가지 방법을 발견했고, 특히 『실락원』을 다시 읽을 때는 최대한 천천히 읽습니다. 『실락원』은 외우고 있지만 재독하는 것을 아직도 좋아합니다.

와크텔 유치원에 들어가기 전으로 돌아가서, 블레이크의 "예언시"를 소리 내어 읽으면서 영어를 배웠다고요?

블룸 어렸을 때 저는 블레이크를 미친 듯이 좋아했습니다. 제 앞 세대 비평가인 노스럽 프라이와 비슷한데, 결국 프라이는 저의 스승이 되었습니다. 제가 예일대에서 학생들을 가르칠 때가 되어서야 만났지만 말입니다. 저는 블레이크의 시, 특히 장편시를 이해하지도 못할 때 그의 시와 사랑에 빠졌습니다. 네 살 반, 다섯 살 때 어떻게 그걸 이해할 수 있었겠습니까? 하지만 저는 시를 외웠어요. 밤이고 낮이고 블레이크 시를 읽었지요. 도서관에서 빌린 책으로요. 몇 년 뒤에 누나에게 논서치 사에서 나온 블레이크 전집을 사 달라고 할 때까지 제 책은 없었습니다. 누나로서는 아주 큰 지출이었지만 워낙 착해서 책을 사주었지요. 그것이 제가 두 번째로 갖게 된 책이었습니다. 첫 번째 책은——아직도 기억이 나요——돈을 모아서 샀던 『하트 크레인 시선집』이었는데, 아마 여섯 살 즈음이었을 겁니다. 지금까지도 저는 하트 크레인의 시집을 정말 좋아합니다. 블레이크를 이해하지 못했던 것처럼 그때는 아마 이해하지 못했을 거예요. 저는 주문 같고 낯선 느낌, 시의 소리와, 그 느낌과 사랑에 빠졌습니다.

와크텔 당신을 감동시킬 위대한 시를 이해하기도 전부터 시와 사랑에 빠졌다고요?

블룸 우리가 어떤 수준에서 무엇을 이해하는지는 아무도 모릅니다. 정전에 속하는 시——말하자면 셰익스피어, 밀턴, 워즈워스, 스펜서, 단테, 예이츠——가 불충분한 시, 또는 시인 척하는 운문, 운문도 산문도 아니면서 운문인 척하는 한심한 요즘 글들, 미국에서 말하는 다문화 어쩌고 하는 시들과 다른 점은, 제 생각이 결국 가장 다른 점은, 우리가 진정으로 이해하기 훨씬 전에도 수많은 차원이 있어서 그 중 일부를 이해할 수 있다는 점이라고 생각합니다. 우리는 아마 처음부터 자기가 생각하는 것보다 더 많이 이해하고 있을 겁니다. 나중에는 그것에 대한 일종의 해설을 할 수 있게 되는 거고요. 저는 그게 정말 이상하다고 생각했습니다. 제가 아직 젊을 때, 서른한 살쯤 됐을 때, 데이비드 어드먼 판 블레이크 시집의 서평을 썼습니다. 30년 동안 들여다보지 않았지만 충분히 명쾌했다는 기억은 납니다. 제가 아주 어렸을 때부터 가지고 있던 의견에 굳건하게 바탕을 둔 해설이었습니다. 블레이크의 시는 저에게 성경만큼이나 익숙했지요. 지금 셰익스피어 작품이 히브리어 성경 원본이나 킹 제임스판 성경만큼이나 저에게 익숙한 것처럼 말입니다.

와크텔 시의 인력이 뭔지 아시나요? 당신은 어렸을 때 동네 도서관 서가를 돌아다니며 산문을 많이 읽었지만 아직도 시를 더 좋아하지요. 그런 시의 인력이 뭔지 아십니까?

블룸 경계를 넘는 느낌입니다. 그래서 저는 시를 단 한 줄도 쓸 수 없었고, 쓰려는 시도도 하지 않았습니다. 악마가 지키는 문턱을 넘는 것이지요. 대대로 아이들이 들어갔던 영역으로 들어가는 것이라고 생각합니다. 마법의 세계, 고조된 인식의 세계, 모든 것이 놀랍고 깊은 생각을 불러오는 세계입니다. 성직자의 언어, 그 안의 음보적인 요소, 음보를 넘나들며 움직이는 더욱 깊고 더욱 어두운 리듬이라고 생각합니다. 저는 소리와 의미의 깊은 관계에 대해서 비범한 질문을 던지는 것 자체에 심오한 매력이 있다고 생각합니다. 물론 시각적인 산문도 있습니다. 제임스 조이스의 『피네건의 경야』가 그런 경우인데요, 그 작품은 깊은 의미에서 산문시라고 할 수 있을 겁니다. 같은 효과를 가지고 있죠. 또 기적 같은 번역도 있죠. 그 자체로 재창조라고 할 수 있으니 번역이라고 부를 수 있을지 모르겠지만요. 킹 제임스판 성경은 결국 틴데일과 커버데일이라는 두 번역가의 천재적인 능력으로 만들어졌는데, 두 사람 모두 생생한 산문을 정말 잘 썼습니다.

와크텔 당신에게 문학 비평은 일종의 소명이었던 것 같습니다. 아주 일찍부터 문학 비평을 시작했고 한 번도 흔들린 적 없다고 말했습니다.

블룸 그렇다고 생각합니다. 어렸을 때 샘 필드맨이라는 사람 좋은 친척 아저씨가 있었는데, 브루클린의 코니아일랜드에 사탕 가게를 가지고 있었죠. 어느 날 제가 아저씨랑 가게에 있는데 아저씨가 사탕을 주면서 말했습니다. 제가 여덟 살이 되기 전이었던 것 같은데요, 아저씨가 이렇게 물었지요. "커서 뭐가 될래, 해리?" 그래서 제가 말했습니다. 우리는 물론 이디시어로 얘기하고 있었어요. "커서 시 교수가 될 거예요." 사실 저는 하버드나 예일이라는 곳이 있다는 얘기는 들어 본 적 있었지만 교수가 무슨 뜻인지 전혀 몰랐어요.

　몇 년 뒤에, 하버드 대학 석좌 교수 겸 예일대 인문학 석좌 교수였던 1987년, 88년 즈음에, 그때의 일이 떠올라 이상하고 슬

픈 기분이 들었습니다. 갑자기 프로이트의 위대한 경고가 떠올랐지요. "무언가를 지나치게 원할 때는 조심하라."

와크텔 그러면 그것을 얻게 될 테니까요. 하지만 슬프게 회상했다고요?

블룸 슬픔을 느낀 건, 예일 대학과 뉴욕 대학에서 남자든 여자든 가장 뛰어난 학생들이 와서 "블룸 교수님, 대학원 추천을 받고 싶습니다"라고 말할 때 느끼는 괴로움과도 상관이 있습니다. 저는 대학원에 진학하지 말라고 설득하지는 않지만, 학생들에게 지금 들어가려고 하는 상황이 어떤 것인지 정말 신중하게 생각해 보라고 종종 말하지요. 왜냐면 그런 학생들은 이데올로기 신봉자가 아니지만 그런 척하도록, 이데올로기를 받아들이는 척하도록 강요받을 테니까요.

과장이 아닙니다. 캐나다의 상황은 어떤지, 미국 대학만큼 상황이 나쁜지 모르겠지만, 현재 저는 미국의 대학에서 문학을 가르치는 것에 대해 깊은, 그리고 논쟁적인 절망을 안고 있습니다. 저는 1930년에 태어났고 다음 여름이면 예순다섯 살이 됩니다. 만약 제가 1970년에 태어나서 지금 대학원을 졸업한다면 미국에서 교수직을 얻지 못할 겁니다. 40년 전보다 저의 재능이 덜한 것도, 배움이 덜한 것도 아니고 시와 상상력에 대한 열정이 덜한 것도 아니겠지만 이데올로기가 저를 배제할 것입니다. 저는 대학에서 가르치는 일을 얻지 못했을 겁니다.

지난번에 장래를 고민하는 어떤 청년과 대화를 나누면서 제가 말했죠. 저는 변호사 같은 일을 할 기질은 아니지만, 만약에 40년 늦게 태어났다면 곰곰이 생각한 다음 미학적 관심과 비평에 대한 관심은 혼자서 추구하겠다는 결정을 내렸을 거라고 말입니다. 그노시스주의에도 관심이 많으니까 아마 종교사 대학원에 갔을 겁니다. 미국에서 종교사는 아직 학술적인 과목이니까요. 물론 종교사는 항상 이런저런 내부 집단으로부터 다양한 신학적 압력이 있었지만 예전에 문학이라고 부르던 것의 연구에 비하면 천국입니다.

　저는 뉴트 깅리치*와 이제부터 시작되는 깅리치 시대를 혐오하고, 경멸하고, 증오하지만, 또 깅리치의 득세를 도운 사람들, 소위 말하는 신좌파와 소위 말하는 반문화 ──제가 예전에 분노파라고 불렀었지요 ──도 좋아하지 않습니다. 분노파가 "문화 비평" ──예전에는 문학이라고 불렸지만 요즘 미국 대학에서는 보통 그렇게 부릅니다 ──을 지배하고 있어요. 요즘은 미국 대학원에 들어가려면 대부분 이데올로기 배경 조사를 거쳐야 합니다. 거의 모든 대학에서 조교수를 임명할 때 이데올로기 배경 조사를 해요. 예외가 되는 곳은 정말 몇 군데밖에 없습

---

* 1979년부터 1999년까지 하원의원을 지낸 미국 공화당 정치가. 1994년 미국 하원에서 공화당의 승리를 이끌어 공화당은 40년 만에 처음으로 다수당이 되었고, 깅리치는 하원의장을 맡았다.

니다. 저도 제 말이 과장이면, 과장법이면 좋겠어요. 하지만 그렇지 않습니다.

와크텔 현재나 미래는 잠시 놔두고 과거로 돌아가 볼까요. 어렸을 때 지독한 기억력 때문에 괴짜였던 것 같다고 했는데, 당시에도 그런 의식이 있었습니까?

블룸 아니, 아닙니다, 저는 정말 당연한 줄 알았어요. 어쨌든, 저는 무척 조용했습니다. 형과 누나, 부모님, 몇몇 학교 친구들과만 어울렸고, 특별히 공부를 잘하지도 않았어요. 우리 동네가 워낙 좋지 않은 곳이어서 공립 고등학교에 갈 수 없었지요. 저는 브롱크스 과학 고등학교에 시험을 쳐서 들어갔는데, 사실 저에게는 최악의 학교였지요. 저는 그때도 지금도 과학이라는 것에는 전혀 관심이 없고 수학에도 관심이 거의 없는 것이나 마찬가지니까요. 그래서 공부를 잘 못했어요. 반에서 꼴찌는 아니었지만, 아무튼 꽤 나쁜 성적으로 졸업했습니다. 뉴욕 주 학업성취도 시험에서 전체 1등을 하지 않았다면 코넬 대학은 물론이고 대학에 아예 못 갔을 겁니다. 광범위한 독서를 바탕으로 하는 객관식 시험이었으니, 모든 것을 읽고 모든 것을 기억했던 저는 완벽한 점수를 받을 수밖에 없었죠. 그래서 제가 지원을 한 것도 아닌데 코넬 대학에서 장학금을 주더니 저를 신입생으로 입학시켰습니다. 코넬에서 저는 M. H. 에이브럼스를 비롯해서 정말 멋진 선생님들을 만났습니다. 에이브럼스 선생님은 정말 뛰어난 낭만주의 학자이고, 아직도 살아 계십니다. 선생님은 제 멘토가 되어 주었습니다. 저도 사람들에게 멘토 역할을 하면서 갚으려고 노력해 왔지만, 제가 에이브럼스 선생님에게 받은 만큼 다른 사람에게 해준 것 같지 않아요. 저는 선생님에게 큰 빚을 지고 있습니다.

저는 무척 수줍음이 많고 서툰 사람이었어요. 지금도 별로 사교적이지는 않지만, 그때는 괴로울 정도로 부끄러움을 탔죠. 코넬 대학 1학년 때는 복도 벽에 바짝 붙어서 걸어 다녔습니다. 거의 병적으로 들리지요. 하지만 제가 심리적인 병이 있었다고 생각하지는 않습니다. 너무 낯선 기분이었고 너무 당혹스러웠지요. 4년 뒤 1951년에 예일 대학원에 갔더니 분위기가 너무 혼란스러워서 더욱 그랬습니다. 저는 다행히도 신비평, 신기독교파 교수들을 피할 수 있었는데, 당시에는 그게 주류였어요. 윌리엄 K. 윔새트 교수만 빼고요. 저는 윔새트 교수와 학문적으로는 개와 고양이처럼 싸우긴 했지만, 윔새트 교수에게는 이의를 제기할 수 있었지요. 윔새트 교수는 무척 아리스토텔레스적이었고, 로마 가톨릭 신자였습니다. 저는 코넬에서 그랬던 것처럼 예일에서도 대단한 교수들을 만났습니다.

와크텔 처음부터 문학 비평을 하겠다고 생각했습니까? 소설이나 시를 쓰는 것이 아니라 그것을 감상하고 분석하게 되리라고 것을 알고 있었나요?

블룸 저는 꽤 어릴 때 새뮤얼 존슨과 윌리엄 해즐릿의 비평을 읽기 시작했습니다. 고등학교 때 두 사람의 글을 읽으면서 무척 매료되었고, 또 코넬 대학에 진학하기 한두 해 전이었던 열다섯인가 열여섯 살 때 빅토리아 시대 비평가 존 러스킨과 미친 듯이 사랑에 빠졌습니다. 저에게 이야기를 하는 재능이 없다는 것은 알고 있었어요. 딱 한 번, 1979년에 시도한 적이 있긴 했죠. 제가 "그노시스주의 환상문학"이라고 부르는 『루시퍼를 향한 비행』을 썼지요. 출판하지 않았다면 좋았을 거라는 생각이 듭니다. 소설을 쓴 건 괜찮지만 출판은 하지 말았어야 해요. 글은 괜찮았는데 이야기가 너무 맥이 없었어요. 저는 소설을 쓸 능력이 없고, 아까 말한 것처럼 저에게 시는 악마가 지키는 문턱과 같아요. 저는 원래 비평 작가가 되고 싶었습니다.

와크텔 위계가 있다고 생각하시나요? 시가 제일이고 그 다음이 소설, 그 다음이 비평이라고요. 항상 그렇게 생각했나요?

블룸 음, 위계를 어떻게 정하는지 저는 잘 모르겠습니다. 예전에도 말한 적이 있지만 저는 문학 비평이 문학의 일부가 되든지 아니면 아예 존재하지 말아야 한다고 믿습니다. 분명 우리는 새뮤얼 존슨 박사나 윌리엄 해즐릿, 러스킨, 또는 뛰어난 작가 노스럽 프라이가 아니고, 그렇게 되지도 않을 것입니다. 또 항상 좋은 글을 쓰는 G. 윌슨 나이트도, 윌리엄 엠슨 경도, 저에게 멘토가 되어 준 케네스 버크도 아니지요. 케네스는 제가 60

년대 말, 70년대에 비평으로 두각을 나타내기 시작했을 때부터 친구가 되어 주었고, 『영향에 대한 불안』부터 시작해서 제 책들에 대해 너그러운 비평을 써 주었습니다. 아아, 케네스는 97세라는 놀라운 나이까지 살긴 했지만 작년에 세상을 떠났습니다.

저에게는 대답하기가 무척 어려운 질문이군요. 존슨, 해즐릿, 러스킨은 확실히 잘 썼지요, 월터 페이터도 대단한 에세이와 『감상』을 썼고, 오스카 와일드도 뛰어난 비평을 했고, 버크도, 프라이도 대단합니다. 그건 미적 경험이지요. 존슨의 비평은 제가 평생, 제가 아는 모든 언어로 읽은 그 어떤 비평보다도 뛰어납니다. 저에게는 존슨의 비평집 『시인들의 삶』에서 가장 뛰어난 글이 그의 놀라운 소설 『라셀라스』만큼이나, 또는 위대한 시 『덧없는 소망』만큼이나 뛰어납니다. 위계는 모르겠어요. 저는 산문보다 시를 더 좋아합니다. 당연히 저는 아직도 제가 접하는 시를 전부 읽으려고 애쓰지요. 일종의 중독인 것 같아요.

와크텔 당신이 어떤 문학 작품에서 개인적으로 얼마나 강렬한 느낌을 받느냐가 비평의 기준이 되는 것 같습니다. 늘 그 책을 읽는 것이 얼마나 내밀한 경험인지에 따라 판단을 내립니까?

블룸 네, 그런 것 같습니다. 저에게 불리할 수도 있다는 것은, 여러 파들이 그것을 이유로 들어 저를 비난한다는 사실은 알고 있습니다. 하지만 저에게는 미적 경험이, 무언가가 정말로 아름답고 기분 좋고 숭고하다는 당혹스러운 충격이 먼저 오고, 그 다음 사랑이 오는 것 같습니다. 사랑에 빠지면, 그 깊은 애정에서 정신적 에너지가 나오고, 또 그것을 더 잘 이해하고 다른 사람들에게 설명할 수 있는 기술 같은 것이 나온다고 생각합니다. 말했듯이 저에게 불리한 말일 수도 있어요. 결국은 앨리스 워커가 대단한 작가라고 생각하지 않는다면 그녀의 작품을 사랑하지 못했기 때문이라고 말할 수도 있으니까요. 혹은 실비아 플라스가 시를 쓸 능력이 있었다고 생각하지 않는 건 그녀의 작품을 사랑하지 못하기 때문이라고 할 수도 있으니까요. 저는 그 글들이 미적인 산물로 보이지 않는다고, 뭔가 다른 것으로 보인다고 말할 뿐 다른 대답을 하기가 힘듭니다.

와크텔 책을 깊이 있게 읽으면 내적 자아를 키우고 고독을 적절히 이용할 수 있다고 말씀하셨습니다. 고독은 결국 우리가 언젠가는 죽을 운명이라는 사실에 직면하는 것이라고 하셨지요.

블룸 음, 그렇지 않으면 무엇이겠습니까? 60대가 되면 친구들이 이런 저런 병으로, 이런 저런 사고로 죽기 시작합니다. 오랜 우정을 유지하는 것은 어렵고, 새로운 친구를 사귀는 것도 어렵지요. 우리는 너그럽게 굴려고 노력하고, 자기확대를 피하려고 노력합니다. 자기확대를 불러올 것 같은 관계는 피하려고 노력하지요. 제 말은, 인간은 다 그렇습니다. 가끔은 성공하고 가끔은 실패하죠. 하지만 결국 우리는 혼자입니다. 우리는 모두 혼자예요. 요즘은 우리를 사회 속의 존재로 생각해야 한다는 말을 많이 듣지요. 음, 저는 세금도 내고, 우리의 이 비참한 나라에 민주당이 돌아오기를 간절히 바랍니다. 그리고 최대한 많은 자선 단체에 할 수 있는 만큼 기부를 하려고 노력하지요. 하지만 결국 우리는 혼자라는 것을, 고독의 한가운데에 살고 있음을, 모두 고독의 한가운데 살고 있고 죽을 운명을 의식하고 있음을 다들 알고 있습니다. 새뮤얼 존슨 박사는 제가 그노시스 유대교를 믿는 것보다 훨씬 더 열렬한 종교적 믿음을 가지고 있었습니다. 저는 궁극적으로 영적인 믿음을 가지고 있습니다, 그렇게 생각해요. 앞선 그노시스파들처럼 저는 신성이 있다고, 빛이 있다고, 초월이 있다고 믿지만 아주 멀리 떨어져 있어서 우리에게 올 수도 없고 우리가 갈 수도 없다고 생각합니다.

와크텔 이러한 독서와의 관계가, 독서가 제공하는 위안이 나이가 들어서 생기는 특징만이 아니라 젊은 나이부터 당신과 독서를 이어주는 것이었다는 느낌이 듭니다.

블룸 독서는 기운을 내는 방법이 아닙니다. 또 바라건대 자아를 확대시키는 방법도 아닐 거예요. 저는 평생 그렇다는 비난을 받고 있지만요. 왜 그렇게 비난하는지 저는 전혀 모르겠습니다. 한 번은 프라이에게 왜 그럴까 물었더니 이렇게 말하더군요. "해럴드, 자네는 맹렬한 성격을 가지고 있고 그게 자네가 쓰는 글에 드러나지. 자네는 항상 그런 비난의 대상이 될 걸세." 그런 다음 덧붙였습니다. "나도 자네를 그렇게 비난했다네." 그의 말이 맞았습니다, 그는 그 문제로 저를 비난했었지요. 결국 독서란 즐거움이지만, 고통스러운 요소가 포함된 격렬한 즐거움입니다. 우리의 외로움은 가혹합니다. 마르크스주의자들은 가장 작은 인간의 단위는 두 사람이라고 말합니다. 하지만 저는 그것이 이상주의라고 생각합니다. 우리는 결국 혼자입니다.

와크텔 독서가 위안이 아니라면 무엇이죠?

블룸 우리는 영원히 점점 커지는 자아 안에 갇혀 있습니다. 독서는 점점 커지는 내면의 자아를 훈련시키는 것입니다. 자아의 교육이죠. 풍성한 기반도 가지고 있지만, 저는 독서를 꼭 사회 활동이라는 기반에 놓고 싶지는 않습니다. 저에게 독서는 이기적인 행동일지도 모르겠습니다. 저는 완벽할 정도로 좋은 삶을 누리고 있습니다. 또 제가 생계를 위해서, 아이들과 아내와 저를 부양하기 위해서 책을 읽지 않는다고 말할 수는 없겠군요. 제가 예일 대학에서 학생들을 가르친 것이 올해로 40년째입니다. 수만 명을 가르쳤지요. 몇몇 학생은 가끔 학교로 찾아오거나 편지를 보내서 제가 그들에게 무언가를 전달했다고, 정신적으로 조금 덜 외로워졌다고 알려 주었습니다. 저는 『서구 정전』에 대한 편지를 많이 받습니다. 좌파든 우파든 나쁜 편지, 저를 인종주의니 성차별주의니 끔찍한 말로 비난하는 편지들은 바로 던져버리지요. 하지만 평범한 일반 독자들이나 일반적이지 않은 독자들에게서 무척 감동적인 편지도 받습니다. 제 덕분에 어떤 작품을 다시 읽게 되었다고, 또는 책을 읽게 도와주었다고, 또는 어떤 의미에서 제가 자신들을 대신해서 말해 준다고 합니다.

저는 작가 거트루드 스타인이 했던 정말 아름다운 말을 지치지도 않고 인용합니다. "우리는 자신을 위해서, 또 낯선 이를 위해서 글을 쓴다." 저는 우리가 자신을 위해서, 또 낯선 이를 위해서 읽는다고 생각합니다. 결국은 자신을 위해서, 또 낯선 이를 위해서 가르칠 수도 있겠지요. 분명 우리는 같은 공간에 있는 사람들을 의식하게 되고 각자의 성격을 알게 됩니다. 하지만 가르치는 것으로 격차를 극복할 수는 없기 때문에 거기에도 어떤 절망이 있어요. 어쩌면 책을 읽는 것에도 절망의 요소가 있을지 모릅니다, 저도 몰라요. 자신의 한계를 극복하려는 시도가 있을지도 모르지요. 제 경우에는 그것이 정말 중요합니다.

와크텔 셰익스피어에 대해서 이야기하고 싶습니다. 당신에게 무척 중요한 인물이니까요.

블룸 확실히 그렇습니다. 딱한 블룸 씨 이야기를 하는 것보다는 마음이 놓이네요.

와크텔 "딱한 블룸 씨"라는 표현을 들으니 당신이 새뮤얼 존슨 박사를 본보기나 멘토로 여긴다는 사실이 떠올랐습니다. 존슨 박사는 무척 우울한 사람이기도 했지요.

블룸 정말 우울한 사람이었지요, 네. 음, 저는 셰익스피어의 희곡 서른여덟 편 중에서 스물네 편, 스물다섯 편을 정말 좋아하지만, 무엇보다도 존 폴스타프 경을 정말 좋아합니다. 상상 속의 인물이긴 하지만 저보다 훨씬 대단한 사람이죠. 현실에서 존슨 박사가 저보다 뛰어난 인물인 것처럼 말입니다. 폴스타프는 문학 작품에서 재치를 대표하는 가장 위대한 인물이지요. 조금 더 나아가서 햄릿, 로절린드, 폴스타프가 세 가지 의식을 나타낸다고 말해야겠군요. 형식주의 비평과 "분노 비평", 그리고 소위 말하는 실증주의 비평에서는 그렇게 말하지 않겠지만요. 세 인물은 셰익스피어가 창조해 낸, 가장 강력하고 지적으로 가장 생생한 세 가지 의식입니다.

와크텔 셰익스피어가 우리에게 보여 주는 인간 의식에 대해서 이야기해 주시겠습니까?

블룸 『헨리 4세 1부』에서 폴스타프와 할이 처음 등장하는 극의 시작 부분을 생각해 봅시다. 저는 학생들에게 늘 똑같이 말합니다. 내가 젊을 때는 셰익스피어를 무척 형식주의적으로 읽었습니다. L. C. 나이트의 그 유명한 「레이디 맥베스는 아이를 몇 명 낳았을까?」 같은 글까지 나왔지요. 나이트는 이 글에서 등장인물들이 남자와 여자가 아니라 그저 '말'일 뿐이라고 주장합니다. 작품의 첫 줄 전에는 존재하지 않고 마지막 대사 이후에도 존재하지 않는다는 것이지요. 요즘은 희곡을 역사화하는 경향이 있지만 그것은 형식주의의 또 다른 버전일 뿐이고, 부르주아 신비화와 계급 이익과 젠더 구별과 권력 투쟁 등등에 대해서 이야기합니다.

저는 학생들에게 이렇게 말합니다. 자, 여러분이 할의 대사부터 연구하면, 아주 친밀하고 복잡한 관계가 끝나가는 단계라는 사실을 깨닫게 됩니다. 두 사람 관계의 모든 윤곽과 중요성을 확실히 알 수는 없지만 현재 폴스타프는 아직도 할에 대해 애정과 존경심을 가지고 있고, 할 역시 예전에는 폴스타프에게 똑같은 애정과 존경심을 느꼈음을 알 수 있습니다. 하지만 할의 내면에서 애정과 존경이 잔인하고 분노가 넘치고 고약하고 사악한 것으로 바뀌었습니다. 이제 할이 폴스타프에게 하는 모든 말에 깊은 애증이 담겨 있는데, 증오 쪽이 절대적으로 더 큽니다. 우리가 그 사실을 이해하려면 거꾸로 추론해야 합니다. 『헨리 4세 1부』와 『헨리 4세 2부』, 또 『헨리 5세』에서 술집 여주인 퀴클리가 폴스타프의 죽음을 회상하는 장면에서 드러나는 두 사람의 관계를 추론해야 하지요. 그러면 상당한 그림을 그려 볼 수 있습니다. 셰익스피어는 관객이, 적어도 일부 예리한 관객이, 그러한 그림을 추론해 내기를 분명히 기대합니다.

셰익스피어는 항상 "사실주의적 재현" 너머로 우리를 데려갑니다. 그의 인물들은 현실보다 더 실제 같지만 그러한 현실성은 실제 삶에서 나오는 겁니다. 그냥 종이에 인쇄된 말이 아니에요. 셸리가 『프로메테우스의 해방』에서 이상적 형식에 대해서 말한 것처럼 이것은 "살아 있는 사람보다 더 현실적인 형식"입니다. 하지만 관념적인 형식이 아니에요, 살아 있는 남자, 살아 있는 여자와 아주 가깝습니다. 그런데 그것이 지금은 19세기 영문학자 A.C.브래들리나 빅토리아 시대의 접근법이라며 비난받고 있습니다. 저는 항상 사람들에게 말합니다. 저는 A.C.브래들리의 『셰익스피어 비극』을 무척 존경하고 항상 그 책에서 많은 것을 배웠지만, 셰익스피어 비평에서 저의 선배는 존 폴스타프 경을 옹호하는 책을 쓴 18세기 셰익스피어 학자 모리스 모건입니다. 그 책 때문에 존슨 박사는 친구인 전기 작가 보스웰에게 다음번에는 이아고의 도덕적 우월성을 증명하는 에세이를 써야겠다고 비꼬며 말했지요. 하지만 존슨은 모건이 뭘 하려는 건지 알고 있었습니다. 해즐럿도 정말 뛰어난 책 『셰익스피어 희곡의 인물들』에서 그렇게 했습니다. 그리고 사실, 20세기에 거의 잊힌 셰익스피어 비평가 해럴드 고다드는——저보다 앞선 세대라서 저도 몰랐던 사람입니다——『셰익스피어의 의미』라는 아주 대단한 책을 썼습니다. (셰익스피어 비평가와 학자들은 그에게 별다른 호의를 보이지 않았지만 저에게서 그 책을 추천받은 학생들은 책에서 많은 도움을 받았습니다.) 셰익스피어의 작품은 엘리자베스 시대의 관습과 역사적 관련성 등과 관련해서 많이 논의되지만 고다드는 셰익스피어의 인물들을 도스토옙스키 작품의 인물들에 대해서 이야기하는 것과 똑같은 방식으로 이야기할 수 있다는 가정하에 책을 썼습니다.

물론 우리는 도스토옙스키의『작가 일기』등 여러 가지를 미루어 보아 그가 셰익스피어의 허무주의에 큰 영향을 받았고, 또 『오셀로』의 이아고와『리어 왕』의 에드먼드가 없었다면『죄와 벌』의 스비드리가일로프는 없었으리라는 사실을 알고 있습니다. 영국학자 A.D. 누탈은 셰익스피어에 대한 놀라운 책『새로운 미메시스』에서 미메시스를 보는 옛 시각을 강력하게 주장합니다. 또 저는 뛰어난 비평가 프랭크 커모드 경의 셰익스피어에 대한 글을 보면 종종 깊이 공감합니다. 이러한 전통은 절대 수명이 다하지 않았습니다.

셰익스피어는 언어를 다루는 뛰어난 솜씨를 제쳐두더라도 중요합니다. 심리학 역사상 그 누구보다도 심리학의 형성에 더 큰 기여를 했고, 철학 역사상 누구보다도 사고방식의 표현 방법뿐 아니라 사고방식의 형성 자체에 많은 기여를 했으니까요. 저는 아주 심오한 의미에서 셰익스피어가 우리를 만들었다는 생각이 듭니다. 셰익스피어 이후 우리는 우리 자신보다 훨씬 더 큰 무언가가 된 것 같습니다. 저는 셰익스피어를 가르칠 때, 혹은『서구 정전』의 셰익스피어에 관한 장에서, 저를 사로잡고 매혹시키는 것을 강조합니다. 셰익스피어 이전에는──물론 초서의 「면죄승 이야기」이나 「바스의 여인 이야기」에 힌트가 약간 있고, 저는 셰익스피어가 그것을 시작점으로 이용했다고 확신합니다──문학에서 등장인물이 자기들끼리 말을 엿듣거나 엿들은 말을 갑자기 떠올리지 않습니다. 셰익스피어의 작품에서는 독백이든 방백이든 다른 사람에게 하는 말이든, 인물들이 엿듣기를 통해서 놀라운 변화를 시작합니다. 우리는 늘 그렇습니다. 혼잣말을 하거나 다른 사람에게 말을 하다가 갑자기 우리가 하는 말이 너무 이상하다는 생각이 문득 들거나, 우리가 하고 있는 말에 충격을 받거나, 우리의 말 때문에 불행하거나 수치스러워집니다. 초서의 작품에 몇 번 얼핏 나온 것을 빼면 저는 셰익스피어 이전의 서구 문학에서 그런 것을 한 번도 보지 못했습니다. 셰익스피어 이후에는 아주 흔해졌죠. 저는 그것이야말로 셰익스피어가 어떻게 해서 우리를 깜짝 놀랄 만큼 바꾸어 놓았는지 알려주는 단서 혹은 지표라고 생각합니다. 이것은 셰익스피어가 우리 내면에서 점점 자라는 자아라는 현상을 만들어 냈다는 조금 전의 주장으로 돌아가죠.

와크텔 『리어 왕』의 에드먼드를 예로 드셨는데요.

블룸 저는 특히 에드먼드에게 항상 매료되었습니다. 다른 예도 수백 가지는 들 수 있지만, 에드먼드가 저를 가장 매료시킵니다. 바로 그 부분에서 제가 이 사실을 처음 주목했기 때문이지요. 에드먼드가 바닥에 누워 있습니다. 에드먼드는 이복형 에드거에게 치명적인 부상을 입었지만, 에드거가 휘장도 없는 복면 기사로 분했기 때문에 처음에는 에드거인지 몰랐습니다. 속물인 에드먼드는 복면 기사가 에드거임을 깨닫고 적어도 자기보다 지위가 낮은 사람에게 치명상을 입은 것은 아니라서 안심

합니다. 그는 조용히 혼자서 생각하기 시작합니다. 에드먼드는 또 에드거에게서 두 사람의 아버지 글로스터가 죽었다는 소식을 듣습니다. 셰익스피어는 글로스터의 죽음을 극에서 그리지 않고 대사로 처리함으로써 대단한 장면을 만들 기회를 포기합니다. 에드먼드는 아버지가 죽었다는 말에 마음이 움직였다고 주장하지만 사실 상황을 잘 모르는 것 같습니다. 그런 다음 고너릴과 리건의 시체가 등장하는데, 에드먼드는 둘 다 사랑하지 않았습니다. 그는 아무도, 자기 자신도 사랑하지 않으니까요, 그는 아주 차가운 사람입니다. 하지만 두 사람의 연인이었던 에드먼드는 충격을 받아 이렇게 말합니다. "나는 두 사람 모두와 약혼을 했다. 이제 우리 셋이 죽음 속에서 결혼을 하자." 고너릴과 리건은 죽었으니까요. 에드먼드는 다른 누구에게가 아니라 스스로에게 소리 내어 말합니다.

그런 다음 에드먼드는 제가 절대 잊지 못할 놀라운 세 단어를 말합니다. 잊지 마세요, 에드먼드는 셰익스피어의 영웅과 악당 중에서 가장 똑똑하고, 마음이 차갑고, 치명적인 인물입니다. 사실 그는 서구 문학에서 가장 치명적인 인물입니다. 에드먼드는 무섭지만, 정말 이상하게도 매혹적이고 사람의 마음을 끄는 면이 있는데, 해즐릿이 말했듯이 고너릴이나 리건과 달리 위선자가 아니기 때문입니다. 그런 에드먼드가 말합니다. "그러나 에드먼드는 사랑받았도다!" 그런 다음 에드먼드는 자신의 말에 깜짝 놀라서 이렇게 외칩니다. "나는 삶을 갈망한다. 내

본성은 그렇지 않건만 좋은 일을 하고 싶다." 그는 바깥으로 실려나가 무대 밖에서 죽음을 맞이하는데, 이는 에드먼드가 죽을 때 어떤 사람이었는지 우리가 모른다는 뜻입니다. 그 자신도 모릅니다. 에드먼드는 자신이 저지른 악행을 되돌렸는지 아닌지 모른 채 죽습니다. 하지만 그것은 엄청난 변화를 나타내지요. 극에서 자기 내면을 고찰하는 것은 정말 새로운 특징입니다. 자신의 말을 듣고 객관화한 결과이지요. 잊을 수 없을 만큼 독창적인 특징, 획기적인 변화입니다.

사실 햄릿은 자신의 말에 귀를 기울이고, 말을 할 때마다 변화하기 때문에 에드먼드보다 훨씬 더 완전합니다. 셰익스피어 이전에는 독백이 거의 없었습니다. 셰익스피어의 극에 나타나는 철저한 자기 반성, 변화를, 특히 의지적 변화를 표현하려는 노력은 아무리 봐도 질리지 않지요. 영원히 우리를 새롭게 만들고 새로운 가르침을 줍니다.

와크텔 셰익스피어가 심리학을 아주 잘 이해하고 있었다고, 심리분석보다 셰익스피어를 통해서 우리 자신을 더욱 잘 이해할 수 있다고 높이 평가하시는군요. 당신은 또한 프로이트를 셰익스피어적으로 읽어야 한다고 주장합니다.

블룸 아, 그렇습니다. "프로이트: 셰익스피어적으로 읽기"라는 장에서 말한 것처럼 저는 20세기의 위대한 지성 지그문트 프로이트가 하필이면 옥스퍼드의 정신 나간 사람들과 합세해서 "스트래퍼드 출신의 남자"——프로이트도 이 끔찍한 옥스퍼드식 표현을 썼죠——가 아니라 옥스퍼드 백작이 셰익스피어의 모든 작품을 썼다는 주장을 받아들인 것은 우연이 아니라고 생각합니다. 아마 프로이트는 벼락출세한 사람에게, 낮은 계층의 사람에게, 교육도 별로 받지 못한 사람에게 그렇게 많은 빚을 지고 있다는 사실을 받아들일 수 없었을 것입니다. 프로이트에게 그토록 많은 것을 준 사람은 대단한 귀족이어야만 했습니다. 저는 프로이트가 셰익스피어에게서 거의 모든 것을 가져왔다고 생각합니다. 프로이트가 설명하는 나르시시즘, 양가감정, 자아 분열, 프로이트가 그리는 정신의 지도 자체를 사실은 셰익스피어가 만들었습니다.

와크텔 당신은 정신분석에 대해서 재밌는 경험을 이야기한 적이 있습니다. 상담을 받을 때 당신은 프로이트를 읽는 올바른 방법을 강의하려고 돈을 내는 거라는 말을 들었다고요.

블룸 저는 여러 해 전에 중년의 위기를 겪으면서 거의 신경쇠약에 걸릴 지경에 이르렀습니다. 서른다섯 살 때였죠. 그때 약 1년 동안 뉴헤이븐의 뛰어난 정신분석가에게 상담을 받았고, 해외에서 좀 지내다가 돌아와서 또 한동안 상담을 받았습니다. 결국 그가 말했지요. "포기합시다, 해럴드. 우리는 일주일에 두세 번이나 만나는데, 당신은 프로이트의 적절한 해석에 대한 끝없는 강의를 하기 위해 저한테 돈을 내고 있잖아요." 저는 5, 6년 동안 예일 대학교 대학원 과정을 가르쳤지만, 제가 "지그문트 삼촌의 복수"라고 이름 붙인 것 때문에 포기했습니다. 저는 몇 몇 학생들을 모아 놓고 28쪽에서 30쪽 정도 되는 장면을 가지고 서너 번이나 세미나를 해야 했습니다. 전 프로이트의 말실수, 일상생활의 정신병리학 같은 것들에 완전히 지쳐 버렸고, 마지막 세미나에서는 무슨 말을 해도 어이없는 실수, 의도하지 않은 중의적 표현이 되어 버렸습니다. 그건 제가 프로이트와 얼마나 열심히 싸웠는지 분명히 보여 줬지요.

저는 몇 년 동안 긴 책을 쓰고 있었는데, 『프로이트』라는 제목을 붙이려고 했어요. 부제는 "전이와 권위"로 정했습니다. 하지만 그것은 제가 유일하게 중간에 그만둔 책이었습니다. 지금은 뉴헤이븐의 우리 집에서 누렇게 바래고 있죠. 저는 그 책을 포기했습니다. 프로이트에게 점차 애증을 느꼈고, 결국 결론을 내렸거든요. 지금은 그 결론을 굳게 믿고 있습니다. 즉, 프로이트의 이론은 과학으로서 아무 가치도 없고, 생물학은 물론 심리학에도 아무런 기여도 하지 않았으며, 심리 치료로서는 정말 말도 안 되는 방법이지만——그건 정말 말도 안 돼요, 샤머니즘이에요, 효과도 없는 샤머니즘——사실 프로이트는 20세기의 가장 뛰어난 작가 중 하나라고 말입니다. 프로이트는 20세기의 몽테뉴입니다, 서구에서 가장 뛰어난 에세이스트 중 하나죠. 프로이트가 몽테뉴는 아니지만, 그나마 몽테뉴와 가장 가까운 사람입니다. 그는 아주 뛰어난 문화사상가이고, 영향력은 엄청납니다. 하지만 치료라고요? 고맙지만 사양하겠어요. 치료라면 프로이트보다 약이 나아요.

와크텔 『서구 정전』에 대해서 이야기하고 싶습니다. 그 책에 대한 이야기는 이미 했지만, 더 직접적으로, 조금 더 기본적인 문제로 돌아가서, 정전은 무엇입니까? 우리에게 왜 정전이 필요하죠?

블룸 정전은 명확합니다. 정전은 목록이지요. 그게 답니다. 우리는 정전이 필요합니다. 셰익스피어를 읽어야 하니까요. 단테를 연구해야 하고, 초서와 세르반테스, 성경, 적어도 킹 제임스 판 성경은 읽어야 합니다. 우리는 어떤 작가들을 읽어야 합니다. 프루스트, 톨스토이, 디킨스, 조지 엘리엇, 제인 오스틴을 읽어야 합니다. 우리는 제임스 조이스와 새뮤얼 베케트를 읽어야 한다는 사실을 절대 회피할 수 없습니다. 절대적으로 아주 중요한 작가들입니다. 그런 작가들은 지적 가치를, 그리고 감히 말하지만 영적 가치를 제공합니다. 조직화된 종교나 제도화된 신앙 역사와는 상관없는 영적 가치죠. 정전은 우리에게 상기시켜 줍니다. 우리가 잊고 있던 사실을 말해 줄 뿐 아니라 정전이 아니었다면 우리가 절대 알지 못했을 것들을 말해 줍니다. 그리고 정전은 우리 정신을 개혁하지요. 우리의 정신을 더 강하게 하고, 우리를 더 활기 있게 만듭니다. 우리를 살아 있게 하죠! 음, 5년 전에 저는 『제이의 책』에서 축복을 나름대로 해석

했다가 비난을 정말 많이 받았습니다. 저는 구약이라는 히브리 성경에서 누군가가 다른 사람을 축복한다는 것은 항상 한 가지 의미라고, 더 많은 생명을 주는 것이라고 말했습니다. 세르반테스와 초서와 셰익스피어와 단테는——무엇보다도 셰익스피어는——우리에게 더 많은 생명이라는 축복을 줍니다.

　정해진 정전은 없습니다. 있을 수도 없고 있어서도 안 되지요. 저는 이 점을 분명히 밝히려 노력했습니다. 하지만 우리 모두가 최대한 어린 나이에 읽어야 하는 몇 가지 불가피한 책들은 있지요. 아이들과 청소년들에게 셰익스피어와 세르반테스와 단테를 접하게 해주지 않는다면 교육이 무슨 의미가 있겠습니까? 단테는 너무 어려울지도 모르지만, 셰익스피어는 보편적입니다. 셰익스피어는 진정으로 다문화적인 작가입니다. 그는 모든 언어로 존재하고, 어디에서나 무대에 오르며, 모두 셰익스피어의 무대에서 자신을 발견합니다. 세르반테스도 정말 보편적인 작가입니다. 저는 제 책에서 이 문장을 제일 좋아합니다. "다문화주의가 세르반테스를 의미한다면 누가 다문화주의에 저항하겠는가?" 하지만 불행히도 미국에서 다문화주의라고 불리는 것은 절대 세르반테스를 의미하지 않지요. 영어권 작가 대신 세르반테스를 넣는다면 저는 기뻐하겠지만, 다문화주의는 그런 뜻이 아닙니다. 그렇다면 저는 기뻐하겠지만요. 다문화주의자가 "셰익스피어는 됐습니다! 우리는 세르반테스를 읽을 거예요"라고 말한다면 저는 이렇게 말할 겁니다. "그건 정말 슬

픈 일이지만, 그래도 세르반테스가 있으면 필요한 건 거의 다 있는 셈이죠." 세르반테스는 거의 셰익스피어와 같은 힘을 가진 작가입니다. 하지만 이 사람들에게 다문화주의는 그런 뜻이 아니에요. 다문화주의란 우연히 여자이거나, 멕시코계이거나, 푸에르토리코 사람이거나, 아프리카계 미국인인 사람들, 분노로 가득한 사람들이 쓴 5등급쯤 되는 글을 말합니다. 최고의 작가인데 아프리카계 미국인이거나 여성이거나 그런 게 아니에요. 그런 사람들은 종종 가장 분노가 크고 가장 이데올로기적인 사람입니다. 교육의 기능은 사람들이 스스로에게 흡족하게 느끼도록 만드는 것이 아닙니다. 어떤 무리로부터 소외되어 있다는 느낌을 확인하는 게 아니에요.

와크텔 『서구 정전』이 당신이 말하는 "분노파"와 좌익뿐 아니라 우익으로부터도 비판을 받는 이유가 뭐라고 생각합니까?

블룸 저는 분명히 우익의 공격을 받습니다. 제가 서평을 다 읽어 보지는 않았지만, 제가 짐작했던 일이 일어나고 있어서 정말 놀라워요. 『코멘터리』, 『아메리칸 머큐리』, 『뉴 크라이테리언』, 『내셔널 리뷰』처럼 신보수 잡지들이 전부 가혹하고 성난 비평을 쏟아내며 제가 예술만을 위한 예술을 믿는다고, 문학에 도덕적·종교적 기반이 있다는 사실을 믿지 않는다고 비난하더군요. 저는 셰익스피어나 단테를 도덕적·종교적 가치 때문에 읽는 것은 아니라고 했다고 비난을 받았습니다. 신보수파 저널리스트와 비평가들은 분노파, 소위 말하는 좌파만큼이나 야만적이었습니다. 저는 양쪽 모두로부터 비난을 듣는 것에 아주 만족합니다. 저는 그것이 오히려 이 책의 가치를 증명한다고 생각합니다.

와크텔 정전을 둘러싸고 이런 논쟁, 혹은 전투가 벌어지는 이유는 무엇일까요?

블룸 우리 사회가 급속도로 붕괴 중이기 때문이겠지요. 이기심의 해방 때문입니다. 깅리치 측근 중 한 명은 상원인지 하원에서 사생아에 대한 지원을 줄여야 할 뿐만 아니라 사생아에 대한 사회적 낙인을 찍어야 한다고 정말로 말했습니다! 정전의 기능은 셰익스피어를 읽으면서 『리어 왕』에 등장하는 사생아 에드먼드를 보고, 『존 왕』에 등장하는 위대한 사생아 팔콘브리지 ─가장 고결한 사람─를 보게 만드는 것입니다. 셰익스피어를 읽을 수 있다면, 셰익스피어를 정말로 공부했다면, 도덕을 모르는 그런 끔찍한 멍청이는 없을 겁니다. 저는 굳게 확신합니다.

와크텔 현대의 정전 작가 목록을 작성하는 것이 어려운 일이었나요?

블룸 정말 어려웠습니다. 정말로 해야 하나 싶기도 했는데, 아직도 확신이 안 섭니다. 문화를 예언하는 것은 바보짓인데, 저는 그런 짓을 하는 바보가 된 기분이었지요. 하지만 다들 말했습니다. 20세기가 된다고 해서, 또는 1950년대가 된다고 해서 멈출 수는 없다고 말입니다. 지금부터 50년 후에 정전 목록 뒷부분을 보면 실수로 가득할 겁니다. 그래야 합니다. 우리가 정전 목록으로 할 수 있는 것은 우리의 기묘한 본성으로부터 자신을 지키는 것입니다. 저는 정말 기묘합니다.

목록의 기능은 학교에서 무엇을 공부해야 하는지 사람들에게 알려 주는 것이 아닙니다. 학교에서 무엇을 공부해야 하는지는 우리 모두 이미 알고 있습니다. 셰익스피어, 세르반테스, 초서를 공부해야 하지요. 우리는 디킨스와 조지 엘리엇을 읽어야 합니다. 책은 인간을 인간으로 교육시키고 모든 면에서 인간의 시야를 확장시켜 줍니다. 현재 사회적 정의라는 이름으로 우리에게 주어지는 허울뿐인 책보다 정전이 우리 인간을 더 대단하고, 똑똑하고, 인간적이고, 따뜻한 사람으로 만들어 줍니다. 허울뿐인 책이 주는 것이라고는 지루함, 끔찍한 지루함밖에는 없어요. 그건 사회 정의를 훼손시키고 이 세상의 깅리치들을 도울 뿐이죠. 프루스트와 조이스 이후의 문학을 과연 읽어야 하는지 저는 모르겠습니다. 하지만 저는 존 애시버리를 비롯해서 제임스 머릴, 토머스 핀천에 대해서는 확신을 가지고 가르칩니다.

정전 목록 중에서 현대를 다루는 뒷부분의 목적은 사람들이 접하지 못했을 책과 작가를 읽어 보라고 제안하는 것인데, 저

해럴드 블룸 **143**

에게는 참 유익했습니다. 우리는 모두 자기만의 목록을 만들어야 합니다, 특히 지난 50년 정도에 대해서 말입니다. 우리 모두 중요한 정전, 중요한 독서 목록이 뭔지 잘 압니다. 그것에 대해서 거짓말을 한다 해도 마찬가지입니다. 셰익스피어는 서구 정전이고, 셰익스피어와 단테는 서구 정전이고, 셰익스피어와 단테와 세르반테스는 서구 정전입니다. 위대한 작가들이죠. 이 책에서는 의도적으로 단테부터 현대까지만 다루었지만, 호메로스와 소포클레스와 플라톤과 베르길리우스와 다른 작가들도 목록에 분명히 들어갑니다. 우리 모두가 읽고 또 읽어야 하는 작가들이지요. 거기에는 수수께끼가 없어요, 이데올로기가 없습니다.

와크텔 당신은 『서구 정전』에서 프랑스 비평가 생트뵈브의 말을 인용합니다. 생트뵈브는 우리가 심도 있게 읽는 모든 작품의 작가에게 중요한 질문을 던지라고, 우리를 어떻게 생각하는지 물어보라고 가르칩니다.

블룸 네, 그 말은 생트뵈브의 책에서 처음 본 순간부터 저를 계속 따라다녔습니다. 그날은 더 이상 책을 읽을 수가 없었지요. 너무 흥분해서 산책을 한참 했던 기억이 납니다. 생트뵈브의 말은 아주 현명한 말이지요. 저는 그 말에 대해서 아주 많이 생각합니다. 이 작품의 작가가 나를 어떻게 생각할까?

와크텔 셰익스피어는 해럴드 블룸을 어떻게 생각할까요?

블룸 음, 저는 셰익스피어가 어떤 사람이었는지 모릅니다. 그는 자신을 숨겼어요. 보르헤스의 말처럼 "그는 모든 사람이며 아무도 아니"죠. 셰익스피어는 온갖 대단한 남자와 여자 뒤에 자신을 숨겼습니다. 그는 아마 이렇게 말하겠지요. "늙고 지친 친구지만 독서의 열정이, 시에 대한 열정이 대단하고, 가끔 시에 대해서 유용한 말을 하지만 가끔은 하지 않는 사람이군." 아니면 이렇게 말할지도 모릅니다. "좋은 의도를 가진 사람이야." 제가 그 이상 뭘 바라겠습니까?

와크텔 작가가 우리를 어떻게 생각하겠느냐는 질문이 왜 그렇게 중요한가요?

블룸 결국 정전이란 바로 그 질문에 대한 책입니다. 지혜의 탐구죠. 우리는 지혜를 좋아하고, 지혜에 의해 판단을 받고 싶어 합니다. 그게 아니라면 "지혜는 어디에서 찾을 수 있는가?"라는 성경적인 질문을 던져야 합니다. 아마 저에게 있어서의 답은, "지혜는 셰익스피어에서 찾을 수 있다"는 거겠지요. 물론 제대로 읽는다는 전제하에서요. 세르반테스를 제대로 읽으면 지혜를 찾을 수 있습니다. 상상 문학은 바로 그것을 위해 존재합니다. 문학은 지혜를 위한 것, 가장 고귀한 미적 경험을 위한 것, 가장 심오한 인지를 위한 것입니다. 무엇보다도 제 생각에 문학은, 심오한 의미의 기억력 훈련을 위한 것입니다. 기억력이 없으면 생각도 할 수 없고, 읽을 수도 없고, 글을 쓸 수도 없으니까요. 그것이 위대한 고전 작품의 기능입니다. 고전은 무엇이 기억할 가치가 있는지, 또 그것을 어떻게 기억할지 가르쳐 줍니다. ・

1995년 1월

샌드라 라비노비치와 인터뷰 공동 준비

"제가 처음에 생각한 책은 지금 내용과 무척 달랐어요.
저는 그런 느낌이 있어요,
책은 자기가 어디를 향하는지 항상 알고 있고,
재료는 안개 속에 있고, 작가는 그 속에서 움직이면서 찾아가고,
책이 형태를 취하기 시작한다고요."

제인 앤 필립스

제인 앤 필립스
Jayne Anne Phillips

1980년대 초, 제인 앤 필립스가 『그란타』의 미국 "외설적인 리얼리스트" 특집호에 등장했을 때 잡지는 그녀를 이렇게 설명했다. "제인 앤 필립스는 1952년에 웨스트버지니아 버캐넌에서 태어났다. 필립스는 애팔래치아 지역에서 자랐고, 놀이공원과 식당에서 일했으며, 광산 캠프에서 집집마다 돌아다니며 집 수리 도구와 욕실 용품을 팔았다."

그런 다음 제인 앤 필립스가 받은 문학상과 발표한 출판물들을 나열했다. 그러나 빈곤한 생활은 필립스의 일부일 뿐이다. 제인 앤 필립스의 아버지는 콘크리트 사업을 했고 어머니는 교사였다. 필립스——오빠와 남동생 사이에 낀 둘째——는 웨스트버지니아 대학에 다녔고 아이오와 대학 작가 워크숍에 참가했다.

어느 비평가가 말했듯이 필립스는 "뿌리 없는 미니멀리스트인 동시에 뿌리를 내린 지역 작가"이다. 미니멀리스트 필립스는 첫번째 단편집 『검은 티켓』(1979)으로 유명해졌다. 범죄자와 사회부적응자, 연쇄살인범과 십대 창녀가 등장하는 이 소설집은 나딘 고디머와 레이먼드 카버의 찬사를 받았다. 카버는 이 소설집을 "비뚤어진 아름다움"이라고 불렀다. "뿌리를 내린 지역 작가" 필립스는 첫 번째 장편 소설 『머신 드림』(1984)에서 등장했다. 필립스는 이 책의 양식을 "탐구적인 슬픔"이라고 말했다. 웨스트버지니아 중산층 가족의 3대를 다루는 『머신 드림』은 날카로운 언어보다 인물을 중요하게 부각시키며 제2차 세계대전부터 무익한 베트남 전쟁까지 여러 가지 전쟁을 살펴본다.

제인 앤 필립스의 다음 소설은 분위기 있고 생략이 많은 이야기이다. 시점을 바꾸어 가며 이야기를 전개하는 『쉼터』는 1963년 애팔래치아의 소녀 여름 캠프에서 며칠에 걸쳐서 일어나는 일로, 단짝 친구 두 쌍이 나온다. 레니와 캡은 열다섯 살이고, 래니의 여동생과 그 단짝은 열한 살이다. 사춘기에 접어든 소녀들의 세계에 두 소년과 두 남자가 들어온다. 여덟 살의 버디는 캠프 요리사의 아들이다. 버디는 양아버지 카모디에게 성적 학대와 괴롭힘을 당한다. 필립스는 "악에 대해서, 악이 정말 존재하는지 아니면 그것이 상처의 한 가지 기능일 뿐인지 탐구하고 싶었다"고 말한다.

『쉼터』에는 『파리대왕』과 제임스 디키의 『석방』에 비견되는 예감이 흐른다. 필립스의 말에 따르면 풍성하고 시적인 산문으로 쓴 이 책은 "아주 빽빽하고 지하 같은 느낌이 있어야 했다". 이 책을 어떻게 설명해야 할까 생각하다 보면 "불길하다", "무시무시하다", "위협적이다" 같은 단어들이 머릿속에 떠오른다. 그러다가 우연히 제인 앤 필립스의 최근 단편집 『추월 차선』에 대한 서평을 읽었는데, 그 역시 같은 단어로 설명되어 있었다.

1995년, 필립스와 이야기를 나누었을 때 그녀는 가장 최근 소설이었던 『쉼터』에 생각의 초점을 맞추고 있었다. 제인 앤 필립스는 『머신 드림』을 쓰고 나서 10년 사이에 결혼을 하고 두 아이를 낳았으며, 부모님이 모두 돌아가셨다고 했다. 필립스는 현재 보스턴 교외에 살고 있으며 하버드에서 창작을 가르친다.

* * *

와크텔 『쉼터』는 오랫동안 쓰고 싶었던 소설이라고 하셨습니다. 이유가 뭔가요?

필립스 저는 17년 전에 이 책의 제문을 썼고, 제 공책에는 여러 장면과 인물들에 대한 메모가 있어요. 물론 그 이후로 인물들이 더 성장했지만요. 지금 생각해 보니 그게 제 패턴인 것 같아요. 어떤 생각을, 또는 책에 담길 미스터리의 어떤 분위기를 떠올린 다음 아주 오랫동안 가지고 있다가, 그 소재로 글을 쓴다는 위험에 맞설 준비가 되면 쓰기 시작하는 거죠. 저는 『쉼터』

전에 책을 세 권 썼지만 항상 이 아이들, 아주 외딴 곳에 고립된 소녀들에 대해서 써야겠다는 생각을 하고 있었어요. 단편집 두 권과 『머신 드림』을 쓰고 나자 이제 다른 걸 할 때가 되었다고 생각했죠. 제 책들은 집착이라는 면에서 서로 연관성이 있지만 그것이 어떻게 작용하는지에 따라서, 질이나 어조가 다른 것 같습니다.

와크텔 이 책이 싹트기까지 왜 그렇게 오래 걸렸는지 이유를 아 십니까?

필립스 저는 글 쓰는 속도가 정말 느려요. 보통 책 한 권을 쓰는 데 5년 정도 걸리는데, 아이도 둘 낳고 다른 일들도 있어서 이 번에는 더 오래 걸렸어요. 이 소설에서는 버림받는 것과 소외, 연약함도 중요하게 다뤄지는데, 저는 나이가 좀 들 때까지 연 약함을 제대로 이해하지 못했던 것 같습니다.

와크텔 왜 그럴까요?

필립스 젊을 때는 부모님에 대해서, 부모님의 존재 자체에 대해 서 무엇도 침투할 수 없는 믿음이 있는 것 같아요. 우리 자신에 게 오류가 없다는 느낌을 가지고 있다가──그게 젊음의 일부 겠죠──우리 정체성에까지 영향을 주는 상실을 경험하고 나 서야 죽음이 무엇인지 이해하기 시작하죠. 하지만 슬픔은 상실 과 무척 다릅니다. 슬픔은 상실을 안고 살아가는 것, 우리가 생각하는 방식을 바꾸는 영향과 관련이 있죠. 정말 큰 깨달음을 줄 수 있어요. 아이를 갖는 것 역시 연약함과 항복을 연습하는 거예요. 아이들을 보호하려고 노력하는 것은 자신을 보호하려고 애쓰는 것보다 한없이 더 고통스러우니까요.

『쉼터』에 나오는 아이들은 각자의 슬픔에 대처하고 있어요. 저는 이 책을 쓰는 몇 년 동안 비슷한 그림자를 안고 살았습니다. 부모님이 오랫동안 앓으시다가 2년 간격으로 돌아가셨거든요. 당시에는 그런 생각을 하지 않았지만, 나이든 고아인 제가 자기들밖에 없는 아이들, 가족과 떨어진 아이들에 대해서 쓰고 있었다고 생각하니 흥미롭군요. 아이를 가족과 떨어뜨려두는 오래된 전통이 있잖아요. 『허클베리 핀』부터 월트 디즈니 영화들까지 전부 그렇죠. 세상에 홀로 남겨진 아이들이라는 것은 오래된 개념이에요.

와크텔 당신은 이 책을 첫 문단을 이해하기 위해서 책을 썼다고 말씀하셨습니다. 그게 무슨 뜻이죠?

필립스 저는 이 책의 모든 것이 첫 문장에 들어 있다고 생각해요. 무게와 중력이라는 면에서 책 전체가 거기 있는 거죠. 저는 모든 책에 대해서 그렇게 느껴요. 작가가 첫 문장을 항상 맨 처음 쓰는 건 아니지만, 이 경우에는 그랬어요. 사실 제 책은 전부 그랬던 것 같아요.

와크텔 소설을 쓰고 나서 그 문단을 이해하게 되었습니까?

필립스 작가에게 이해란 하나의 과정이고, 어쩌면 말로 요약할 수 없을지도 몰라요. 제가 말한 연약함은 이 책에 대한 저의 이해와 상관이 있어요. 저는 이 책이 처음에는 목격자였던 아이들이 나중에 참가자가 되는 일종의 수난극이라고 생각해요. 영혼의 어두운 밤을 헤쳐 나가면서 아이들이 스스로를 보는 시각, 짐을 지고 가는 방식을 완전히 바꿔 놓는 뭔가를 만나는 거죠. 저는 아이들이 그런 일을 겪으면서 상처를 받지 않는다고, 피해를 입지 않는다고 생각하지 않지만, 어떤 면에서는 더 강해진다고 생각합니다.

제가 처음에 생각한 책은 지금 내용과 무척 달랐어요. 저는 그런 느낌이 있어요, 책은 자기가 어디를 향하는지 항상 알고 있고, 재료는 안개 속에 있고, 작가는 그 속에서 움직이면서 찾아가고, 책이 형태를 취하기 시작한다고요. 이 책에서 이야기하는 문제를 저는 나약함과 어둠, 악과 관련해서 이해하고 있어요. 악이라는 것이 존재할까? 아니면 상처의 한 가지 기능일 뿐일까? 그리고 왜 어떤 사람들은 끔찍한 어둠을 거치고도 온전하게, 변화했을지언정 온전하게 나오지만 어떤 사람들은 산산이 부서져 폭발할까, 라는 의문도 있죠. 저는 개입에 대해서 생각하고 싶었어요. 개입이 무엇인지, 사람들 사이에서 개입이 어떻게 일어나는지 말입니다.

와크텔 그런 문제에 대해서 이야기하기 전에 우선 언어에 대해서 묻고 싶습니다. 『쉼터』는 무척 분위기 있고, 관능적이고, 때로는 불길합니다. 그것을 "지하 같은 느낌"이라고 설명했던 것 같은데요. 어떤 세계를 만들고 싶었는지 조금 더 말씀해 주시겠습니까?

필립스 저는 『머신 드림』에서 시간을 등장인물처럼 이용했듯이 이 책에서는 장소를 생생하게, 관능적으로, 등장인물들을 비추는 빛처럼 이용하고 싶었어요. 『머신 드림』은 오랜 기간에 걸쳐서 진행되지만 이번에는 사흘 동안 일어나는 일을 쓰고 싶었지요. 저는 아이들을 주인공으로 등장시키고 싶었고, 또 그 사흘에 아이들의 가정생활을 집약시키고 싶었어요. 즉, 모든 정보가 일종의 내적 독백을 통해서 드러나야 한다는 뜻이었고, 그래서 언어에 무척 의존하게 되었습니다.

저는 책 속의 소녀들이 물리적 장소에서 경험하는 것을 독자들도 경험하기 바랐습니다. 독자가 다른 세상에서 고립되기를 바랐지요. 책이 다른 현상을 차단하면 좋겠다고 생각했어요. 독자가 언어를 깊이 생각하고, 더위와 건물에서 관능적인 느낌을 받기를 바랐습니다. 소녀들의 기억, 캠프라는 물리적 장소에 걸러져 들어오는 나머지 세상이 관능적 날카로움을 갖기 바랐습니다.

와크텔 『쉼터』는 1963년 여름에 웨스트버지니아의 소녀 캠프에서 일어나는 일입니다. 1963년이라는 배경이 중요한가요? 정치적 암살 사건들이 일어나기 전 순수한 미국의 마지막 나날을 암시하는 것 같습니다.

필립스 시대적 배경은 중요하면서도 중요하지 않습니다. 저는 세상이 변하기 전에 이 소설 속의 사건이 일어나기 바랐어요. 하지만 암살 사건 전에도 미국이 그렇게 순수하지 않았다는 것 역시 요점입니다. 또, 특히 그곳은 무척 고립되어 있어요. 어떤 면에서는 미국의 다른 지역보다 10년에서 15년 정도 뒤쳐져 있죠. 1963년은 버디 ──캠프 요리사의 여덟 살짜리 아들── 같은 아이들이 비포장 도로가에서 텔레비전도 없이 그렇게 고립되어 살았던 마지막 해일 거예요. 버디에게는 물리적인 세상이 사실 영적인 영역이었지만, 버디는 고립되어 있기 때문에 오히려 그 현실적이고 물리적인 장소가 자신의 것이라고 생각합니다. 버디는 엄마와 단 둘이서 살았고, 버디의 엄마는 소설 속에서 무척 큰 존재이지만 그녀의 시점은 드러나지 않아요. 아이들 중에서도 특히 버디가 가장 보살핌을 받고 보호를 받았지만 또 어머니와 자신을 동일시할 수 있는 인물이었기 때문에 카모디 ──버디가 세 살 때 감옥에 갔다가 5년 만에 돌아왔죠(버디의 친아버지가 아니라 양아버지예요)── 가 두 사람을 위협할 때 버디는 전능한 자기 어머니가 사실은 버디도 엄마 자신도 보호하지 못한다는 사실을 느껴요. 버디는 자기가 어떻게든 엄마와 자신을 구해야 한다고 생각하기 시작하지만, 이렇게 많은 단어로 분명하게 생각하지는 않겠지요. 버디가 캠프의 소녀들에게 끌리는 것은 본능입니다. 버디와 소녀들은 피할 수 없는 만남을 향해 나아가지요.

와크텔 당신은 1963년에 열한 살이었지요. 그 해 여름을 기억합니까?

필립스 아, 대부분 기억나요. 케네디 대통령의 죽음이 강렬하게 남아 있습니다. 웨스트버지니아 사람들에게 케네디는 신화 속 영웅이나 마찬가지였죠. 웨스트버지니아 주는 대부분 민주당을 지지하는 프로테스탄트 노동자 계급이고, 웨스트버지니아 예비 선거는 케네디 당선에서 중요한 지표였어요. 광신적일 만큼 반가톨릭적이고 뭐든지 반대하는 웨스트버지니아에서 케네디가 이길 수 있다면 민주당 후보로 지명받을 가능성이 높았죠. 나중에 선거가 조작되었다는 비난이 있었어요. 하지만 케네디는 특히 노동 계급과 광부들의 존경을 받았어요. 민주적인 관심사를 가지고 있었기 때문에 사람들에게 희망을 주었고, 또 왕자 같은 배경이 있었기 때문에 어떤 면에서는 그 누구도 제공하지 않았던 것을, 환상과 이야기와 동화를 제공했지요. 그 모든 것이 일종의 희망이었어요.

와크텔 케네디가 암살되기 전 여름이 뚜렷하게 기억난다고 했는데, 그 이유를 아십니까? 당신에게 왜 그렇게 생생한 기억일까요?

필립스 쿠바의 피그만 침공 때문에 학교에서 공습 대피 훈련을 시작했고, 우리는 쿠바인들이 핵미사일을 쏠지도 모른다고 생각했어요. 사람들은 방공호에 대해서 이야기했죠. 전부 기억나요. 이 소설 속 세상의 느낌은 제 안에서 자란 것 같아요. 저는 고립된 산지 시골에서 살다가 열여덟 살이 되어서야 그곳을 떠났기 때문에 저의 어린 시절은 뜨거운 여름에 푹 빠져 있는 것 같습니다. 저는 그 시절을 촘촘하고 유혹적으로 다시 만들어내려 노력했어요.

와크텔 『쉼터』에는 각각 열다섯 살, 열한 살인 소녀 두 쌍과 여덟 살짜리 소년 버디가 나옵니다. 아이들이 얼마나 순수한지는 무척 모호합니다. 이 아이들은 순수함을 버렸거나 순수할 기회가 없었던 것 같아요. 그런 문제를 탐구하고 싶었습니까?

필립스 순수함이 정확히 뭔지 모르겠어요. 저는 이 책에서 다루는 문제가 더 복잡하다고 생각해요. 예를 들어서 두 쌍의 단짝 친구들 사이에는 성적인 분위기가 있는데, 아주 자연스럽고 남매 관계 같은 거예요. 이 책을 읽은 어떤 사람들은 이렇게 말했어요. 별로 순수하지 않아, 소녀들이 이런 관계라니, 무슨 뜻이지? 단짝 친구들이 강한 유대 관계를 맺는 것은 각자의 가정생활과도 관계가 있어요. 하지만 저는 그것이 흔한 문제라고 생각합니다. 모든 가족은 위기를 겪죠. 그리고 보통 청소년기로 접어드는 아이들이 친밀한 우정을 맺는 것은 가정에서 벗어나는 하나의 방법이기도 해요. 가족 내에 문제가 없다고 해도 말이죠. 하지만 이 소설 속 여자아이들은 특히, 적어도 지금은, 가족보다 서로가 더 중요하다고 느낍니다.

아이들은 순수해 보이지만 사실 가정 내에서 일어나는 일들을 대부분 이해해요, 나중에 기억하지 못하거나 정확히 표현하지 못하더라도요. 저는 우리가 가족의 딜레마를 흡수한다고, 그것이 우리 영혼이나 정체성의 일부가 된다고 생각해요. 우리는 그 딜레마를 항상 지고 다니면서 어떤 방식으로든 해결하지요. 그것이 우리의 집착 패턴이 되고, 그 집착은 우리를 소용돌이의 중심으로 끌고 가죠. 저는 그 해 여름에 그 아이들에게 일어난 일이, 그리고 그것이 아이들에게 집단적으로 일어났다는 사실이 일종의 편법이라고 생각합니다. 그 일로 인해서 가족이 아이들에게 던져 준 문제들을 헤쳐나가니까요. 처음 이 소설을 쓰기 시작했을 때 저는 각 아이들이 누구에게도 말할 수 없을 듯한 비밀을 안고 근원적인 풍경으로 들어간다는 생각을 가지고 있었어요. 아이들이 어느 정도 인식하고 있는 일종의 짐이죠. 캠프에서 일어나는 일 때문에 그것을 변화하는 겁니다.

와크텔 당신은 이 소설을 "수난극"이라고 설명했습니다. 어떤 의미에서 그렇죠?

필립스 도덕적인 싸움이 진행되고 있으니까요. 저는 버디를 이 책의 도덕적 중심으로, 변화의 매개체로 생각하는 것 같아요.

버디는 제일 어리니까 제일 순수하다고 할 수 있겠지요. 또 버디는 세상을 초감각적으로 보는 면이 있어요. 소설의 사건은 사실 카모디가 버디의 집으로 돌아오면서 시작해요, 그가 위험을 가져오는 거죠. 버디는 어둠 속을 걸어가고 있고, 위안이라고는 이 세상, 자기 주변 세상과 자기 경험밖에 없습니다. 저는 사람들이 계속되는 위험에, 계속되는 위협에 어떻게 대처하는지, 기댈 것이 하나도 없어 보일 때 무엇에 기대는지 살펴보고 싶었어요. 그것이 이 소설의 일관적인 흐름이에요. 사건이 변할 때마다 거의 기적 같은 일이 개입하는데, 어떤 것은 아이들 사이에서 일어나는 일과 관련이 있고 어떤 것은 자연과, 혹은 그것을 보는 아이들의 능력과 관련이 있죠.

의식은 특정 사회와 특정 시대에 검열을 거칩니다. 소설에 나오는 떠돌이 파슨과 버디는 사회에서 인정받거나 받아들여지는 사람들보다 더 심오한 인식을 가진 외부인이죠. 파슨은 원리주의의 맥락 속에서 자신의 인식을 이해합니다. 극단적인 문화 속에서 사는 사람이라면 쉽게 이해할 수 있는, 불과 유황처럼 무서운 이야기죠. 극단적인 빈곤, 극단적인 소외, 극단적인 육체의 아름다움과 수수께끼로 인해 발생하는 미지의 두려움. 버디도 같은 방향으로 향하고 있지만 그가 느끼는 세상은 아직 자연적이고, 직관적이고, 범신론적이죠. 여자아이들은 자연의 힘을, 캠프를 죄어오는 그 세계를 이해하기 시작합니다.

와크텔 아까 소녀들이 얼마나 순수한지, 혹은 순수하지 않은지에 대해서 이야기했는데요. 열다섯 살인 레니와 캡은 성적으로 깨어나는 느낌이 분명히 있습니다. 특히 소설 앞부분에서 밤에 알몸 수영을 하는 장면이 그렇지요. 그 장면은 성적 위험을 암시합니다. 피어나기 시작하는 성을 왜 어두운 관점으로 보여주었습니까?

필립스 저는 그것이 꼭 어둡다고 생각하지는 않아요. 거대하고, 진실하고, 유혹적이고, 익숙하지 않지요. 저는 가치 있는 일에는 항상 그림자가 있다고 생각해요. 예전의 자신을 포기하고 모든 한계를 바꿔야 해요. 자신이 이해하지 못하는 무언가에 굴복해야 하지요. 본능을 따르는 거죠. 어떤 면에서 레니와 캡이 물속으로 걸어 들어가는 것은 둘의 관계 때문입니다. 둘이 함께가 아니었다면 그렇게 행동하지 않았을 거예요.

와크텔 『쉼터』는 여러 인물의 목소리로 진행되는데, 저는 버디의 머릿속에 들어갔을 때도 그렇고 다른 인물들의 목소리일 때도 가끔 윌리엄 포크너의 『음향과 분노』가 약간 떠올랐습니다. 남부 고딕 소설을 언급하는 것이 안이하다는 건 알지만, 당신은 다른 남부 작가들에게 얼마나 동질감을 느낍니까?

필립스 저는 일부 작가들에게 동질감을 느끼지만, 그건 그 작가가 예술가로서 얼마나 큰 위험을 무릅쓰느냐와 관련이 있어요. 포크너는 그 어떤 규칙도 신경 쓰지 않는 것 같아서 그의 작품을 무척 좋아합니다. 포크너는 이야기를 할 때마다 새로운 영역으로 이동하죠. 남부 고딕 소설은, 사실 저는 그 말을 제대로 이해한 적이 한 번도 없어요. 그건 그냥 삶이에요, 남부 사람들에게는 일상적인 삶이죠. 특히 포크너가 글을 쓰던 시절에 남부는 무척 고립된 지역, 일종의 무법지대였어요.

저는 사실 좀 특이한 입장이에요, 진정한 남부인은 아니거든요. 남부 사람들은 웨스트버지니아를 남부라고 생각하지 않고, 북부 사람들은 웨스트버지니아를 중요하다고 생각하지 않아요. 어떤 면에서 웨스트버지니아는 미국 내의 제3세계예요. 남부처럼 상류 사회 같은 느낌도 없고, 남부처럼 농업과 플랜테이션으로 번 돈도 없었어요. 웨스트버지니아는 순전히 산지고 광물 외에는 아무런 자원도 없는데, 광물은 처음부터 외지인들의 것이었죠. 그러니까 웨스트버지니아 주는 착취를 당한 거예요. 처음에는 삼림지로, 나중에는 광산지로 말이죠. 소외된 느낌, 일종의 감각적인 소외는 땅 자체가 너무 크다는 사실 ——푸릇푸릇하고 신비로운 계곡과 산들——에서 오는 것 같아요. 저는 소외가 일종의 공통분모라고 생각해요. 아름답지만 물질적으로 빈곤한 소외 지역의 사람들은 "고딕 의식"이라고 부를 수 있는 것을 가지고 있지 않을까요. 더블린에도 그런 것이 있다고 말할 수 있겠지요.

웨스트버지니아는 또 시간적으로도 벗어나 있었어요. 여러해 동안 웨스트버지니아는 미국의 다른 지역만큼 유동적이지 않았지요. 웨스트버지니아 바깥으로 나가는 사람도 안으로 들어오는 사람도 없었어요. 웨스트버지니아에는 일자리가 없고, 거기 사는 사람들은 오래된 토박이들이었죠. 직업이 없었기 때문에 떠나지 않았어요. 적어도 제 이전 세대까지는 그랬죠.

와크텔 당신은 일찍 다른 곳으로 이주했지만 고향을 떠나지 않은 사람에 속한다고 했습니다. 왜 그렇죠?

필립스 제 정체성은 거기에서 형성되기 시작했고, 저희 친가와 외가 모두 1700년대 이후 줄곧 그곳에서 살았어요. 제가 사물을 보는 방식, 생각하는 방식, 꿈꾸는 방식은 사실 그곳에서 만들어졌지요. 다른 작가들도 다들 그렇겠지만, 저 역시 처음부터 무척 아웃사이더 같은 느낌이 들었고, 언젠가 떠나리라는 것을, 하지만 종종 고향에 대해 생각하리라는 사실을 항상 알고 있었습니다.

와크텔 당신 작품의 중심은 가족입니다. 어느 평론가는 당신 작품에서 어둠과 빛의 진정한 근원은 가족이라는 말을 하기도 했지요.

필립스 가족은 개인의 성격을, 또는 영혼을 확대한 그림과 같고, 우리 모두 가족이 서로에게 투사하는 것에 익숙합니다. 우리는 온 가족이 참여하는 가족 치료라는 것에 익숙한데, 사람들 속에서 존재하는 문제를 드러내기 때문입니다. 제가 생각할 때 작가가 발전하는 방식은 가족과 무척 관계가 많습니다. 나중에 작가가 되는 아이는 부모님 중 한 사람 혹은 두 사람 모두와 절친한 친구 같은 사이인 경우가 많다고 생각해요. 제일 책임감이 강하고, 기억을 잘하고, 의식적으로뿐 아니라 무의식적으로 모든 것을 받아들이는 아이죠. 심리적으로 가족이 사라지지 않도록 유지할 책임을 느끼고 있어요. 그런 아이들에게 가족의 생존은 일종의 임무이고, 그것은 그 아이들이 성인이 되어서 하려고 하는 일에 큰 영향을 미칩니다. 가족 중 누군가가 죽는다고 해서 끝나는 것도 아니죠. 우리가 연락을 계속 하든 그렇지 않든 제일 첫 단위인 가족은 끝이 나고, 우리 모두는 성인으로서 그 상실에 대처해야 합니다. 어떤 면에서는 좋은 상실이라고 여겨질지도 모르지만, 우리는 항상 우리가 처음 가진 집과, 그리고 그 집을 배신하고 나가야 한다는 사실과 항상 씨름을 하고 있어요.

와크텔 당신은 확실히 부모님의 절친한 친구, 정신적으로 가족을 유지할 책임감을 느끼는 아이였을 것 같습니다. 어렸을 때도 그 사실을 인식하고 있었습니까? 작가가 될 아이였나요?

필립스 아니, 그렇지 않습니다. 저는 어머니와 무척 절친한 관계라는 사실을 인식했고 우리 가족의 여자들에게 전해지던 유산 같은 것을 의식했지만, 실제 글쓰기의 관점에서 생각하지는 않았어요. 하지만 제가 어렸을 때 어머니가 할머니의 시를 주었습니다. 할머니는 8학년까지밖에 다니지 않았지만 대단한 독서가였고, 제가 태어나기 훨씬 전에 돌아가셨어요. 어머니는 열두 살 때 할머니와 같이 제 이름을 지었대요.

와크텔 고향 마을에서 얼마나 벗어나고 싶었는지 쓴 적이 있습니다. 당신 자신과 어머니의 탈출을 어떻게 계획했나요? "내가 곧 엄마고 엄마가 곧 나다"라고 하셨으니까요. 그것에 대해서 이야기해 주시겠어요?

필립스 저는 아주 짧은 기간 동안 어머니와 자식 사이에 공동의 정체성이 존재한다고 생각해요. 어머니가 아이를 돌보면 정체성을 침해하는 일종의 유아-어머니의 연대가 생깁니다. 자아가 뒤섞이죠. 그런 다음 우리는 점차 거기서 벗어나고, 평생 그런 경험을 다시 하지 않습니다, 절정경험을 할 때만 제외하면요. 저는 섹슈얼리티가 그런 것이라고 생각합니다. 섹슈얼리티는 반드시 어머니가 되려고 노력하는 것이 아니라 한 순간 자아의 경계를 놓치고 혼자가 아니게 되는 것입니다. 그것은 양육, 보호, 안전과 위험의 역설, 위기, 신뢰의 위험이에요. 정체성이 뒤섞이는 경험이 항상 성적인 것은 아닙니다. 뭔가에 대해서 열정적이 될 때 경험하는 것이지요. 종교적인 관점에서 경험할 수도 있어요. 제 생각에 내가 곧 어머니이고 어머니가 곧 나라는 느낌은 어머니의 삶과 딸이 해야 하는 의무에 대한 무의식적인 느낌과 관련이 있습니다. 우리는 종종 부모님이 완수하지 못한 것을 완수한다는 느낌을 갖는 것 같아요. 아이들은 부모님으로부터 신체적 특징이나 몸짓만이 아니라 해결되지 않은 갈등까지 물려받습니다. 저는 가족 관계를 일종의 업보로 볼 수 있다고 생각해요. 우리는 자기 문제만을 가지고 나아가는 것이 아니라 부모님이 주신 문제도 지고 갑니다.

와크텔 왜 그렇게 달아나야 했습니까?

필립스 확실히는 모르겠어요. 사람들은 달아날 때 이동하고 있다는 환상을 갖습니다. 외적인 환경을 바꾸는 것인데, 때때로 그러한 변화는 너무나 갑작스럽거나 충격적이기 때문에 새로운 정보를 받아들이도록 강요합니다. 저는 사람들이 바뀌려고 노력하기 때문에 떠난다고 생각합니다. 우리는 어디에 있든 같은 사람이겠지만, 이동하고 싶다고 생각하는 것은 물리적으로 움직이고 싶고, 더 성장하거나 달라지고 싶고, 더 많이 이해하고 싶은 것과 관련이 있다고 생각합니다.

와크텔 탈출이, 혹은 적어도 여행이 당신에게 무척 중요했다는 느낌이 듭니다. 당신은 1970년대에 여행을 많이 다녔고 10년 전 네팔에서는 여승이 되고 싶었다고 말했습니다. 어떻게 해서 돌아와 정착하게 되었습니까?

필립스 쉽지는 않았어요. 결국 우리가 지금 하던 얘기로 돌아오는 것 같습니다. 여행은 환상이라는 생각 말이에요. 그건 한곳에서 평생 사는 것보다 더 쉬워요. 모든 것이 항상 변하고 있다는 느낌이 들고, 자신의 내적 기반에 덜 집중할 수 있으니까요. 어린 시절에 그랬던 것처럼 한 장소에 머물면서 어쩔 수 없이 다른 사람들과 섞여야 하는 것은, 가족 안에서 살아가는 것은 흥미로워요. 지금이 어린 시절과 다른 점은 가족을 굴복의 연습으로 인식하는 것이죠. 부모는 그렇게 경험해야 해요. 항복은 아이들이 하는 것이 아니에요. 아이들은 잘 키우기만 하면 관계의 쉼터 속에서 스스로를 정의하니까요. 부모는 아이들이 안전하고 무럭무럭 자랄 수 있는 공간을 만들려고 노력합니다. 자기 이익을 희생시키는 것도 그 일부죠. 우리는 아이를 사랑하면서 기꺼이 움직이고 변합니다. 하지만 전 굴복의 연습이 암울하면서도 찬란한 경험이라고 생각해요. 저는 그 두 가지 사이를 오가는 것에 관심이 있습니다.

와크텔 어째서 찬란하지요?

필립스 부모가 되는 것은 제가 알았던 그 무엇과도 전혀 다른 사랑의 경험이라고 생각해요. 저는 딸 노릇을 하는 것에 대한 글을 썼는데, 제가 부모가 되지 않았다면 저는 평생 딸이었을 것이고, 거기서 벗어나는 방법은 딸이자 어머니가 되는 것밖에 없다는 느낌이 들었어요. 부모가 된다는 것은 그렇지 않다면 불가능했을 방식으로 자아에서 빠져나오는 것입니다. 그렇기 때문에 그것은 찬란한 경험이에요. 또 예전과는 달리 아이를 대신해서 상처받기 쉬운 상태가 되기 때문에 위험하기도 하지요. 확실한 것은 아무것도 없습니다. 그런데 아이의 삶에 대해서 생각하면 그 명제는 전혀 다른 뜻이 되지요.

글쓰기와 무척 비슷해요. 그 시점에 당신에게 필요한 모든 것이 담겨 있는 재료가 있지요. 집착, 희망, 의식하지 못하는 모든 것들, 모양이나 형태로만 경험하는 것들이 거기 있고, 당신은 그 재료 안으로 들어갑니다. 반대편으로 나오리라는 보장은 없지만, 그것은 하나의 과정이고, 당신은 그 안에서 움직이지요. 하지만 일은 놓아 줄 필요가 없지만 아이들은 결국 놓아 줘야 합니다.

와크텔 소설 제목을 『쉼터』라고 짓고 쉼터라는 뜻의 쉘터 카운티를 배경으로 삼았기 때문에 우리가 어디에서 쉼터를 찾을 수 있는가, 혹은 누가 다른 사람을 보호할 수 있느냐, 라는 문제가 제기됩니다. 대답을 찾았습니까?

필립스 저는 우리가 불완전할지는 모르지만 관계에서 쉼터를 찾는다고 생각합니다. 그게 이 책에 잘 드러난다고 생각해요. 하지만 또 책에 나오는 기적적인 분위기가 가장 큰 것 같아요. 사람들은 거의 초자연적인, 또는 텔레파시 같은 방식으로 여러 가지를 인식하는데, 그것은 우리를 연결하는 것을, 우리가 인식하지 못하고 어쩌면 저항하고 있는 것을 암시합니다.

와크텔 궁극적으로 가장 신뢰할 수 있는 유대는 아이들 사이의 유대인 것 같습니다. 독특한 어른은 괜찮지만 완전히 안전하지는 않지요. 예를 들어 버디의 어머니는 의지가 대단하지만 결국 버디를 지키지 못합니다. 이게 당신의 결론인가요?

필립스 그것이 현실입니다. 안전은 행복이나 슬픔처럼 일시적이에요. 저는 이 책에서 아이들의 관계가 실제로 안전과 쉼터를 제공한다고 생각해요. 처음부터 그렇게 생각했어요. 아이들이 가족과 떨어져 있는 고립된 공간을 배경으로 하는 것 자체가 가족이 없는 곳에서 그런 유대가 자유롭게 발전될 수 있게 하기 위해서였습니다. 어떻게 되는지 보려는 거였죠.

와크텔 저는 친구들 사이에서뿐 아니라 어쩌면 특히, 남매들 사이에서 발생하는 부드러운 애정이 정말 좋습니다. 『머신 드림』의 끝부분에 어둠 속에서, 침대 밑에서, 또는 커다란 낙엽더미에서 위안과 동지애를 찾는 남매에 대한 회상이 나옵니다. 『쉼터』도 완전히 똑같지는 않지만, 그것은 당신이 계속 돌아가는 주제인 것 같습니다.

필립스 저는 남매의 관계가 항상 흥미로웠습니다. 제 생각에 어린 시절은 우리 모두가 아웃사이더인 시기예요. 우리는 "초심"—불교 용어예요—으로 사물을 봅니다. 맥락 속에서 인식하는 것이 아니고 있는 그대로 읽는 거죠. 남매와 함께 자라면 우리의 일부가 되는 타인과 그 시기를 공유하는 것인데, 그것은 아이를 낳기 전까지는 다시 경험할 수 없습니다. 저는 그것이 참 흥미로워서 여러 가지 방법으로 생각해 보았어요.

또, 사랑하는 모든 관계에는 그런 남매 관계와 비슷한 요소가 있어요. 우리는 "형제자매처럼"이라든지 "그 사람은 내 형제야", "자매애", "자매애는 강하다" 같은 말을 합니다. 우리는 우리의 연인을 키우죠. 항상 그런 유대 관계를 만듭니다. 강한 관계를 만드는 것은 혈연만이 아니에요, 정체성의 공유죠. 그것이 다른 사람과의 관계에서 깊이를 특징짓습니다.

와크텔 좀 무례한 질문을 해야겠군요. 자녀를 여름 캠프에 보내실 건가요?

필립스 캠프는 힘들 거예요. 자고 오는 캠프는 말이에요. 어쩌면 보낼지도 모르지만, 아주 신중하게 알아볼 거예요. 작가는 보통 뭐든지 자기 마음대로 하려는 성향이 강하기 때문에 원고와도, 아이들과도, 가끔은 자기 방과도 떨어지는 게 힘들 거예요. 작가는 너무 많이 알거든요.

1995년 1월

래리 스캔런과 인터뷰 공동 준비

"… 살아 보면 모든 일에는 그림자가 있고
우리가 믿는 모든 것에 모순이 있다는 것을 알게 되지요.
저는 그것이 무척 건전하다고 생각합니다.
그것이, 이상과 현실의 모순이 저를 소설가로 만들었습니다."

카를로스 푸엔테스

카를로스 푸엔테스
Carlos Fuentes

"멕시코에서 가장 재능이 뛰어난 이야기꾼" 카를로스 푸엔테스는 영어권에서 가장 유명한 멕시코 작가일 뿐 아니라 외교관, 교수, 활동가이다. 같은 멕시코 작가로 1990년에 노벨상을 받은 옥타비오 파스보다 푸엔테스가 격찬을 받는 부분적인 이유는 해외에서 오래 살았기 때문이다. 그는 여섯 살이 채 되기 전부터 외교관이었던 아버지를 따라 워싱턴 D.C.에서 살았다. 푸엔테스가 스스로 말했듯이, 그는 "과카몰리보다 그릿츠*를 더 좋아하는 최초이자 유일한 멕시코인"이었다.

동시대의 칠레 작가 호세 도노소는 열네 살 때 칠레 산티아고의 상류층 영국계 학교에서 푸엔테스를 만났다. 도노소는 푸엔테스를 "스페인어로 쓴 아메리카 대륙의 소설을 국제화시킨

* 미국 남부에서 주로 먹는 옥수수 가루.

최초의 활동적이고 의식적인 주체"라고 말한다. 그 말을 증명하듯이 카를로스 푸엔테스의 『늙은 외국인』은 멕시코 작가의 소설로는 최초로 『뉴욕 타임스』 베스트셀러 목록에 올랐고, 나중에 제인 폰다 주연의 영화로 제작되었다. 그레고리 펙이 맡은 앰브로스 비어스는 20세기 초에 혁명을 따라 멕시코로 왔다가 사라진 인물이다. 그는 "기억이 없는 땅" 북아메리카를 떠나서 국경 ──이 경우 미국과 멕시코 사이의 "상처" ──을 넘은 사람이다. 그러나 『늙은 외국인』은 푸엔테스의 다른 소설보다 더 직설적이다. 어느 비평가가 말했듯이 푸엔테스는 그런 책을 한손으로 쓰듯이 쉽게 쓴다. "그의 주요 장편 소설들은 기괴한 사람들과 신비로운 사람들에 대한 프로젝트이다." 『테라 노스트라』처럼 실험적이고 바로크적인 소설은 종종 역사적 사건을 다룬다.

카를로스 푸엔테스는 80년대 초반에 "라틴 아메리카인: 과거와의 전쟁"이라는 제목으로 CBC 강연을 했다. 푸엔테스는 1992년에 콜럼버스 500주년을 기념하여 BBC 텔레비전 시리즈를 맡았고 『파묻힌 거울:스페인과 신세계에 대한 생각』을 펴냈다.

1928년에 태어난 카를로스 푸엔테스는 35년 넘게 소설을 발표하고 있다. 그의 최근 작품에는 1970년에 잠깐 사귀었던 여배우 진 세버그와의 관계에서 영감을 받아 쓴 소설 『다이아나:홀로 사냥하는 여신』과 멕시코의 최근 정치적 위기를 분석한 논픽션 『멕시코의 새 시대』가 있다. 1994년 4월에 나와 이야기를 나누었을 때 푸엔테스는 『오렌지 나무』라는 단편집을 가지고 미국 투어 중이었다. 멕시코에서 가장 가난한 주 치아파스에서 1월 1일에 봉기가 일어난 지 겨우 몇 달밖에 되지 않았고, 당시 대통령 살리나스가 선택한 후계자 루이스 도날도 콜로시오는 겨우 몇 주 전에 암살당했다. 현재 푸엔테스는 런던과 멕시코시티를 오가며 지낸다.

* * *

와크텔 19세기를 배경으로 하는 소설 『캠페인』에서 냉소적이고 잔인한 남자는 라틴아메리카가 독재정권에서 독재정권으로 위태롭게 나아가며 법으로 만들어진 상상 속의 국가와 빈곤하고 부패한 현실의 틈을 메우지 못할 것이라고 예언합니다. 지금 멕시코에서 이런 일이 일어날 가능성이 있다고 보시나요?

푸엔테스 네, 그것은 멕시코에서, 라틴아메리카 전체에서 일어나고 있는 일입니다. 우리의 크나큰 문제는 정치 제도가 국가의 경제·사회·문화적 현실과 일치하지 않는다는 것인데, 라틴 아메리카에 쉽게 잊히는 저개발 및 뒤떨어진 지역이 아직 많다는 의미이기도 하고 ─ 치아파스 봉기가 증명했지요 ─ 시대착오적 방법과 제도와 관행이 대표하지 못하는 새로운 사회, 시민사회가 급격히 출현하고 있다는 의미이기도 합니다. 멕시코가 특히 그런 경우인데, 멕시코의 지배 정당은 가장 역동적인 사회 요소들을 대변하지도 않고 뒤처진 사람들을 돌보지도 않습니다. 그러므로 나쁜 상황이고 어떻게든 해결해야 합니다.

와크텔 치아파스의 농민 봉기가 일어났을 때 놀랐습니까?

푸엔테스 그랬습니다. 멕시코인 전부 놀랐을 거예요. 누구도 그것을 예견했다고 주장할 수 없을 겁니다.

와크텔 당신은 과거에 혁명을 낭만적으로 그린다고 비난을 받았습니다. 멕시코의 가난하거나 가진 것을 빼앗긴 사람들이 정의를 획득할 방법은 혁명밖에 없을까요?

푸엔테스 저는 누구도 혁명을 만들어 낼 수는 없다고 생각합니다. 제가 혁명을 낭만적으로 그린다고 말하려면 제가 세계 역사를 낭만적으로 그려야 할 것입니다. 혁명은 일어나야 할 때 일어납니다. 아무리 이론화하고 낭만화해도 그 사실을 바꾸지는 못합니다. 저는 치아파스의 농민과 인디언이 무기를 든 것은 다른 자원이 없었기 때문이라고 생각합니다. 폭력이나 무장 봉기를 선호하는 것은 아니지만 모든 문이 닫혀 있으면 ──치아파스에서는 500년 동안 모든 문이 닫혀 있었지요── 불꽃이 붙는 순간이 옵니다. 그것은 치아파스에서 인디언과 농민이 처음으로 일으킨 봉기는 아니었습니다. 그들은 피와 억압 속에서 질식해 왔습니다. 하지만 이번에는 그렇지 않았죠. 살리나스 대통령이 사파티스타를 포위해서 멸절시키는 대신 화평 과정을 진행하기로 한 것은 인정해 주어야 합니다. 하지만 사실 사파티스타가 1월 1일에 봉기하지 않았다면 멕시코는 그들이 어떻게 지내는지 알지도 못했을 겁니다. 사파티스타의 봉기로 우리는 멕시코가 해결해야 할 모든 일들에, 우리가 잊고 있던 모든 것들에, 우리가 아직 하려고 하지 않은 모든 일들에 관심을 갖게 되었습니다. 멕시코에서는 정말 중요한 일이었습니다. 모든 사람들을 뒤흔들었으니까요.

와크텔 당신이 맨 처음으로 만난 멕시코는 워싱턴에서 자라며 외교관이었던 아버지가 만들어 낸 상상의 나라였다고 말씀하셨습니다. 당시 고국에 대해 어떤 이미지를 가지고 있었나요?

푸엔테스 아주 영웅적인 이미지였지요. 카르데나스 대통령하에 멕시코 혁명이 일어나던 시기 ─미국 대통령은 루스벨트였습니다─였고 희망이 무척 커졌던 시대, 미국과 멕시코에서 이상과 현실이 일치할 수 있다는 확신이 있던 시대였으니까요. 아버지는 외교관이었고, 토지 개혁과 노동조합 창설, 그리고 영국, 네덜란드, 미국의 석유사업 국유화 같은 카르데나스 대통령의 혁명적인 정책의 수호자였습니다. 제가 보는 멕시코는 이상적인 나라, 라틴아메리카의 선봉에 서서 국민을 위해 더 나은 상황을 만드는 나라, 영웅적인 역사를 가진 나라였습니다. 물론 그런 다음 멕시코에 가서 살아 보면 모든 일에는 그림자가 있고 우리가 믿는 모든 것에 모순이 있다는 것을 알게 되지요. 저는 그것이 무척 건전하다고 생각합니다. 그것이, 이상과 현실의 모순이 저를 소설가로 만들었습니다.

와크텔 어떻게요? 이상과 현실의 모순이 어떻게 당신을 소설가로 만들었지요?

푸엔테스 저는 멕시코라는 나라에 대해서 수많은 상상을 했고, 멕시코는 어린 아이의 마음속에서 아주 영웅적인 모습으로 자리 잡았기 때문에 실제로 멕시코에 살면서 수많은 약속이 지켜지지 않았음을, 멕시코 발전 과정에서 엄청난 불의가 쌓였음을 깨달으면서 멕시코의 새로운 계급을 더욱 자세히 들여다보게 되었고, 그것이 제 초기 소설들의 주제가 되었습니다. 멕시코에는 새로운 계급이, 은행가와 기업가로 이루어진 부르주아 계급이 있었는데, 혁명 전에는 없던 계급이었습니다. 혁명 시절에 새로운 관료제가 탄생했고 새로운 정치학이 출현했습니다. 그 모든 것이 제가 초기 소설 『공기가 청명한 지역』과 『아르테미오 크루스의 최후』에서 상상하고 연구한 주제였습니다.

와크텔 워싱턴에서 자라던 어린 시절로 돌아가 봅시다. 아이들의 자연스러운 충동은 주변 환경에 맞추는 것입니다. 워싱턴에서 보낸 어린 시절에 스스로 미국인과 거의 똑같다고 생각했습니까?

푸엔테스 네, 외교관의 자녀들은 적응을 잘해야 합니다. 한 나라에서 다른 나라로, 한 언어에서 다른 언어로, 이쪽 친구들에서 저쪽 친구들에게로 이동하면 적응을 잘해야 합니다, 그렇지 않으면 비참해지죠. 그래서 저는 빨리 적응하는 법을 배웠고 워싱턴에서 학교를 다니면서 아주 행복했습니다. 지금은 그렇지 않지만, 1930년대에는 미국의 공립 교육이 최상이었습니다. 저는 워싱턴의 학창 시절에 많은 것을 빚졌습니다. 주변에 잘 적응하며 지내고 있었는데 1938년에 석유사업 국유화가 시작되면서 미국 신문들이 대대적인 반멕시코 캠페인을 시작하여 멕시코인들은 공산주의자다, 석유를 훔치고 있다 등등 비난을 퍼부었지요. 학교에서의 상황은 급속히 나빠졌습니다. 다들 제게서 등을 돌렸고, 친구였던 아이들이 이렇게 말했죠. "우리 엄마 아빠가 그러는데 너희 멕시코 사람들은 공산주의자고 너랑 말하면 안 된대." 꽤나 큰 충격이었습니다.

와크텔 아버지에 대해서 말씀해 주시겠습니까? 당신에게 무척 영향력이 큰 인물이었을 텐데요.

푸엔테스 아버지의 영향은 아주 컸습니다. 특히 저는 아버지 덕분에 책에 둘러싸여 지냈고 독서의 즐거움, 책을 다루는 즐거움까지 알게 되었으니까요. 아버지는 30년대에 다양한 독서 클럽에 가입했기 때문에 우리는 매달 소포를 받아서 상자를 열어 책을 보고, 책에 대해서 이야기를 하고, 책을 읽고, 서재 ──제 어린 시절의 서재 말이죠——를 만들어 가면서 무척 재밌게 지냈습니다. 제 생각에 아버지는 자기 형의 죽음에, 무척 전도유망한 젊은 시인이자 멕시코 문학 잡지 출판인이었던 형의 죽음에 큰 상처를 입었던 것 같습니다. 큰아버지는 스물한 살에 당시 불치병이었던 티푸스로 돌아가셨습니다. 아버지는 저에게 큰아버지의 이름을 붙여 주었고——큰아버지 역시 카를로스 푸엔테스였습니다——어떤 면에서는 저를 형의 환생이라고 생각했던 것 같습니다.

와크텔 하지만 아버지는 당신이 작가가 되기를 바라지 않으셨지요. 법학을 공부하기 원하셨습니다.

푸엔테스 아버지는 제가 작가가 되기를 바라셨지만 법학을 먼저 공부하면 좋겠다고 생각했습니다. 그게 라틴아메리카의 전통이었죠. 가족들은 이렇게 말하죠. 작가가 되면 굶어 죽을 거야, 먼저 변호사가 된 다음에 작가가 되어라. 아버지도 예외는 아니었습니다.

와크텔 언어는 모든 작가에게 근본적이지만, 당신에게는 특히 중요한 것 같습니다. 당신이 스페인어를 그토록 열렬하게 받아들이는 이유를 알고 있습니까?

푸엔테스 네, 많은 이유가 있습니다. 우선, 저는 다른 언어——프랑스어, 포르투갈어, 영어——를 쓰는 나라에 살면서 제 스페인어를 지키기 위해 싸워야 했습니다. 또 제 생각에 스페인어 작가가 된다는 것은 하나의 도전입니다. 영어와 프랑스어는 무척 강력하고 끼어들 수 없는 전통을 가지고 있다고 생각합니다. 영어 소설은 대니얼 디포의 『로빈슨 크루소』 이후 맥이 끊긴 적이 없고 프랑스 소설은 마담 드 라 파예트의 『클레브 공작부인』 이후 끊긴 적이 없죠. 스페인어에는 유럽의, 서양 문학의 기반의 된 위대한 소설 ─세르반테스의 『돈 키호테』─이 있지만 그 이후 아무것도 없다는 사실이 저는 늘 이상했습니다. 19세기 후반에 페레스 갈도스와 클라린이 나타날 때까지 스페인어 문학에는 정말 아무것도 없어요. 17세기의 위대한 바로크 시 이후 19세기 말에 니카라과 시인 루벤 다리오가 등장할 때까지 스페인어에는 위대한 시인이 없었습니다. 저는 이러한 진공 상태에, 어마어마한 전통의 공백에 매료되고 몰두했고, 어린 시절부터 썼던 영어와 프랑스어보다 스페인어 쪽에 말하고, 탐구하고, 경험할 것이 훨씬 더 많다고 생각하게 되었습니다. 게다가 저는 영어나 프랑스어로 꿈을 꾼 적은 한 번도 없어요.

와크텔 왜 그런 문학적 공백이 생겼는지 아십니까?

푸엔테스 스페인의 정치적 쇠퇴, 종교 재판, 반종교개혁 문화, 특정 주제에 대해서 출판은커녕 말도 할 수 없었던 것, 독재적인 권력과 관련이 큽니다. 이 모든 것이 공모하여 살아 있는 문학이 나오기가 아주 아주 어려운 환경을 만들었지요. 예를 들어서, 관능 문학이 없었습니다. 16세기, 17세기의 스페인어에서 관능적인 요소들이 모두 추방되었지요. 이것은 곧 스페인어에 도전할 것이 있다는 뜻이었고, 그래서 저는 스페인어로 글을 쓰는 것에 큰 매력을 느꼈습니다.

와크텔 당신이 멕시코 외부의 더욱 큰 공동체와 연결되는 방법이기도 했다는 생각이 듭니다. 당신은 언어가 존재의 중심이 되면서 당신의 운명을, 그리고 당신 나라의 운명을 더욱 큰 공동의 운명으로 만들 수 있었다고 말한 적이 있습니다.

푸엔테스 네. 결국 작가라면 국적이 무엇이든 상상과 언어라는 두 가지 보편적인 요소를 다루게 됩니다. 글쓰기가 아름다운 것은 언어와 상상력의 활기를 지키는 것이 곧 자기 사회에 정치적으로 헌신하는 것이기 때문이지요. 어떤 나라가 이러한 활기를 잃으면 끔찍한 일들이 일어납니다. 히틀러 치하의 독일을 보세요. 나치당이 언어와 상상력에 대한 공적 토론을 없애서 독일 문화를 망쳤지요. 전쟁이 끝나고 공적 토론을 재창조하는데, 국가사회주의에 더럽혀지지 않은 언어를 재창조하는 데 엄청난 노력이 들었습니다. 하지만 언어와 상상력은 우리가 살고 있는 사회를 넘어서 문학을 예술 작품으로 인식하게 만듭니다. 제 생각에 가브리엘 가르시아 마르케스가 콜롬비아인이라서, 또는 밀란 쿤데라가 체코 사람이라서 그 작품을 읽는 사람은 아무도 없습니다. 언어와 상상력의 힘 때문에 읽는 거죠.

와크텔 당신은 또한 스페인어를 사용하는 국가들 사이의 연결을 옹호하는 것 같습니다. 왜 그러한 개념에 매력을 느낍니까?

푸엔테스 저는 우리가 언어 공동체에 속한다고 생각하고, 스페인어를 사용하는 지역을 작은 나라들로 분할하면 가난해질 것이라고 생각합니다. 멕시코 문학이나 파라과이 문학, 페루 문학만 있다면 자산이 별로 없지만 스페인어를 사용하는 모든 지역을 합치면 대단한 보물이 되지요.

와크텔 언어에 덧붙는 힘도 있습니다. 단편집 『오렌지 나무』의 첫 작품 주인공은 언어를 소유함으로써 평화나 전쟁을 결정할 힘을 가진 통역사입니다. 당신이 통역사의 특정한 상황이나 전략적 상황이 아니라 그 이상의 무언가를 말하려 했다는 생각이 드는데요.

푸엔테스 네, 하지만 그 이야기에서 어리석은 점은 이 통역사가—인디언들의 의식을 고조시키기 위해서, 정복자를 의식하고 인디언 세계를 보존하게 만들기 위해서 항상 거짓말을 합니다—결국 실패한다는 겁니다. 통역사가 이용하는 거짓말이라는 언어는 사실 역사적 진실이 됩니다. 정복자 에르난 코르테스가 "나는 평화를 위해 왔습니다"라고 말하자 통역사 아컬라르는 이렇게 말합니다. "거짓말입니다, 그는 전쟁을 하러 왔습니다. 당신들을 정복할 겁니다." 그의 거짓말은 진실로 판명되지요.

와크텔 당신은 또한 스페인어가 정복자의 언어, 코르테스의 언어지만 아스텍 황제인 모크테수마의 "위대한 목소리를 가진 자"라는 공식 직함은 말을, 언어를 독점하는 사람을 나타낸다고 말합니다. 언어를 둘러싼 전쟁이 벌어지는 거죠.

푸엔테스 저는 멕시코 정복이 단순히 화약과 흑요석 칼의 싸움은 아니었다고 생각합니다. 그것은 말의 싸움, 언어의 싸움이었습니다. 황제 모크테수마의 직함이 "위대한 목소리를 가진 자", 말하는 자, 말할 권리를 가진 유일한 자였다는 사실은 정말 놀랍습니다. 또 인디언 여성 말린체가 그를 무너뜨리고 언어를 포착해서 변화시키고 정복자의 언어와 피정복자의 언어를 통합시켰다는 것도 놀랍지요. 하나 더 있습니다. 모크테수마는 신정 폭군입니다. 그는 자신만이 신들의 목소리를, 신들의 언어를 들어야 한다고 믿었습니다. 하지만 아주 실용적인 사람, 르네상스 시대의 마키아벨리적 유럽인이었던 코르테스는 사람들의 말을 들어야 한다는 사실을 알았습니다. 사람들은 말린체를 통해서 모크테수마에게, 그의 폭정에 반대하며 스페인 사람들과 합세하여 아스텍의 독재자를 전복시키겠다는 말을 코르테스에게 전합니다. 물론 아스텍 독재를 스페인 독재와 맞바꾼 것에 불과했지만, 그건 또 다른 이야기죠.

와크텔 『오렌지 나무』에는 정복자 코르테스의 아들들에 대한 이야기도 나옵니다. 그들은 무슨 언어에 대해서, 어떤 신에 대해서 이야기하지요? 모든 것을 만들어 내야 하는 것 같습니다.

푸엔테스 멕시코 정복처럼 흔치 않은 일을 겪으면 ——코르보 섬이나 베니스보다도 크고 멋진 수도를 가지고 있고 인구가 수백만 명에 달하는 위대한 제국이 완전히 파괴되고 쓰러집니다 ——트라우마가 생깁니다. 그렇게 피를 흘리며 패배하고 나면, 모든 상징과 사원과 건물이 완전한 붕괴하고 패배한 문화가 붕괴되고 나면 사회를 어떻게 재창조할까요? 저는 메스티사혜, 즉 인종 혼합이 해결책이라고 생각합니다. 사실 스페인 사람들은 북아메리카에 정착한 영국인들과 달리 청교도적인 반감이 없었고 인디언 여자들과 자유롭게 어울려 메스티조를 낳았습니다. 또 정복 이후에는 기독교를 통해서, 어머니와 아버지를 통해서, 새로운 사회를 만들어 냈습니다. 그리스도라는 인물은 아버지의 이름으로 인디언 인구에게 다가갔지요. 십자가에 못 박힌 신이 있는데, "너는 나를 위해 죽어야 한다"가 아니라 "나는 너를 위해 죽겠다"라고 말합니다. 그것은 엄청난 인상을 남겼습니다. 그리고 어머니 같은 요소는, 인디언들이 정복을 극복한 후 고아가 된 느낌을 받을 때 동정녀 마리아가 출현했습니다, 하느님의 어머니가 아주 보잘것없는 인디언 짐꾼에게 12월에 장미를 주었지요. 그녀는 갈색 피부에 아랍 이름을 가지고 있고 ——과달루페의 성모 마리아라고 불리지요——멕시코인들에게 통합과 순수의 상징이 됩니다. 이 모든 것들이 혼혈, 새

로운 꿈, 새로운 표현 방식, 새로운 언어를 가진 새로운 사회의
창조 후에 이어졌습니다. 그러므로 『오렌지 나무』에 실린 단편
들은 낡은 사회의 폐허에서 새로운 사회가 태어나는 이 과정을
다루고 있습니다.

와크텔 당신이 스페인을 처음 방문한 것은 1967년이었습니다.
마흔 살이 다 되었었죠. 정말 대단한 경험이었다고 말씀하셨는
데, 왜 그렇죠?

푸엔테스 우선, 바르셀로나에서 큰 문학상을 처음 받았기 때문입
니다. 세익스 바랄이라는 출판사가 제 책 『피부의 변화』에 비블
리오테카 브레베 상을 주었지요. 이 소설이 상을 타자 즉시 프
랑코 정권의 검열이라는 "상"을 받았습니다. 출판사는 책 출판
을 금지당했습니다. 공식적인 이유는 정말 대단했습니다. 책이
신성모독이고 포르노그래피적이고, 가장 대단한 이유는 친유
대인적이고 따라서 반독일적이라는 것이었는데, 그건 정말 제
가 들어 본 것 중에 제일 환상적인 이유였습니다. 검열관들을
만났더니 계속 나치식 경례를 하더군요. 그것은 스페인 파시스
트 운동의 일부였습니다. 저 멀리 같은 문화권의 나라에 도착
했는데 프랑코 시대의 이 빈약하고 독단적인 파시즘을 발견한
것은 정말 큰 충격이었습니다. 하지만 현실이 그랬어요, 그것
이 저의 문화였습니다. 저는 마드리드의 에스코리알에 가서 그
곳에서 『테라 노스트라』를 처음 떠올렸습니다. 그리고 엘 프라

도에 가서 고야와 벨라스케스의 멋진 그림들을 보면서 그 모든 것이 저의 문화라고 느꼈습니다. 저는 스페인 책들을 다시 한 번 읽었는데, 스페인 문화와 정치 사이에 어마어마한 모순이 있었습니다.

와크텔 당신이 다시 한 번 부조화를, 모순을 상대해야 했던 것이 저에게는 충격적이었습니다.

푸엔테스 문학에서는, 특히 아메리카의 문학에서는 새로울 것이 없습니다. 너무나 많은 아메리카 작가들이 이상적인 아메리카와 저속한 실업가들의 진짜 아메리카 사이에 큰 단절이 있음을 깨달았습니다. 너무나 많은 사람들이 미국을 떠나야 한다고 생각했습니다. 피츠제럴드, 헤밍웨이, 거트루드 스타인까지 말입니다. 헨리 제임스는 아메리카의 두 얼굴을 보았습니다. 에드거 앨런 포도 마찬가지였고요. 그는 미국이 밝지만은 않다는 사실을 알았습니다. 미국의 밤의 이미지를 보았지요. 그러므로 저는 그것이 전혀 새롭지 않다고 생각합니다.

와크텔 스스로를 돈 키호테와 강력하게 동일시하는 이유는 무엇입니까?

푸엔테스 돈 키호테는 저희 문화의, 제 문학의, 픽션 전반의 근원적인 인물입니다. 자기 마을의 안정성과 질서를, 자기 책들이 주는 확신을 버리고 떠나는 사람이죠. 돈 키호테는 자신이 읽는 것을 그대로 믿는 인물입니다. 그는 세상이 자기가 읽은 책과 똑같기를 기대하며 세상으로 나가지만 그렇지 않다는 사실을 발견합니다. 돈 키호테가 읽은 것과 세상이 주는 것은 전혀 달랐습니다. 그는 이러한 균열을 거부합니다. 돈 키호테는 자신이 읽은 것이 진짜라고 결론을 내렸고, 현실이 풍차를 내밀어도 그의 책은 그것은 거인이라고 했기 때문에 돈 키호테에게 그것은 거인입니다. 그러므로 돈 키호테는 글쓰기, 상상력, 픽션, 그리고 또 한 시대에서 다음 시대로의 전환을 상징하는 인물입니다.

저는 돈 키호테보다 중세에서 현대라는 멋진 신세계로의 이동을 더 잘 설명하는 것, 더 잘 상징하는 것을 알지 못합니다. 중세의 세계는 기독교를 중심으로 통합된 유기적 세계였습니다. 국가도 없고 세상에서 자신이 차지하는 위치와 천국과 지상에 대한 절대적인 확신도 없었습니다. 우리는 깡패와 속임수가 가득한 세상으로 불쑥 들어가 매를 맞고 이상을 조롱당합니다. 우리는 이 상황을 개선하고 뭔가를 발명해야 합니다. 그러면 뭘 발명해야 할까요? 소설을, 문학을 발명합니다. 돈 키호테는 모험을 하면서 자신에 대한 책이 쓰여지고 있다는 사실을 깨닫는 최초의 문학 속 인물입니다. 그는 자신에 대한 책이 팔리고 있다고, 모두가 그 책에 대해서 알고 있다는 이야기를 듣습니다. 아베야네다라는 비양심적인 사람이 쓴 속편도 있습니다. 그는 더 많은 모험을 꾸며내죠. 돈 키호테는 아주 화가 나서 바르셀로나로 가서 자기 모험이 상품으로 탈바꿈하고 있는 인쇄소로 들어갑니다. 돈 키호테는 인쇄소에 쳐들어가는 문학 속 최초의 인물이지요. 이 모든 것이 돈 키호테를 소설의 창시자로, 픽션의 가장 상징적인 인물로 만듭니다.

와크텔 당신은 무척 유창하고 간결하게 이렇게 말했습니다. "저는 삶의 조각에 관심이 없습니다. 제가 원하는 것은 상상의 조각입니다."

푸엔테스 맞습니다. 우리는 다큐멘터리나 통계를 통해 삶의 조각을 얻을 수 있지만 상상은 다릅니다. 우리는 상상을 통해 이해를 할 수 있습니다. 우리는 미래뿐 아니라 과거를 상상하는데, 그것이 무척 중요합니다. 가끔 우리는 기억 상실에 걸려 역사 속에서 길을 잃고, 감각을 잃습니다. 과거의 교훈을 잊고 과거가 죽었다고 생각하기 때문입니다. 그것은 우리 자신을 죽이는 것과 같습니다. 그런 식으로 생각하면 언젠가 우리 역시 과거가 될 것이고 우리는 쓰레기더미에 내던져질 테니까요.

와크텔 과거의 교훈은 무엇입니까? 당신이 과거에서 구해내고 싶은 것이 있다는 느낌이 들어요.

푸엔테스 삶의 연속성입니다. 죽음은 불가피하지만, 우리가 삶을 지속시킬 수는 없을까요? 그것은 우리 모두가 개인으로, 그리고 사회의 구성원으로 마주하는 도전입니다. 우리가 과거를 잊는다면 미래를 기꺼이 비난하게 될 것이고, 과거가 죽으면 살아 있는 현재도 없습니다. 우리가 우리 스스로를 저주하는 것이지요. 우리가 만든 것에게 죽음을 불러오는 것입니다. 그러면 삶의 연속성이 깨집니다. 정말로 우리는 역사의 끝에 도달할 것이고, 후쿠야마가 말하듯이 그것은 소설의, 음악의, 사랑의 역사의 끝을, 모든 역사의 끝을 의미합니다. 그러므로 저는 포기하지 않을 것입니다.

와크텔 미래를 상상하는 유일한 방법은 과거를 돌아보는 것인가요?

푸엔테스 네. 과거가 없으면 미래도 없습니다. 저는 그렇게 확신합니다.

와크텔 당신은 문학이 역사가 하지 못하는 일을 한다고, 또 당신은 역사가 말하지 않은 것을, 그래서 잊혀질 모든 것을 쓴다고 말했습니다.

푸엔테스 상상해 보세요. 스페인어로 된 소설이 전혀 없는 그 기나긴 기간을, 말해지지 않은 것, 써지지 않은 것을 말입니다. 환상적입니다, 믿기 힘들 정도예요. 우리는 다시 상상해야 합니다. 그렇기 때문에 라틴아메리카에 역사 소설이 그렇게 많은 거예요. 이 엄청난 공백 때문에 많은 소설가가 없었던 시대에 대해서 소설이 이야기하지요. 과거의 침묵을 어떻게든 하고 싶은 것 같아요. 침묵보다 더 무서운 것은 없지요. 저는 이것이야 말로 과거의 힘이 미래의 한 요소라는 증거 같습니다.

와크텔 『오렌지 나무』의 등장인물은 이렇게 말합니다. "말해지지 않는 사건이 과연 현실에서 일어난다고 할 수 있을까."

푸엔테스 저는 말하지 않으면 잊게 된다고 생각합니다. 혹은, 다른 사람들이 그것을 잘못 다루고 압제적인 신화를 만들어 내도록 허락한다고 생각합니다. 작가가 되는 것, 방심하지 않는 작가가 되는 것이 정말로 중요합니다. 픽션 작가만을 말하는 것이 아닙니다. 정치 작가, 저널리스트, 경제학자, 사회학자 모두 마찬가지입니다. 과거를 살아 있게 만들고 과거의 빈틈을 끊임없이 채우기 위해서, 과거, 현재, 미래 사이에 경험의 연속체를 만들기 위해서는 모두 각자의 역할이 있습니다.

와크텔 하지만 동시에, 기억은 당신에게 중요합니다.

푸엔테스 기억은 정말로 중요합니다, 그리고 사실 베르날 디아스 델 카스티요의 책[『새로운 스페인 정복의 진짜 역사』]이 중요한 것은 그것이 기억의 행위이기 때문입니다. 저는 그것이 라틴아메리카를 만든 소설이라고 생각합니다. 이 책은 과테말라에 사는 눈 멀고 가난한 80세의 보병이 전하는 정복의 연대기이며, 그는 코르테스를 멕시코 정복의 주요 행위자로 미화하는 모든 책에 반대합니다. 그는 이렇게 말하지요. 아니오, 저는 정복이 일어났을 때 스물네 살이었고 포병과 조준수와 선대목공과 보병이 없었으면 정복도 없었을 겁니다. 우리 508명과 말 11마리는 1519년에 멕시코에 도착했습니다. 그 책은 영웅적인 행위의 기억에 대한 위대한 노래, 아주 문학적으로 펼쳐지는 서사시입니다. 이 책을 읽으면 결과를 기다리는 느낌이, 무슨 일이 일어날지 모르는 느낌이 들기 때문입니다. 멕시코 정복이 어떻게 끝났는지 모두 알지만 이 책에는 엄청난 서스펜스가 있습니다. 이로 인해 베르날과 같은 16세기 연대기 작자가 프루스트와 같은 20세기 소설가와 동급이 됩니다. 프루스트 소설의 마법은 화자인 마르셀이 일어난 모든 일을 이미 안다는 것입니다. 마르셀은 어떻게 끝날지 알고 있지만 그래도 글을 써야 하고, 우리에게 삶이 어떤 것인지 그 느낌을 전하기 위해서 다시 살아야 합니다. 베르날 디아스도 멕시코 정복에 대한 강렬한 연대기에서 그렇게 하지요.

와크텔 기억은 시간과, 시간이 어떻게 기억되느냐와 관련이 있는데, 당신은 "시간이 내 모든 소설의 주제"라고 말했습니다. 조금 더 설명해 주시겠습니까?

푸엔테스 그것이 제 소설의 축이라고 할 수 있습니다. 소설이 없는 시대는 있었지만 저는 시대가 없는 소설은 단 하나도 보지 못했습니다. 무슨 소설을 언급하든 마찬가지입니다. 소설은 어떤 시대 속에서 일어납니다. 시간 속에서, 그리고 공간 속에서 일어나지요. 하지만 시간이 공간보다 중요합니다. 제 경우, 저는 멕시코의 콜럼비아 이전 시대에 시작해서 현재까지 이어지는 영웅담에 대해 이야기하기 때문에 시간이 저의 축입니다. 저는 "시간의 시대 The Age of Time"라는 제목으로 제 소설을 집대성하고 있습니다. 총 스물일곱 편이죠. 지금까지 열여덟 편을 썼습니다. 나머지 아홉 편을 쓸 시간이 있으면 좋겠군요.

와크텔 스물일곱 편이 되리라는 걸 어떻게 알지요?

푸엔테스 바뀔 수도 있습니다. 더 늘어나거나 줄어들 수도 있지만, 현재 계획은 스물일곱 편을 쓰는 것이고, 시간이 그 축입니다. 저는 역사 속 시간의 다양성을 의식하고 있습니다. 우리가 역사를 인식하는 방식은 시간을 인식하는 방식에 달려 있고, 시간은 문화와 사고방식에 따라서 무척 달라질 수 있습니다. 아스텍 사람들에게 시간은 스스로 파괴하는 태양들의 연속이었고, 이 파괴로부터 새로운 창조가 나왔습니다. 고대 페루인들에게 시간은 지평선의 끊임없는 뒤섞임, 서로 계승하고 뒤섞이는 지평선들이었습니다. 서구에서는 시간을 합리주의적이고 단선적인 것으로 인식했는데, 글쓰기의 단선적인 연속을 깨뜨리는 것은 현대 작가들의 도전 중 하나입니다. 단선적인 서구의 시간에 대한 저항에서 니체의 영원회귀나 보르헤스의 순환하는 시간까지 다양한 반응이 나왔습니다. 다양하지요. 저는 플라톤의 정의를 좋아하는데, 플라톤에 따르면 시간은 영원의 움직임입니다. 우리가 시간이라고 부르는 영원의 움직임이 제 소설의 역사적 축이라 할 수 있습니다. 저는 역사적 일화에 관심이 있지만 이렇게 움직이는 시간의 경험에도 관심이 있습니다.

와크텔 당신은 시간을 가지고 놉니다. 예를 들어서 『오렌지 나무』의 마지막 이야기에서 콜럼버스는 일본 투자가들과 여행 상품 기획자를 만나고, 300년 동안 자리를 비웠던 콜럼버스는 스페인으로 돌아가고 싶어 합니다.

푸엔테스 그는 일본인 고용주에게 충성하지 않기 때문에 스페인으로 송환됩니다. 콜럼버스는 팀플레이어가 아니에요. 그는 독일 생태학자들과 캐나다 인권단체에 말을 걸기 시작합니다.

와크텔 그 책에서 무엇을 하고 싶었습니까? 역사와 시간을 뒤섞는 것을 분명히 즐기시는 것 같은데요.

푸엔테스 우리는 콜럼버스가 도착한 이후의 500년을 축하하거나 축하하지 않을 때 이렇게 생각합니다. 우리의 대륙이 낙원으로 남아 있었다면, 오염되지 않은 물과 식물과 동물을 가진 원시 상태 그대로 남아 있었다면, 지금처럼 더러운 곳이 되지 않았다면 어땠을까? 그건 그냥 하나의 생각입니다. 일어날 수도 있었지만 일어났을 리 없는 일이지요. 결국에는 일본 합작기업과 피자 가게와 모텔과 주유소와 그런 것들이 생깁니다.

와크텔 그 불가피함에 절망을 느낍니까?

푸엔테스 우리가 그걸 바랄까요, 바라지 않을까요? 음, 치아파스 정글의 인디언 여자들은 정부에 대한 요구 사항에서 냉장고와 진공청소기를 포함시켰습니다. 그들은 냉장고와 진공청소기가 없다면 판잣집에서 더 순수하거나 더 행복하게 살까요? 냉장고가 그들 삶의 양식에, 그들 전통의 순수성에, 그들이 요리를 하는 방식에 어떤 영향을 끼칠까요? 누가 알겠습니까? 하지만 역사는 움직임으로 이루어지고, 움직임은 좋은 것과 나쁜 것을 모두를 가져오며, 문명은 충돌로 만들어지고, 문화는 고립이 아닌 만남으로 이루어집니다. 콜롬버스가 발견에 대해서 입을 다물고 아메리카 대륙의 이 놀라운 낙원을 지킬 수도 있었지만 그랬다 해도 다른 사람이 또 왔을 것입니다. 문제는, 발전 앞에서 우리가 삶의 기초적인 품위를 유지하기 위해서, 종의 다양성을 보호하기 위해서, 순수함을 보호하기 위해서 무엇을 할 수 있을까요? 우리는 발전을 피할 수 없지만, 과다한 발전은 피할 수 있습니다. 생태적 균형을 유지할 수 있고, 우리의 물이 깨끗하고 강이 잘 흐르고 공기가 깨끗하게 유지되도록 지켜볼 수 있습니다. 이 모든 것들을 이룰 수 있습니다. 우리는 기술적 발전을 멈출 수 없지만 적어도 생태학적 합리성이라고 부를 수 있는 것을 확보할 수는 있습니다. 할 수 있어요. 물론, 이야기에서는 극적이고 극단적으로 제시되지요. 하지만 현실에서는 생태학 운동을 둘러싼 수많은 싸움이 있습니다.

와크텔 『오렌지 나무』를 읽으면 푸엔테스라는 작가가 집착하는 것들을 알 수 있습니다. 역사를 다시 상상하는 것만이 아니라 가장 큰 욕망까지도 말입니다. 어느 단편에서 당신은 여자 가슴의 젖꼭지가 제일 높은 부분이며 하늘과 제일 가깝다고 묘사합니다.

푸엔테스 그거 아세요? 그건 사실 크리스토퍼 콜롬버스의 말을 인용한 것입니다. 거기에 주목을 하셨다니 재미있군요. 저는 콜럼버스의 일기에서 자연스럽고 현대적인 부분을 발견해서 두세 가지 정도 인용했는데, 그 중 하나입니다.

와크텔 그것은 확실히 당신이 이야기할 수 있는 것이기도 하지요. 『캠페인』의 주인공은 정적의 아내에게 욕망을 느낍니다. 욕망이 당신 인물을 견인하는 경우가 많습니다.

푸엔테스 욕망은 삶의 열정, 세상의 박동입니다. 가끔 저는 합리적인 분석 때문에 열정을 희생시키는 경향이 있습니다. 하지만 제 생각에 우리는 욕망하지 않으면 완전히 종속됩니다. 죽은 것과 같죠.

와크텔 『오렌지 나무』는 어떤 면에서 무척 어둡습니다. 죽음과 파괴가 많이 등장하지요. 상실과 실망도 있습니다. 하지만 오렌지 나무와 오렌지 씨의 이미지가 모든 이야기에 등장하며 책을 관통합니다. 당신에게 오렌지 나무는 무슨 뜻입니까?

푸엔테스 그냥 자연입니다. 우리 어리석음의 목격자, 우리가 서로에게, 세상에, 자연에 가할 수 있는 파괴의 목격자지요. 하지만 자연은 살아남아서 우리의 소멸을, 우리의 죽음을, 우리의 어리석음을 목격합니다. 저는 요즘 우리가 자연을 우리와 함께 무덤으로 몰고 갈까봐, 자연으로부터 오랜 권리를 빼앗고 '자, 이제 나는 핵무기 홀로코스트나 생태계 파괴로 너를 나와 같이 데려갈 수 있어'라고 말할까봐 걱정입니다. 인류는 너무나 오만하기 때문에 진짜 그렇게 할지도 모릅니다.

와크텔 하지만 마지막 이야기의 마지막 문장 "나는 다시 오렌지 씨앗을 심어야겠다" 때문에 긍정적인 것처럼 보이기도 합니다.

푸엔테스 저는 그런 희망을 가지고 있습니다. 하지만 말씀하셨듯이 이것은 시골 여기저기서 오렌지 나무가 불타는 책, 많은 면에서 어두운 책입니다.

와크텔 왜 그렇게 어둡죠?

푸엔테스 저는 우리가 역사에서 행복을 찾는 것은 아니라고 생각합니다. 역사와 행복이 일치하는 경우는 드물지만, 우리는 반대로 생각하며 스스로를 속이고 있습니다. 20세기 역사는 우리에게 조심하라고 가르쳐 줍니다. 홀로코스트와 강제 노동 수용소와 억압과 살인이 있었고, 우리는 지금도 그런 일들을 목격하고 있습니다. 우리는 수단에서, 사라예보에서, 그로즈니에서 일어나는 일을 목격하고 있습니다. 눈 먼 분노가 있고, 서로를 파괴하고 노예로 삼고 벌을 줄 수 있는 너무나도 끔찍한 힘이 있습니다. 하지만 우리는 계속 싸워야 합니다. 그것이 우리가 여기에 존재하는 의미입니다. 우리는 역사의 공포에도 불구하고 아이들에게 삶을 물려주어야 합니다.

1994년 4월

래리 스캔런과 인터뷰 공동 준비

"저는 언어 안에서 행동하는 방식이
시를 만들어 낸다고 생각했습니다. 지금은 우습게 느껴지지만,
시란 언어 안에서 중립을 지키는 것과 관련이 있다고 말했어요.
이제는 '중립'이 한쪽 성을, 여성을 숨긴다는 사실을 알지만요.
저는 또 상상력이 없다고 말했지만
그 상상력도 언어에서 오지요."

니
콜
브
로
사
르

니콜 브로사르
Nicole Brossard

니콜 브로사르는 퀘벡에서 가장 영향력 크고 아방가르드한 작가에 속한다. 그녀의 상상력 넘치는 글과 문학 이론은 전 세계적으로 유명하다.

나는 거의 20년 전 밴쿠버에서 페미니즘 이론 잡지에 참여하면서 브로사르를 처음 만났다. 당시에는 퀘벡 여성 작가들의 새로운 글을 영어로 접할 수 없었고, 캐나다의 다른 지역에는 알려지지도 않았다. 퀘벡에서 니콜 브로사르는 문학 및 문화 행동주의 운동의 최선봉에 서 있었다. 그녀는 페미니즘 월간지를 설립했고 문학 잡지 『라 바르 뒤 주르*La Barre du Jour*』를 편집했다. 브로사르는 "몸, 말, 상상력"이라는 여성 작가 특별호를 펴냈다. 우리는 일부 작품을 번역하여 웨스트코스트에서 펴내기로 했다.

나는 그때 내가 무슨 일을 시작하고 있는지 전혀 몰랐다. 니콜 브로사르와의 대화는 매력적이고 자극적인 경험이다. 브로사르는 힘이 넘치고 뛰어난 상상력으로 말과 개념에 접근한다. 그녀는 생각하게 만든다. 당시 그 자료를 번역해서 영어권 독자에게 제공하는 것은 무척 벅찬 일이었다. 나는 다음과 같은 말로 독자에게 경고했던 기억이 난다. "여기에 번역된 글은 시를 읽을 때와 같은 인내심을 가지고 접근해야 한다."

니콜 브로사르는 그런 걱정은 전혀 하지 않는다. 그녀는 이렇게 말한다. "저는 글쓰기 과정을, 말들을, 현실과 픽션 사이를 오가는 말들을 이해하기 위해서 글을 씁니다. 정신은 너무 빨리 앞으로만 움직여요. 픽션은 공간에서 소용돌이치는 홀로그래픽 같은 몸을 표현하는 구식 언어입니다." 시 부문에서 총독상을 두 번 수상한 브로사르는 언어를 이용해서 픽션과 현실, 젠더와 정치학 사이의 경계를 탐구한다. 브로사르의 혁신적인 에너지를 보면 나는 뮤리엘 러카이저의 시 구절이 생각난다(지넷 윈터슨의 『예술작품들』에서 재인용).

한 여자가 자신에 대한 진실을 말하면 어떻게 될까?
세상이 쪼개져 열릴 것이다.

1943년에 몬트리올에서 태어난 브로사르는 스무 권이 넘는 시, 소설, 이론서를 발표했다. 유명한 작품으로는 『담자색 사막』, 『쓸쓸함과 붕괴된 장章』, 『공중 편지』가 있다. 1995년에 우트르몽에 위치한 브로사르의 집 —— 예술 작품과 이탈리아식

디자인으로 꾸민 바람이 잘 통하는 집이었다 ——에서 대화를 나누었을 때 그녀는 새 소설 『새벽의 바로크』에 대해서도 이야기했다.

* * *

와크텔 당신은 사실상 단번에 페미니스트, 어머니, 레즈비언이 되었다고 말한 적이 있는데, 아주 급격한 변화처럼 들립니다. 그러한 변화와 그 영향에 대해서 말하기 전에 그 이전의 삶에 대해서 설명해 주시겠습니까?

브로사르 저는 학생, 시인, 작가, 혁명가였습니다. 몇몇 여자 친구들을 제외하면 거의 남자들 틈에서 지냈지요. 저는 여자였지만 그게 정말 중요하다는 느낌이 들지는 않았습니다. 전 작가이기 때문에 자유롭다고 생각했지요. 몬트리올 대학 학생회에서 활발하게 활동하면서 대학생 신문 『라틴 지구』에 글을 썼습니다. 그러다가 1965년에 문학지 『라 바르 뒤 주르』를 공동으로 만들었습니다. 많은 활동과 토론을 했고, 당시 퀘벡 사회에서 일어나는 신나는 변화의 일부가 된 느낌이었지요.

와크텔 당신은 겨우 스물두 살 때 첫 시집을 냈습니다. 어떻게 시인이 되었나요? 그때 당신은 어떤 시인이었습니까?

브로사르 저는 시를 읽었고 젊은 시인들에 둘러싸여 있었기 때문에 시인이 되었습니다. 그중에는 미셸 볼리유Michel Beaulieu 도 있었죠. 나중에 그가 제 첫 출판업자가 되었습니다. 저는 처음 두 시집에서 퀘벡 시인 안느 에베르와 생드니 가르노의 영향을 많이 받았던 것 같습니다. 세 번째 시집인 『메아리는 아름답게 움직인다』를 낼 때가 되어서야 언어를 감정과 관련해서 생각하기 시작했지요. 저는 언어 안에서 행동하는 방식이 시를 만들어 낸다고 생각했습니다. 지금은 우습게 느껴지지만, 시란 언어 안에서 중립을 지키는 것과 관련이 있다고 말했어요. 이제는 "중립"이 한쪽 성을, 여성을 숨긴다는 사실을 알지만요. 저는 또 상상력이 없다고 말했지만 그 상상력도 언어에서 오지요.

와크텔 『메아리는 아름답게 움직인다』는 뭔가를 생각나게 만드는 제목입니다. 당신은 변화를 겪기 전에 혁명가였다고 말했습니다. 그게 무슨 뜻이죠?

브로사르 그것은 제가 변화와 전복, 정치적 환란이라는 환경 속에서 어른이 되었다는 뜻입니다. 성과 상상력을 위한 공간, 시적·문화적 전통과 단절되는 공간을 만들고 싶은 욕구가 있었어요. 초기에 저는 글쓰기가 쾌락과 의식에 대한 사람들의 태도를 변화시키기 위해서 "말썽을 일으키는 것"이라고 생각했습니다. 쾌락과 통찰력, 정치적 의식 사이에 어떤 방정식이라도 있는 것처럼 말이죠. 저는 권위에 대한 불복종, 특히 종교적·정치적 권위에 대한 불복종을 부추길 사회적 의무가 있다고 믿었습니다.

와크텔 당신은 반항과 전복에 대해서 말하고 위반 같은 단어를 사용합니다. 어렸을 때도 그런 면이 있었습니까?

브로사르 그런 것 같아요. 어렸을 때 교회나 교실에서 사제나 교사가 하는 말을 들으면 어느새 논리적으로 맞는지 따지고 있었어요. 특히 정의와 관련된 이야기를 할 때 그랬지요. 저는 아주 어렸을 때부터 권위를 가진 인물에 대해서, 그들의 생각과 태도에 대해서 의문을 제기했습니다. 저는 그들의 모순이나 거짓말을 참을 수 없었어요. 십대 때는 일종의 비행 청소년이었던 것 같습니다. 그 무엇에도, 특히 사람들이 여자아이에게 기대하는 것에 순응하지 않았죠. 성인이 되고 나서는 정치가들의 모순, 거짓말, 비이성에 똑같이 반응했어요.

와크텔 하지만 당신은 기본적으로 단과 대학과 종합 대학에 진학한 착한 소녀였습니다. 마르게리트-부르주아 대학과 몬트리올 대학에 진학했지요.

브로사르 네. 저는 착하고 바쁜 학생이었어요. 책임감 있고 정직한 사람이 되고 싶기도 하고 또 무례한 사람이 되어서 부르주아적 사고를 전복하고 싶기도 했습니다.

와크텔 어떤 가정에서 자랐나요? 『공중 편지』에 그런 구절이 있습니다. "아빠, 엄마, 당신들은 두 명의 낯선 사람처럼 저를 따라다녀요." 그런 다음 이렇게 말하죠. "어머니는 다정하고 나를 이해하고, 아버지는 할 말이 없다." 어디까지가 픽션이고 어디까지가 실제입니까?

브로사르 여기서 저는 퀘벡의 아버지들이 갖는 문학적인 이미지를 말하고 있습니다. 정치적·경제적 힘이 없고, 말이 없고, 집안의 가장이라고 할 수 없죠. 사실 저는 몬트리올 스노든에서, 좋은 환경에서, 착하고 개방적이고 다정한 부모님 밑에서 자랐습니다. 아버지는 저에게 환상, 꿈, 상상이 무엇인지 가르쳐 주었지요. 아버지는 항상 뉴욕에 대해서, 영화에 대해서 말씀하셨어요. 아마 아버지는 예술가가 될 수도 있었을 거예요. 저는 뉴욕과 몬트리올 같은 도시에 대한 사랑을 아버지에게서 물려받은 것 같아요. 어린 시절은 행복했습니다. 친구들도 있고, 학교에 다니고, 여름과 크리스마스 휴가를 즐겼지요.

와크텔 퀘벡의 어머니와 아버지에 대해서 잠시 이야기해 보죠. 아까 제가 인용한 구절 뒤에는 아버지들은 침묵을 지키고 어머니들은 속삭인다는 말이 나옵니다. 여기 표현된 아버지에게는 너무나 역행적인 ──후퇴하는── 면이 있습니다.

브로사르 저는 후퇴하는 아버지의 이미지가 "프랑스계 캐나다" 문학에서 가장이 책임감 없고 과거, 그러니까 정복 이전의 시대를 향한 갈망과 향수를 가지고 행동하는 사람으로 종종 그려지는 것과 관련이 있다고 생각합니다. 그들은 어느 정도 성직자에게 복종하면서 식민지 개척자에 대한 반감을 품습니다. 정치적·경제적 힘이 없는 역사적 실패자죠. 어머니는 종종 용감하고 강하게 그려지는데, 분석가들은 그것을 권위주의적이고 힘이 센 것으로 혼동했지요. 물론 어머니들은 현실을 바꿀 힘이 없었지만 남편보다 더 많이 배운 경우가 많았고, 가난 안에서 살아남는 방법을 찾았습니다. 확실히 아버지들은 퀘벡 시골 사회에서 어떻게 해야 좋은지 몰랐습니다. 사실 윤리적 권위를 가진 남자는 사제밖에 없었죠. 그러한 아버지의 이미지는 식민지배를 받는 자의 이미지입니다.

와크텔 언제 식민 지배를 인식하게 되었는지 기억하십니까?

브로사르 퀘벡 사람으로서 식민 지배를 인식하게 된 것은 『파티프리*Parti Pris*』 같은 잡지에 실린 글이나 프란츠 파농과 알베르 멤미의 책을 읽으면서였습니다. 저는 그들의 말이 사실임을 느낄 수 있었지만, 여자들이 얼마나 뿌리 깊이 식민화되었는지 깨달았을 때 가장 강하게 경험했지요. 식민 지배를 받는 자의 특징은 자신이 속한 집단과 동일시하기 전까지는 자신이 식민화되었다는 사실을 모른다는 거예요. 식민화된 집단과 동일시하면 우리와 같은 사람들이 어떻게, 왜, 누구에 의해서 패자가되었는지 이해하게 됩니다.

와크텔 그것을 언제 깨달았습니까? 무엇이 바뀌었지요?

브로사르 무슨 일이 벌어지고 있는지 깨달으면 물론 화가 나고, 그것에 저항하고, 현실을 바꾸는 일에 활발히 참여하게 됩니다. 예를 들어서 저는 어머니가 되고 나서야 내가 여자임을, 대부분의 여자들에게 요구되는 것을 하도록 요구받고 있음을 갑자기 깨달았어요. 또, 저는 임신을 했을 때 페미니즘 책을 읽기 시작했지요. 시몬 드 보부아르의 『제2의 성』, 필리스 체슬러의 『여성과 광기』, 버지니아 울프의 『3기니』, 슐라미스 파이어스톤의 『성의 변증법』, 케이트 밀레트의 『성정치학』을 읽었어요. 물론 많은 여자들처럼 저는 페미니즘이 제 인생을 바꾸었다고 생각합니다.

와크텔 당신은 어머니가 되고 나서야 스스로 여자라는 사실을 깨달았다고 했습니다. 그때까지 어떻게 스스로 여자라는 생각을 피할 수 있었나요?

브로사르 아마 여자가 해야 하는 대로 행동하고 싶지 않았기 때문일 거예요. 저는 일반적으로 여자들이 흥미를 갖는 일에 전혀 흥미가 없었어요. 그러니까, 남자, 아이, 집안일 말이에요. 그게 제 자신을 위한 공간을 만들기에 유용한 메커니즘이었을지도 모릅니다. 그리고 무엇보다도 저는 시와 "혁명"에 관심이 있었죠.

와크텔 하지만 결혼을 하셨지요?

브로사르 네, 하지만 그걸로 요란을 떨지는 않았어요. 결혼이 우선은 아니었고 그냥 그렇게 되었지요. 남편과 저는 9년 동안 함께 지내는 걸 즐겼어요. 우리는 『라 바르 뒤 주르』를 같이 만들었고 저는 책을 쓰고 있었지요. 결혼으로 변한 건 없었습니다. 저를 변화시킨 건 출산이었죠. 갑자기 제가 돌봐야 하는 몸이 두 개가 되었고 영양을 공급해야 하는 몸도 두 개였어요, 저는 어머니라는 족속이 되었음을 깨달았지요. 이제 여자가 아닌 척할 수 없었죠.

와크텔 그래서 어떻게 되었나요? 당신은 어머니가 되면서 페미니스트가 되었습니다. 그것이 작가로서, 말썽꾼으로서, 언어의 이용이라는 점에서 당신을 어떻게 바꾸었습니까?

브로사르 저는 페미니즘 의식이 우리가 현실을 보는 관점을, 픽션뿐 아니라 언어를 보는 방식을 바꾼다고 믿습니다. 그것은 자신과 자기 성의 이미지를 바꾸고 시스템뿐 아니라 세부사항에도 초점을 맞추게 해요. 동시에 저는 다른 여자와 사랑에 빠졌습니다. 그렇기 때문에 제가 어머니, 페미니스트, 레즈비언이 되었다고 말한 거예요. 세 가지가 동시에 일어났지요. 어머니가 되는 것은 여자들의 공통된 경험이고 레즈비언이 된다는 것은 주변적인 경험이에요. 두 현실이 여성과 사랑, 문화, 언어에 대한 담론 안에서 하나로 합쳐졌고, 어느새 저는 제가 기대한 것을 넘어서는 길을 탐구하고 있었습니다. 두 페이지에 동시에 글을 쓰는 것 같았어요. 한 페이지에서는 여성을 혼란스럽게, 양가감정을 느끼거나 죄책감을 느끼게 만드는 가부장제의 속임수를 알아내려 애쓰고 있었지요. 또 다른 페이지에서는 유토피아와 용맹함을 만들어 내는 사랑과 연대의 에너지로 글을 쓰고 있었습니다. 저는 정치와 시를 통해 두 글을 연결시킬 수 있었기 때문에 특권을 누린 기분이에요.

와크텔 당시에는 무척 고통스러웠을 텐데 무척 긍정적으로 생각하시는군요. 주류의 일부이면서도 주변화된 느낌을 받는 것 말입니다.

브로사르 네, 고뇌가 많았습니다. 하지만 우리는 고뇌가 작가와 예술가에게는 창조적인 바탕이 될 수 있다는 사실을 알죠. 가부장제를 파악하려고 애쓰면서 여성뿐 아니라 주체로서 자신을 위한 공간을 만드는 것은 힘든 일입니다. 역설, 이중 구속과 죄책감을 이해하려면 집중력이 많이 필요하지요. 또 역사, 신화, 종교에서 열등하고 사악한 존재로 "규정"되어 온 여성의 긍정적인 이미지도 그려 보아야 합니다.

와크텔 두 페이지가 있었다고 했는데, 한 페이지에는 어머니라는 입장, 사회에서 여자가 차지하는 자리를 이해하려는 노력, 그리고 분노가 있습니다. 다른 페이지에는 기쁨과 욕망과 레즈비언으로서의 정체성이 있지요. 성의 금기 영역에 대해서 쓰는 것과 문학의 금기 양식으로 글을 쓰는 것 사이에 연관성이 있습니까? 당신은 가끔 소설, 시, 텍스트라는 관점에서, 심지어는 단어들을 어떻게 배치하느냐라는 관점에서도 전통적인 예상의 경계를 밀어붙이니까요.

브로사르 성적인 금기 혹은 성을 이용하는 것과 "아방가르드" 문학 사이에는 항상 연관성이 있다고 생각합니다. 한 예로 문학 잡지 『텔 퀠*Tel Quel*』의 프랑스 작가들은 아방가르드 문학을 사드와 마조흐의 작품에 대한 평과 통합했어요. 물론 더욱 "전복적"일수록 여성의 몸은 위반 수단이 되지요.

저에게 레즈비언 에로티시즘에 대한 글을 쓰는 것은 사실 금기를 다루는 것이 아닙니다. 열정과 욕망, 기쁨으로 글을 쓰는 것이지요. 레즈비언 에로티시즘의 전복적인 면은 여자가 다른 여자에게서 쾌락을 구한다는 사실이에요. 우리처럼 개방적인 사회에서도 그것은 전복이고 사치죠.

와크텔 당신은 『씁쓸함과 붕괴된 장』에서 이렇게 썼습니다. "이 글이 레즈비언에 관한 것이 아니라면 아무 의미도 없으리라."

브로사르 네, 제 안에서 본질적이라고 느껴지는 것에 닿으려고 애쓰고 있었다는 점에서 그렇습니다. 저는 레즈비언의 시각으로 글을 썼고, 그것은 평등과 공정함이라는 개념보다 저를 더 멀리 데려갔어요. 저는 레즈비언들이 글을 통해 모험을 했기 때문에 페미니즘이 평등과 공정함을 넘어설 수 있게 되었다고 생각합니다. 여자들이 무엇이든 자신이 선택하는 것이 될 공간을 만들어 주었지요. 그래서 여자들은 정의와 존중을 요구할 뿐 아니라 분노와 상상력을 연결시킬 수 있었습니다. 저는 레즈비언의 시각을 가졌기 때문에 그 책을 그런 식으로 쓸 수 있었다는 생각이 들어요. 당신이 인용한 문장은 그 사실을 인정한 거예요. 단순하게 표현하자면, 저의 제일 뛰어난 생각은 레즈비언 감수성에서 나왔습니다.

와크텔 당신이 『공중 편지』를 비롯한 글에서 설명한 감수성은 당신의 성을 찬양하고 그것을 이용하여 자신을 작가로, 사람으로 정의한다는 점에서 거의 종교적으로 느껴집니다. 그것이 종교라면 당신은 광신자라고 할 수 있겠군요.

브로사르 욕망뿐 아니라 행동하는 성은 우리가 누구인지, 우리에게 무엇이 중요한지, 우리가 상상력을 어떻게 이용하는지에 대해서 필수적인 정보를 줍니다. 우리가 상대방에게 보이는 성적 반응은 당연하게 여겨지는 이성애의 틀 안에서 부분적으로 구축됩니다. 저는 지금까지 써 온 것이 ──시집 『로버스』든 소설 『사진 이론』이든 에세이집 『공중 편지』든 ── 저의 열정과 사랑에서, 그녀를 향한 저의 애정에서 영감을 받아 만들어졌다고 생각해요. 또 그 책들은 언어와 창의적 글쓰기에 대한 저의 끈질긴 호기심을 다루지요. 저에게 일어난 모든 일은 언어를 통해 가공되어 개인적이든 집단적이든 기억과 상상으로 확장될 때에만 다른 사람들에게 의미를 갖게 됩니다. 저는 사랑이라는 감정 없었다면, 또는 레즈비언과 여성이라는 환경이 없었다면 그러한 글을 쓸 수 있었을 것이라고 생각하지 않아요. 여자들 사이의 에너지 교환, 여성 작가와 공동체 사이의 관계는 무척 중요합니다. 그러한 에너지 교환은 인식이에요. 한 명 한 명의 여자를 인정하면서 집단으로서의 여성에 초점을 맞추지요. 이렇게 초점을 맞추려면 많은 집중과 인력이 필요합니다. 집단으로서 여성은 보통 그들이 속한 다른 집단에, 인종, 사회계급, 인종 등등을 바탕으로 하는 집단에 가려지기 때문이죠.

와크텔 어떤 의미에서 당신은 언어에서 시작했으니 이제 언어의 이야기로 돌아가 볼까요. 당신은 의식 변화를 겪기 전까지 언어가 가장 중요했다고 말한 적이 있습니다. 하지만 언어는 종종 장벽으로 여겨지기도 합니다. 루이스 포사이드는 『공중 편지』의 서문에서 일반적인 언어 관습은 모든 여성 글쓰기에서 냉혹한 장벽으로 작용한다고 썼습니다.

브로사르 『공중 편지』가 바로 그것에 대한 이야기입니다. 장벽이 무엇인지, 그러한 장벽이 어떻게 해서 여자들이 스스로 되고 싶은 사람이 되지 못하도록 막았는지 알아내는 것 말이에요. 우리가 극복해야 할 첫 번째 장벽은 스스로 작가가 되도록 허락하는 것입니다. 그런 다음 각자의 주관, 각자의 시각을 언어에 투자해야 하죠. 우리가 단어에 부여하는 일반적인 의미는 수 세기에 걸쳐서 남성의 주관으로 채워졌습니다. 언어는 이러한 남성적 주관을 반영해요. 남자들이 공적 영역을 전유해 왔으니까요. 바로 그런 언어가 출판물과 법을 만들었습니다. 저에게 있어서 언어의 장벽을 넘는다는 것은 매일 언어로 작업을 하면서 그것을 분해하고, 당연하게 여겨지던 의미 안에서 다른 가능성을 연다는 의미였습니다. 언어에 여성 혹은 레즈비언의 주관성이 들어갈 공간을 만들면 그것은 자신의 것이 되지요.

와크텔 오래전에 당신은 "나는 여성이다라고 쓰는 행위는 무척 중요하다"라고 했고, 최근에는 아직도 그렇게 생각한다고 말했습니다. 왜 그렇죠?

브로사르 "나는 여성이다"라고 쓰는 행위는 무척 중요합니다. 우리는 여성의 과거와 현재, 그리고 어쩌면 미래까지 떠안고 가기 때문이죠. 운명을 지고 가는 거예요. 그것은 여성이라는 운명이 무엇인지 생각해야 한다는 뜻입니다. 그런 다음에는 항상 여자들을 폄훼해 왔던 역사, 체제, 전통과 종교에 의문을 제기해야 해요. **나는 여성이다**라는 말은 적어도 여자들이 여러 문화에서 몇 세기에 걸쳐 어떤 취급을 받았는지 관심을 기울이게 만듭니다. 물론, 항상 불평만 할 수는 없어요, 제안을 해야죠. 저는 여성이 출산을 하는 한, "제2의 성"인 한, 이 문장이 항상 중요할 것이라고 믿습니다. 어떤 문장에서 "여자"라는 단어를 쓰면 그 문장은 다른 방향으로 생각을 키웁니다. 또 독자로서 "여자"라는 단어를 만날 때도 마찬가지예요. "여자"라는 단어는 특수효과로 가득합니다. 반짝거려요. 작가로서 저는 가끔 "여자"라는 단어를 너무 많이 쓰면 그 단어에 대한 독자의 반응을 갉아먹게 되는 건 아닐까 고민합니다. 하지만 그렇지 않아요. 나는 여성이다라고 쓰면 생각의 경로를 바꾸는 동시에 감정과 기억의 경로 역시 바꿉니다. 또 알려지지 않은 의미 영역으로 들어가게 해주지요.

와크텔 『공중 편지』에서 현실이 항상 진실이지만 여성의 현실은 남성의 현실이 아니라고 썼습니다. 현실의 문제와 글쓰기에 누구의 현실이 반영되어야 하느냐는 문제는 당신 작품을 이해할 때 필수적인 것 같습니다.

브로사르 네, 그것이 무척 중요했습니다. 다시 한 번 페미니스트 의식에 대한 이야기로 돌아가는군요. 보통 우리는 현실을 당연하게 여기니까요. 우리는 사회의 구조, 습속, 전통을 당연하게 여깁니다. 그런데 우리의 일상적인 제스처, 여자로서의 일상적인 경험이 현실의 증거에 포함되지 않는다는 사실을 갑자기 깨닫는 거예요. 예를 들어서 여성이 "그게 옳다고 생각하지 않아"라든지 "그 생각에 동의하지 않아"라는 말을 하기 시작하면 "아, 그건 네 상상이지, 헛것을 보는 거야"라는 말을 듣습니다. 왜 여성의 시각은 항상 비현실적이라고 일축될까 이해하려고 애쓰다 보니 저는 이렇게 묻게 되었습니다. 현실은 무엇일까? 우리는 현실을 어떻게 구축할까? 우리는 픽션을 어떻게 구축할까? 결국 저는 우리가 현실을 구축하는 방식과 픽션을 구축하는 방식이 다르지 않다고 생각하게 되었습니다. "픽션"은 현실의 기반일 뿐이에요. 오랫동안 픽션은 여성에 대한 폭력을 숨겨 왔지요. 여성은 수치스러운 말, 믿을 수 없는 말을 함으로써 현실의 일부를, 픽션의 일부를 바꾸어 왔습니다.

와크텔 아직도 여성의 현실과 남성의 현실이 다르다고 느끼십니까?

브로사르 이제 여성이 사회에서 더 많은 역할을 할 수 있지만 여전히 남성이 정한 규칙 내에서 그러한 역할을 경험합니다. 정치나 사업에서 게임의 규칙을 바꾸기는 어려워요. 물론 점점 여성이 보는 현실이 공적 영역으로 들어가고 있어요. 법과 서비스가 여성, 주로 어머니를 수용하도록 바뀌고 있습니다. 일부 남성 ——대부분 아버지죠—— 은 여성의 일상적인 노동을 부분적으로 경험하고 있어요. 하지만 저는 전반적으로 여자, 혹은 남자라는 정체성이 우리가 세상을 보고 반응하는 방식에 차이를 만든다고 믿습니다. 좌절에 대해 육체적 폭력으로 반응하는 것은 절대 여성의 습성이 아니지요.

와크텔 픽션에 대해서 당신은 소설이 대부분 일화이기 때문에 좋아하지 않는다고 했습니다. 아직도 그렇게 생각합니까?

브로사르 저는 지금 소설을 쓰고 있는데, 아직도 소설이라는 장르와 저의 관계에 대해서 생각 중인 것 같아요. 소설은 산문과 시간의 관계에 대한 것입니다. 소설은 시간에 관한 것이니까요. 소설은 시간 안에서 전개될 수밖에 없어요, 3, 4년 혹은 그 이상이죠. 소설을 쓸 때는 "후작은 다섯 시에 나갔다" 같은 말을 써야 합니다. 즉, 평범한 문장들을 쓴 다음 그것들을 연결시켜서 전체 우주가 나타나도록 해야 한다는 뜻이에요. 글을 다 쓴 다음 자, 이제 됐어, 라고 말할 수 있을 때까지 기다려야 하는 거죠. 시를 쓸 때는 한 편을 몇 시간에 걸쳐서 써야 하긴 하지만 즉시 만족감을 얻을 수 있습니다. 그러므로 시와 소설은 시간에 대해서, 글쓰기의 즐거움에 대해서 말하는 두 가지 다른 방식이지요. 이렇게 말을 하다 보니 여성은 주로 소설을 통해서 자신을 표현해 왔다는 사실을 고려해야 한다는 생각이 들었어요. 이야기를 하는 것은 인간의 본성입니다. 그게 저에게는 지나치게 자연스러운 건지도 몰라요.

와크텔 저는 당신이 소설은 너무 쉽다고, 그냥 이야기일 뿐이라고, 노력이 별로 필요 없다고 생각하는 줄 알았습니다.

브로사르 소설은 정말 노력이 필요 없어요! 대부분은 노력도 필요 없고 대단한 도전도 아니죠. 19세기 후반에는 작가들이 이야기를 통해서 개인들 관계의 미묘한 법칙을 발견했기 때문에 소설이 중요한 역할을 했습니다. 현재 우리는 인간의 동기에 대해서 점점 더 많이 깨닫고 있어요. 제가 소설을 즐기려면 놀라야 해요. 제가 읽은 내용에 깜짝 놀라야 하죠. 그런데 저에게 그런 즐거움을 주는 소설은 정말 적습니다.

와크텔 당신의 여러 책에서, 『공상의 역학』과 『담자색 사막』에서, 사막은 강렬한 이미지로 등장합니다. 사막에서 어떤 매력을 느끼지요?

브로사르 사막은 중요한 상징입니다. 사막은 삶과 죽음의 장소지요. 길을 잃을 수 있는 위험한 장소지만 늘 지평선을 볼 수 있는 곳입니다. 사막은 아름다운 곳, 생명이 가득한 곳이에요. 또 사막에서 우리는 혼자이고, 자연과 직접적인 관계를 맺습니다. 사막은 명상의 장소예요. 저는 맥주병, 녹슨 자동차처럼 사람들이 사막에 남긴 흔적을 통해 발견하는 타락과 아름다움을 대조시키고 싶어서 미국 사막을 선택했습니다. 또 최초의 원자 폭탄이 폭발한 곳이 미국의 사막이었기 때문에 그곳을 선택했지요. 저에게는 북아메리카의 현실을 아로새기는 것이 중요했습니다. 사막에 대해서 이야기를 하니 참 이상하네요. 저는 지금 바다가 주된 테마인 소설을 작업하고 있거든요. 전혀 이상한 일이 아닐지도 모르겠어요. 산스크리트어에서는 사막과 바다를 뜻하는 마루maru 와 마리mari 의 어원이 같거든요.

와크텔 당신의 작품에 프랑스어로는 발음이 똑같은 바다la mer 와 어머니la mere , 씁쓸함l'amer 을 이용한 언어유희가 이미 등장했었지요.

브로사르 네, 그 이야기를 꺼내다니 재미있네요. 저의 새 소설에서는 바다가 무척 중요하고 어머니가 등장인물로 나오지만 『씁쓸함과 붕괴된 장』과는 무척 다르거든요. 삶의 근원으로서 바다와 어머니를 연관시키지 않기란 거의 불가능한 것 같습니다. 제가 지금 씨름하고 있는 문제는 어떤 단어의 상징적 차원을 바꾸는 것이 가능할까?라는 것입니다. 바다와의 관계에 있어서 여성 작가로서 제가 남성 작가와 다르게 행동할 수 있을까요?

와크텔 『담자색 사막』에 두 여자가 육체에 대해서 토론하는 장면이 나옵니다. 한 사람이 묻죠. "너는 내 몸이 없어도, 내 몸을 빼놓고도 나를 사랑할 수 있었을까?" 무슨 이야기를 하고 싶었습니까?

브로사르 저는 같이 사는 여자 커플이 성 생활을 하지 않는 경우도 있다는 사실을 깨달았어요. 성 생활은 무척 중요하죠. 그래서 저는 그 대화를 통해 의문을 제기하고 싶었습니다. 우리는 다른 여자를 좋아하기 때문에 레즈비언일까요, 그녀와 사랑을 나누기 때문에 레즈비언일까요? 다른 여자를 상징적으로 소중히 여기기 때문에 레즈비언일까요, 그녀와 사랑을 나누면서 배운 것 때문에 레즈비언일까요? 그 대화는 레즈비언으로서 느끼는 감정의 핵심에 대한 것이기 때문에 저는 그 대화가 좋아요. 레즈비언으로서의 감정은 성적 욕망에서 올까요, 아니면 여성을 통해 그녀의 성을 갈구하는 것에서 올까요?

그 대화에서 한 여자는 그래, 나는 당신 육체가 없다고 해도 당신을 사랑할 거야, 라고 말하고 또 다른 여자는 하지만 사랑에는 입맞춤이, 만지는 것이 중요해, 사랑에는 섹스가 필수적이야, 라고 대답합니다. 저는 개인적으로 후자의 말에 찬성합니다. 욕망과 육체관계는 상상력을 동원합니다. 욕망은 강렬하고 창의적인 감정이죠. 그것은 저의 글쓰기에서 핵심적인 단어입니다. 욕망은 에너지이고, 우리는 에너지로 언어를 변화시킬 수 있으니까요. 언어는 지성과 합리화만으로는 변화하지 않아요. 언어는 헤쳐 나가려고 애쓰는 욕망 때문에 움직이고 변합니다.

와크텔 제가 두 여인의 대화에 끌린 것은, 우리가 당신 작품에 대해 이야기할 때 언어에 대한 진지함과 실험에 대해서만 이야기한다면 당신의 작품을 잘못 전달하는 것이라는 생각이 들었기 때문입니다. 당신의 글에는 기쁨과 에로티시즘과 장난스러움도 있으니까요.

브로사르 물론이죠. 저는 항상 "생각의 감정과 감정의 생각"이라는 표현으로 글쓰기의 진지함과 쾌락을 설명했습니다. 날카로워지려면 감정과 생각이 모두 필요하다고 생각해요. 저는 쾌락이든 뭐든 감정이 없다면 똑바로 생각할 수 없다고, 또 지나치게 감정적이면 다른 곳에 정신이 팔린다고 생각합니다.

와크텔 생각의 감정, 감정의 생각에 대해서 말씀하실 때 당신 글에 등장하는 온갖 대조가 떠올랐습니다. 『담자색 사막』에는 뜨

거운 열정과 차가운 거리감이 있습니다. 도시도 있고 사막도 있죠. 직관도 있고 이론도 있어요.

브로사르 제 생각에도 그런 것 같아요. 예를 들어, 보통 강박적인 이미지가 서사를 끌고 갈 때 소설은 필연이 되기 시작합니다. 하지만 또 저의 경우에는 무언가가, 질문이, 수수께끼가 필요해요. 저는 글을 쓰면서 탐험하는 것을 좋아하는데, 탐험은 감정, 쾌락, 두려움으로 이루어져 있습니다. 탐험을 한다는 것은 그 과정에서 놀기도 하고 배운다는 의미이고, 그러면서 새로운 생각이 나타나요. 시도 똑같지요. 저에게는 언어의 아름다움이, 소리와 리듬이 무척 중요합니다. 동시에 저는 어떤 생각을 제안하고 싶어요. 제 작품에서 욕망이 가장 중요한 단어라는 이야기를 했는데, "질문"이라는 단어도 중요하게 등장한다고 생각해요. 특히 제가 지금 쓰고 있는 소설이 그렇습니다.

저는 제가 사는 사회에 계속 질문을 던지고 싶지만, 우리가 이제 들어서고 있는 문명의 변화에 대해서도 질문을 던지고 싶습니다. 저는 동시대적인 인물이 되고 싶기 때문에 참 골치가 아파요. 저는 역사적으로든 개인적으로든 과거에 머물고 싶지 않습니다. 제가 속한 문명의 모든 차원을 이해할 수 있으면 좋겠어요. 물론 새로운 기술을 염두에 두고 하는 말이에요. 우리가 우주에서 우리의 자리를 파악하기 위해서, 삶에 의미를 부여하기 위해서 의존해 왔던 믿음에, 신화에, 새로운 기술이 어떤 영향을 미칠까요.

와크텔 "문명의 전환"이라는 말이 그런 뜻이었습니까?

브로사르 네, 그렇습니다. 우리가 참조 기준을 잃었다는 느낌이 들어요, 무중력 상태에 들어간 것처럼 말입니다. 그래서 방향 감각을 잃은 기분이 들지요. 시간과 공간의 개념이 변하고 있습니다. 르네상스와 계몽주의 시대 이후 우리가 가지고 살아온 믿음이 이제 한물간 것처럼 보이지요. 우리는 문자 문명에서 전자 이미지 문명으로, 기억에서 즉각적인 미래로, 감정에서 관능으로, 인간의 속도에서 전자의 속도로 나아가고 있습니다. 저는 그런 전환을 이해하고 싶어요. 아무튼 저는 그 일부니까 이해하려고 노력하는 것도 당연하죠. 그건 제가 스스로 정한 과제의 일부예요, 동시대적인 주체가 되는 것 말이에요.

와크텔 사람들은 당신의 작품에 대해 그 열정과 뛰어남, 깊이에 무척 감탄합니다. 하지만 때로 접근하기 힘들다고 투덜거리기도 하지요. 너무 어렵다, 너무 이론적이다, 너무 포스트모던하다, 너무 레즈비언적이다, 라는 건데요. 어떻게 생각하십니까?

브로사르 거기 반응하기는 어려워요. 제가 더 단순한 방식으로 글을 쓰려고 했다면 나에게도, 독자에게도, 누구에게도 도움이 되지 않았을 거예요. 저에게는 글을 쓸 때 제 자신에게 솔직해지는 것이 중요하고, 텍스트가 어렵든 쉽든, 독자들 ──레즈비언, 페미니스트——은 무슨 내용인지 인식할 거예요. 저는 양보해야 한다고 생각하지 않습니다. 반대죠. 작가라면 생각하고 욕망할 수 있는 한도 내에서 최대한 멀리 가야합니다. 독자들이 "자기" 작가에게서 좋아하는 건 바로 그런 점이에요. 저에게 글쓰기는 자유이고, 자유란 탐험한다는 뜻입니다.

와크텔 동시대적 주체가 되고 싶다고 하셨는데요. 지금까지 쓴 몇 십 권의 책을 돌아보면 당신의 스타일이 어떻게 변했다고 생각합니까?

브로사르 페미니스트/레즈비언이 되기 전후로 분명 분열이 있습니다. 글쓰기가 더욱 형식적으로 바뀐 것 같아요. 더 솔직하고 접근하기 쉬워졌고, 『담자색 사막』은 더욱 단선적이죠, 적어도 문장은요. 물론 구조는 여전히 당황스럽지만 문장은 더 유려해졌습니다. 지금 쓰고 있는 글에서는 리듬의 변화가 보여요, 더 느려졌어요. 가끔 저는 아주 짧은 행, 『공상의 역학』의 운문이나 『프렌치 키스』처럼 언어유희로 가득한 말도 안 되는 문장이 그립습니다. 그런 글을 쓸 때 느껴지는 짜릿함이 좋아요. 저는 확실히 근사한 언어유희와 언어를 날카롭게 움직이게 만드는 본능적이고 짜릿한 충격을 정말 좋아합니다. 그건 "평범한 언어"라는 피부에 새긴 문신과도 같죠.

또 제 스타일의 변화는 스물두 살이나 서른 살의 에너지와 쉰 살의 에너지, 지식, 경험의 차이와 상관이 있다고 생각합니다. 본능적이고 짜릿한 충격과 관련이 있냐고요? 그것은 흥미로운 질문입니다. 왜냐면, 글쓰기는 곧 에너지라는 제 말이 맞다면, 에너지는 분명히 변화하고, 한 사람의 일생에 따라서 다르게 사용되니까요. 저에게 중요한 것은 질문을 던지는 것에, 의식에, 그리고 아름다움에 초점을 맞추는 것입니다.

와크텔 이제 죽음이 더 중요해졌습니까? 20년 전보다 오십대가 된 지금 죽음이 더 즉각적으로 다가오나요?

브로사르 죽음이라는 단어는 1970년에 쓴 『하얀 중심』에서부터 제 시에 줄곧 등장했어요. 하지만 그때 죽음은 하나의 개념이라기보다는 단어, 추상 관념, 교양, 철학적, 문학적 장치였습니다. 이제 죽음은 몇몇 친구들이 사라졌고, 한 세대가 점차 노년으로 접어들고 있다는 의미예요. 그로 인해 저는 시대를 다르게 보게 되었습니다. 우리가 사라질 것이라고 생각하면 더 겸손해지지요. 스무 살이나 서른 살 때는 너무나도 본질적이었던 것이 시간이 흐르면서 움직임의 일부가, 물체와 현실과 기억의 흐름이 됩니다.

와크텔 재미있게도 당신은 이제 다시 착한 소녀가 되었습니다. 자리를 확실하게 잡았고, 문학상도 많이 받았고, 당신에 대한 영화도 나왔지요. 아직도 말썽을 일으킬 수 있다고 느끼세요?

브로사르 저는 아직 말썽을 일으킬 수 있기를 바라요. 예전과 같은 목적을 위해서, 더 큰 의식을 위해서 말이에요. 저는 내면의 리듬을 따를 것이고, 사회에 대한 의문을 제기할 것입니다. 충분한 시간을 들일 거예요. 모든 것이 빨리 지나가고 있으니까요. 시간을 들여서 글을 쓰고 자기 내면과 주변에서 일어나는 일들을 명쾌하게 파악하는 것은 작가의 임무이기도 합니다. 저는 글을 최대한 솔직하게 쓰기 위해서, 아름다움과 명료함에 대한 임무를 마음에 새기기 위해서 스스로에게 최대한 많은 자유를 주고 싶어요.

와크텔 아까 이야기했던 변화 이후 20년이 넘게 흘렀습니다. 몰두하는 대상이 바뀌었나요?

브로사르 저는 『공중 편지』와 『사진 이론』을 통해서 여성에 대해, 우리가 다루고 있는 가부장제와 여자들의 상호작용에 대해서 많이 이해하게 되었다고 생각합니다. 이제 저는 아까 이야기했던 문명의 전환에 몰두하는 것 같아요. 저는 무슨 일이 일어나고 있는지, 서구 문화와 윤리, 가치관, 과학에 무슨 일이 일어나고 있는지 이해하려 노력하고 있습니다.

글쓰기의 목적, 문어^{文語}가 실패할 때 문어의 목적이 무엇인가에 대한 의문이 정말 많습니다. 많은 사람들이 아직도 책을 읽고 있고, 분명 계속 읽을 것입니다. 하지만 우리는 이미지를 주로 다루는 문명으로 진입하고 있어요. 땅을 딛고 서서 지평선이나 날씨를 볼 때보다 화면을 볼 때가 더 많을 겁니다. 문어, 인간 지식의 거대한 상징인 도서관 역시 변하는 것들이 있어요. 저는 명제로서든 의문으로서든 그런 것들에 대해서 많이 생각하고 있습니다.

1995년 2월

래리 스캔런과 인터뷰 공동 준비

"저는 소설의 건강을 전혀 걱정하지 않습니다. 소설은 벌써
10년 전에 사망 선고를 받았지만 11년 후 병원에 갔더니
소설이 침대에 일어나 앉아서 고깃국물을 한 컵 마시더니
훨씬 나아졌다고 말하는 상황이에요.
우리는 소설을 읽으면서 흉내 내기 힘든 방식으로
저자와 아주 친밀하게 대화를 나누는데, 제 생각에 사람들은
항상 책이라는 형태로 그런 대화를 하고 싶어 할 것 같습니다."

마틴 에이미스

마틴 에이미스
Martin Amis

마틴 에이미스는 "가장 똑똑하고 가장 재미있는 현대 영국작가"라고 불린다. 또는, 『뉴욕 타임스』의 표현에 따르면, "마틴 에이미스는 동세대 문학계에서 가장 불쾌한 인물이다." 에이미스는 악명도 가장 높다. 젊은 시절의 마틴 에이미스는 믹 재거를 약간 닮기도 했을 뿐 아니라, 나쁜 남자다운 허세도 약간 있었다.

소설가 겸 시인이며 1995년 10월(인터뷰는 그 전에 이루어졌다)에 세상을 떠난 킹슬리 에이미스의 아들 마틴 에이미스는 겨우 스물한 살 때 첫 소설을 썼고, 그 즈음에 옥스퍼드에서 1등급 학점을 받았다. 에이미스는 청소년들의 섹스, 약물, 공동생활을 다루는 거친 책들을 썼고, 후기 소설에서는 계급, 핵무기, 환경적 재앙을 다룬다.

마틴 에이미스는 풍자소설가이다. 즉, 웃음을 진지하게 여긴다는 뜻이다. 그의 작품으로는 『런던 필즈』, 『어리석은 지옥』,

『돈』, 『다른 사람들』, 『성공』, 『죽은 아기들』, 『레이철 페이퍼』 등이 있다. 1991년 작 『시간의 화살』은 얇지만 야심찬 책으로, "시간의 화살"을 되돌려 어느 나치 의사의 삶을 거꾸로 추적한다. 『시간의 화살』은 무척 강렬하고 냉혹할 정도로 어둡다. 그 후 마틴 에이미스는 새로운 열정으로 『정보』라는 긴 코믹 소설을 가지고 돌아왔다.

무례함을 즐기면서 통렬한 풍자를 선보이고 언어의 순수한 에너지를 눈부시게 드러내는 『정보』는 문학적 질투와 남성의 중년 위기에 관한 소설이다. 무엇보다도 실제로 이 소설의 출판을 둘러싸고 이례적인 열기와 가십이 생겼고, 에이미스 본인은 "포스트모던적인 농담의 주인공이 되었다"고 말했다. 먼저 마틴 에이미스는 중년의 위기를 겪으며 아내와 헤어졌고, 매력적인 미국인 여성과 공개적으로 어울렸다. 그런 다음 출판 계약과 관련된 소식이 들려 왔다. 에이미스는 50만 파운드의 선인세를, 혹은 100만 달러 이상의 선불을 원했다. 그는 협상 과정에서 오랜 친구 줄리언 반즈의 아내이자 오랫동안 함께 일했던 에이전트를 버리고 영국 신문에서 "비열하고 사악하다"고 평하는 공격적인 뉴욕의 에이전트 앤드류 와일리에게 갔다.

게다가 더욱 흥미롭게도, 탐욕스럽다는 비난이 쏟아지는 가운데 갑자기 A. S. 바이어트가 등장해 에이미스를 "멋이나 부리는 남자"라고 비난하며 그가 미국에서 치과 비용으로 2만 파운드를 썼다고 폭로했다. 나는 15년 동안 문학계 뉴스를 유심히

봤지만 1995년 봄과 가을에 마틴 에이미스에게 쏟아진 보도만큼 한 가지 사건에 그렇게 많은 기사가 쏟아지는 것은 본 적이 없었다. 『베니티 페어』, 『뉴요커』, 『에스콰이어』에 특집 기사가 실렸고, 사실상 모든 영자 신문과 잡지가 이 사건을 다루었다.

몇 년 전 마틴 에이미스를 만나서 『시간의 화살』에 대해 이야기를 나누었을 때 나는 생각이 깊고, 예민하고, 사색적인 모습을 보고, 다시 말해서 그의 책과 얼마나 다른지 보고 깜짝 놀랐다. 마틴 에이미스는 비아냥거림은 자기 인물들을 위해 아껴둔다. 우리는 1995년 6월에 다시 만나서 이번에는 『정보』에 대해 이야기를 나누었다.

* * *

와크텔 당신은 사회를 비판적으로 바라보는 날카롭고 풍자적인 작가로 알려져 있으며, 몇 가지 어두운 주제로도 유명합니다. 『런던 필즈』에는 타락한 런던과 임박한 재앙이 등장합니다. 단편집 『아인슈타인의 괴물』은 핵무기에 관한 내용이고요. 『시간의 화살』은 아우슈비츠에서 수술을 하는 나치 의사에게 초점을 맞추었습니다. "끌린다"는 것이 적절한 표현은 아닐지도 모르지만, 악의 전형에 끌리시나요?

에이미스 작정하고 끌리는 것은 아니지만, 네, 악의 전형에는 불쾌감과 관련된, 상상력을 자극하는 매력이 있는 것 같습니다. 작가로서 우리는 가장 불쾌감을 주는 것에 끌립니다. 모든 작가가 그런 것은 아니지만, 저는 분명히 그런 것 같군요. 예를 들어 『시간의 화살』에서 저는 사람들을 죽이면서 감정을 느끼지 않기로 결심한 의사에게 무슨 일이 일어날까 흥미를 느꼈습니다. 모두가 그런 것을 원하지는 않겠지요.

와크텔 『시간의 화살』에서 당신은 화살의 방향을 바꾸어서 거꾸로 흐르는 세계를 만들어 냈습니다. 책을 거꾸로 쓰는 것은 지적으로 매우 흥미로운 작업이긴 하지만 여기에는 더 심오한 목적이 있습니다. 똑바로 흘러갈 때는 말이 되지 않는 세계를 이해하려고 다른 경로를 시도해 보는 것처럼 느껴집니다. 그래서 이야기를 거꾸로 들려주고 싶었습니까?

에이미스 바로 그겁니다. 저는 나치 독일과 나치 이데올로기가 그들이 생각했던 것이었다고, 그들이 항상 말하는 것처럼 치유 과정이었을 것이라고 말하고 있는 겁니다. 독일을 온전하게 만들기 위해, 제1차 세계대전 등등의 열린 상처를 치료하기 위해 유대인이라는 썩어 버린 충수를 잘라내고 있었다는 거죠. 제가 말하려는 것은 시간의 화살을 되돌리면, 한심하고 무의미하고 요점도 없고 무엇보다도 무의미한 세계가 나온다는 겁니다. 이렇게 거꾸로 된 세상에서 말이 되는 것은 홀로코스트밖에 없습니다. 그런 세상에서는 그게 치유 과정이 되고 회춘이 되고 독일이라는 나라의 죄를 벌충하는 것이 되니까요.

　나치 사상이 만들어질 때, 유대인의 계획적 말살이 만들어질 때, 사이코패스들이 모여서 사람을 많이 죽이자, 폭력의 난교를 벌이자, 라고 결정한 것이 아니라는 사실을 이해해야 합니다. 그들은 정말로 좋은 일을 하고 있다고 생각했고, 크나큰 잘못은 그런 식으로 행해집니다, 선善의 이름으로 말입니다.

　소설 속에서 영원한 불명예를 안게 된 독일 의사들은 사람을 죽이는 것이 치유 방법이라는 스스로의 설득에 넘어가서 안락사 프로그램을 시작했는데, 사실 의사들에게 재량권이 많을수록 안락사는 더욱 맹렬해졌습니다. 처음에는 미친 아동을 대상으로 시작했습니다. 그런 아이들이 제일 처음 죽임을 당했죠. 그 시점에는 인종을 강조하지 않았습니다. 하지만 의사들이 안락사 프로그램을 완전히 통제하게 되자 꾀병을 부리는 사람, 불평분자, 만곡족을 가진 사람, 구개열 환자——"가치 없는 입"이라고 불렸습니다, 살 가치가 없는 생명이었죠——모두 가스실로 보냈습니다. 그것은 말하자면 홀로코스트의 리허설이었지요. 이제 기술적으로 가능하다는 것이 증명되었고, 또 프리모 레비가 말했듯이 독일 사회 전체가 비난을 감수해야 한다는 사실을 보여 줍니다. 사람들이 그런 일들을 전혀 몰랐다고는 생각할 수는 없으니까요. 저녁이 되면 안락사 센터들에서 머리카락이 공기 중에 떠다녔습니다.

　하지만 시간이 거꾸로 흐르는 세상을 순수한 눈으로 보면 홀로코스트가 일종의 마법 같은 사건이 됩니다. 소설의 화자는 흥분한 상태에서, 나치와 비슷한 사상의 언어로 이야기를 시작하는데, 그는 자기들이 꿈을 꿔서 어떤 인종을 하늘에서 땅으로 데리고 온다고, 그 인종은 독일 문화에 큰 기여를 할 것이라고 말합니다. 그들은 연기의 형태로 땅에 내려와서 여자와 아이, 남자로 변모하고, 살이 찌고, 여러 가지 처치를 받습니다. 그런 다음 가족을 다시 만나고, 자기들의 집이나 게토로 돌아가고, 게토의 벽이 무너지고, 원래 살던 마을로 돌아가서 평범한 삶이 다시 시작됩니다. 그렇게 거꾸로의 흐름이 완성됩니다. 시간을 거꾸로 돌려 보면 아주 박애주의적인 행동으로 보이지요.

와크텔 시간이 거꾸로 흐르는 세상에서 무엇을 배우셨나요?

에이미스 홀로코스트 연구에서 아주 중요한 이미지가 있습니다. 아마 트레블링카 기차역이었던 것 같은데, 이 기차역엔 네 시에 멈춘 시계가 있습니다. 시계가 아니라 그림이기 때문이죠. 시계는 앞으로도 뒤로도 움직일 수 없습니다. 이 그림은 무척 그럴싸하게, 능숙하게 그려져 있습니다. 여기에 많은 재능이 소비되었지요. 예를 들면, 〈여기서 동부 기차로 갈아타시오〉, 〈전화〉, 〈탈의실〉, 〈매표소〉 같은 표지판들이 있고 화살표가 있죠, 역시, 시간의 화살입니다. 하지만 사실 그건 소품일 뿐이었고, 화살표는 가스실로 이어졌죠. 산업 정보가, 현대의 정보가 이 "문제"에 이런 식으로 이용이 된 겁니다. 술 취한 기마병들이 마을로 가서 칼을 휘두른 것이 아니에요, 특별 기차와 승객 명단, 할당량, 목록, 산업 사회의 온갖 설비가 그런 엉큼한 목적에 사용된 겁니다.

와크텔 당신은 천진난만한 화자를 선택했습니다. 나치 의사의 몸 속에 존재하는 목소리 또는 영혼인데요, 의사는 점점 더 젊어지면서 미국에서 죽을 때부터 독일에서 태어날 때까지 자기 운명을 거꾸로 따라갑니다. 이 화자는 누구인가요?

에이미스 그 목소리를 영혼으로, 의사가 아우슈비츠에 들어간 지 한 시간 만에 사라져서 그의 남은 평생 동안 부재했던, 또는 영원히 지워져 버린 영혼으로 의도한 것이 사실입니다. 저는 이 나치 의사에 대한 인간적인 동정심 없이 책을 쓰려고 했습니다. 동정심이 별로 느껴지지 않았으니까요. 하지만 결말로 다가가면서 아우슈비츠에 이르자 저는 이 의사가 자신이 한 일에 대해서 크나큰 인간적인 비용을 치르지 않는 것처럼 쓰는 것이 불가능하다는 사실을 깨달았습니다. 이제 저는 이런 종류의 잔학 행위를 불러오는 군중 본능에 굴복하는 사람들은 그런 행위를 시작하는 순간 영원히 끝장난다고 굳게 믿습니다. 영혼이 사라지는 것과 같지요.

이 소설에서는 영혼이 분석을 하고 판단을 해야 합니다. 마지막 문장에서 자기가 너무 늦게 온 걸까, 때를 잘못 맞춰 온 걸까 생각하는 영혼이지요. 왜냐면 실제 삶에서 제대로 인도하지 못했으니까요. 독자는 실제로 무슨 일이 일어난 것인지 자신의 역사적 지식을 총동원해서 이야기를 다시 써야 하는 입장에 놓입니다. 화자는 불필요한 고통을 없애기 위해서 유대인들을 되살리기 전에 치과 치료를 했다고 말하지만, 독자는 그 반대라는 사실을 압니다. 그러므로 독자는 일종의 영혼이나 의식이 되어서 상황을 도덕적으로 재배열해야 합니다.

와크텔 홀로코스트처럼 어렵고 묵직한 주제를 다루고 싶었던 이유는 무엇이었습니까?

에이미스 한 사람의 인생을 거꾸로 써 봐야겠다고 생각하고 있었는데, 그때 제 친구 로버트 J. 리프턴의 책 『나치 의사들』을 읽었습니다. 리프턴이 그 책을 주기 전이었다면 저는 저야말로 살아 있는 작가들 중에서 홀로코스트라는 주제를 다룰 확률이 제일 낮은 사람이라고 말했을 겁니다. 저는 여러 해 동안 홀로코스트에 매료되면서도 겁을 먹었고, 홀로코스트에 사로잡혔습니다. 하지만 나를 위한 주제가 아니라고 생각해 버렸죠. 그런데 며칠 동안 리프턴의 책을 읽고 나자 사실은 홀로코스트에 대해 쓰고 싶다는 사실을 깨달았습니다. 세상을 거꾸로 흐르게 만들면 진정한 요점이 나타날 것이라고 생각했습니다. 역전은 정말 완벽했지요. 립턴이 말하는 역전은 "치유-살인의 역설"입니다.

저는 이 책을 쓰는 내내 금기의 숲을 헤매는 느낌이었습니다. 홀로코스트는 가장 어렵고 민감한 주제라고 생각하지만, 작가로서 저는 "출입금지" 팻말 같은 것은 없다고 믿습니다. 사람들은, 나는 아리아인인데 어떻게 이 주제를 다루겠어?라고 말하고, 어떤 면에서는 맞는 말입니다. 하지만 저는 유대인에 대한 글을 쓴 것이 아니에요. 저는 가해자에 대한 글을 쓰고 있었고, 그들은 말하자면 저의 형제입니다. 저는 아리아인이기 때문에 당시 일어난 일에 대해서 일종의 책임감을 느낍니다. 제가 인종적으로 그 사건과 연관되어 있는 겁니다, 피해자가 아니라 가해자와 말이지요.

저처럼 40대 중반이 된 사람들은 누구나 머리에 가지고 있는 이미지들 —— 굴뚝, 불도저로 밀어버린 시체들 —— 을 보면 홀로코스트가 어렴풋이 생각납니다. 저는 어렸을 때 어머니에게 "저게 다 뭐예요?"라고 말했던 기억이 납니다. 어머니는 정말 상냥하게, 저를 보호하려고 이렇게 말씀하셨습니다. "아, 걱정하지 마. 히틀러는 널 정말 좋아했을 거야, 넌 금발머리에 푸른 눈이니까." 저는 이 말을 듣고 아무것도 모른 채 안도의 한숨을 쉬었던 기억이 납니다. 저는 생각했죠. "휴! 적어도 나한테는 저런 일이 없었겠네." 그것이 아마 『시간의 화살』의 시작이었을 것입니다.

와크텔 이제 새 소설 『정보』로 넘어가 보죠. 왜 이런 제목을 붙이셨습니까?

에이미스 이 책은 제목이 일찌감치 저절로 떠오른 경우에 해당합니다. 이 제목이 가리키는 것은 여섯 가지 정도 됩니다. 누군가에 대한 정보, 누군가에 대한 소문, 정보 개혁, 서큐버스처럼 다른 사람에게 정보를 알려주는 등장인물, 우리가 언젠가는 죽을 것이라는 확신 또는 지식, 이것이 남성의 자아에 미치는 영향. 이것은 여러 가지의 집약을 의미합니다. 가장 중심적인 의미는 달아날 수 없다는 정보와 관련이 있습니다. 우리는 마흔 살쯤 되면 전부 끝났다는 사실을 깨닫는데, 이 뒤늦은 깨달음, 사실은 죽음이 내 이야기라는 깨달음은 중년의 위기라는 과잉반응을 일으키죠. 중년의 위기가 지나가면 우리는 더 슬프고 더 현명해지고, 또한 조금 더 성장하면서 이 모진 앎에 의해서 조금 더 자유로워집니다. 하지만 1, 2년 동안은 과잉 반응 단계에 머물고, 그렇기 때문에 남자들이 스포츠카를 사서 열한 살짜리 여자아이와 달아나고 그러는 겁니다.

와크텔 저는 당신이 말하는 정보의 여러 가지 면에 관심이 있는데요, 당신은 「핵 도시」라는 에세이에서 이해라는 것은 없다고, 지식이나 정보밖에 없다고 말했습니다. 지식이 이해로 이어지는 경우는 없을까요?

에이미스 받아들이기는 힘들지만 일단 받아들이고 나면 우리를 자유롭게 만드는 진실이 있습니다. 코페르니쿠스와 갈릴레오가 르네상스를 견인했다고도 말할 수 있지요. 그들은 태양이 지구를 도는 것이 아니라 지구가 태양을 돈다고 말했고, 따라서 우리는 우주의 중심에서 강등되었습니다. 이 개념은 거센 저항에 부딪혔지만 우리를 자유롭게 했어요. 이전에는 아무도 이 사실을 몰랐다고, 옛날 사람들은 자기가 중심이라는 한심한 환상 속에서 고생을 했다고 생각하죠. 이러한 깨달음은 우리를 성장시키고 우리에게 에너지를 줍니다. 저는 다음 세기에도 우리 시대의 발견으로 인해서, 우주의 크기에 대한 발견들이나 뭐 그런 것들로 인해서 똑같은 일이 일어날 것이라고 생각합니다. 저는 알게 되면 우쭐해지는 유익한 지식이 있다고 생각합니다.

와크텔 정보의 여러 측면 중 하나에 대해서, 정보 혁명, 즉 우리가 정보 시대에 살고 있다는 개념에 대해서 생각해 보았습니다. 정보 혁명으로 인해서 우리가 자신을 보는 방식이 바뀐다고 말씀하셨는데요. 무엇 때문에 그렇게 생각했습니까?

에이미스 저는 인터넷 같은 것에 대해서 이야기하고 있었던 것이 아닙니다. 텔레비전이라는 위대한 프롤레타리아 예술 형식, 우리에게 매 시간 재난을 안겨 주지만 또 조잡한 드라마도 제공하는 텔레비전에 대한 이야기였습니다. 저는 그로부터 한 세대가 지난 후 사람들이 바깥에서 자기 자신을 바라보는 습관을 갖게 되었다고 생각해요. 사람들은 평소처럼 고통과 충동만을 느끼는 것이 아니라 자신의 삶이 어떤 모양인지 궁금하게 여깁니다. 내가 피해자인가? 가해자인가? 이용당하고 있나? 그런 생각을 합니다. 우리는 조잡한 드라마의 언어로 우리 삶을 해석하게 되었습니다.

와크텔 『정보』에는 물리적 우주에 대한 암시가 많습니다. 행성들이 어떻게 연관되어 있는지, 태양이 죽어 가고 있다든지, 공간 속 시간의 공식 같은 것들 말입니다. 어떻게 해서 천문학에 관심을 갖게 되었습니까?

에이미스 저는 항상 천문학에 관심이 있었는데, 관련된 책을 읽기 시작하면서 그것이 정말 전율을 느끼게 하는 주제임을 깨달았습니다. 저는 책을 정말 마구잡이로 읽지만 아주 많이 읽습니다. 천문학은 우리가 사는 행성이 얼마나 고립되어 있는지, 얼마나 멀리 떨어져 있는지, 얼마나 약하고 드문지를 가르쳐 줍니다. 나중에 모든 사람들이 이러한 이해를 공유하게 되면 우리는 같은 종으로서 더욱 하나가 될 거예요. 그리고 광대한 우주라는 맥락에서 보면 보스니아에서 일어나고 있는 것과 같은 야만적인 전쟁이 정말 멍청해 보일 것이라는 생각이 듭니다. 저는 21세기에는 그렇게 되기를, 우주에서 우리가 차지하는 자리에 대한 의식 개혁이 일어나기를 기대합니다. 우리는 20세기에 끔찍한 벌을 받았습니다. 1920년에는 아인슈타인 같은 사람들도 은하가 끝이라고, 은하수가 우주의 전부라고 생각했습니다. 그러다가 에드윈 허블의 관측으로 인해서 우리 은하의 작은 구름 같은 부분이 성운이 아니라 은하수 너머의 다른 은하들이라는 사실을 알게 되었고, 그 이후, 1920년대 이후, 우주는 빛의 속도보다 몇 배, 몇십 배의 속도로 우리에게서 멀어져 갔지요. 우리는 신경질적으로 팽창하는 우주를 이해해야 했는데, 이제 무한한 평행 우주도 존재하는 것처럼 보입니다. 이 분야에서 점점 더 많은 사람들의 의견이 일치하고 있어요. 따라서 우리는 계속 더 작아지고 멀어지고 있습니다. 저는 그것이 어떤 영향을 끼칠 것이라고 생각합니다.

와크텔 꽤 긍정적인 결과를 예상하시는군요. 은하와 더 큰 우주의 광대함을 깨닫고 우리 종이 더 연대할 거라고 말입니다. 하지만 『정보』의 중심인물인 실패한 소설가 리처드는 점점 더 커지는 굴욕의 역사라는 자기 이론을 발전시켜 달라고 행성들을 향해 기원합니다. 그의 이론을 자세히 설명해 주시겠습니까?

에이미스 천문학의 역사는 점점 더 커지는 굴욕의 역사입니다. 우리는 우주의 중심으로 시작해 평균 은하계의 먼 변방까지 밀려났지요. 처음에, 세상이 평평하다고 믿었던 호메로스 시대 즈음에는 신들에 대해서 이야기했습니다. 세상이 둥글다는 사실을 알게 된 베르길리우스 시대에는 반신半神에 대해서 이야기했고요. 그런 다음 비극이, 실패한 영웅이 등장하지요. 그리고 코페르니쿠스와 갈릴레오 이후 사회적 사실주의가 등장하는데, 그것은 당신과 나 같은 사람에 대한 이야기입니다. 20세기는 아이러니, 밑바닥 생활에 대해 이야기하는 시대지요. 그 다음은 뭘까요? 바퀴벌레 소설이나 쥐 소설을 쓰게 될까요? 『정보』의 주인공이 던지는 질문은 제가 스스로에게 종종 던지는 질문입니다. 우리는 이런 식으로 얼마나 계속해 나갈 수 있을까? 재건이 절실히 필요합니다, 안 그렇습니까? 그렇게 될지도 모르지요. 신들의 시대로 다시 돌아가서 처음부터 다시 반복하는 거죠.

와크텔 그러니까, 문학 주인공의 쇠퇴에 대한 리처드의 분석에 동의하시는 거죠?

에이미스 저는 그것이 흥미로운 가능성이라고 생각합니다. 우주에서 우리의 존재가 점점 작아지고 우리가 중심이라는 생각에 의문을 제기하다가 그 생각 자체를 폐기하면서, 우리 자신에 대한 생각이 점점 낮아지는 거죠. 저는 이러한 경향이 영원히 일직선으로 진행되어 벽에 부딪히는 것은 아니라고 생각합니다. 20세기에 우리는 어떤 사람이 얼마나 선해질 수 있는지가 아니라, 얼마나 악해질 수 있는지를 연구했습니다. 우리는 그 연구를 어찌나 잘 해냈는지, 세기말이 다가오고 밀레니엄이 끝나면서 파렴치함과 악은 다 써버렸습니다. 사람을 끝없이 나쁘게, 더 나쁘게 만들 수는 없으니까 이제 곧 전환이 일어날 것 같아요.

와크텔 당신이 그런 말을 하다니 흥미롭군요. 파렴치함과 악은 당신이 자주 이용하는 주제였는데요.

에이미스 확실히 그렇습니다. 저는 최대한 나쁜 인물을 종종 만들었습니다. 얼마나 악하게 만들 수 있는지 보고 싶었지요. 최악의 인물에게 팬이 생기고 사람들이 그런 인물을 좋아하는 것을 보면 정말 항상 놀랍습니다. 업다이크는 우리가 소설 속에서 누구를 좋아하게 되는지 참 수수께끼 같다고 말했죠. 제가 말하는 "좋아한다"는 것은 하룻저녁을 같이 보내고 싶다는 뜻이 아니라 멋진 하드커버의 보호를 받으면서 책 속의 모습을 보는 게 즐겁다는 뜻입니다. 세련된 독자는 선善을 좋아하지 않는다는 사실이 밝혀졌지요. 어쩌면 선을 읽기 재미있을 만큼 복잡하게 그리는 작가는 톨스토이밖에 없을 겁니다. 업다이크는 결국 우리가 좋아하는 것은 삶이라고, 등장인물이 생생하다면 그들이 무엇을 하든 상관없이 그들에 대해서 읽고 싶을 거라고 말합니다. 생기가 있다면 우리는 생기를 따를 겁니다.

와크텔 당신은 본인이 싫어하는 인물을 만든 적이 없다고 말씀하셨습니다.

에이미스 네, 등장인물은 자기 자식과 같습니다. 인성 때문에 자식을 싫어하지는 않잖아요. 자식이 너무 귀엽거나 아주 재미있는 말을 해서 좋은 게 아닙니다. 자식은 그냥 당신의 사랑을 받게 되어 있습니다.

와크넬 『정보』는 문학적인 경쟁에 대한 이야기입니다. 두 친구가 나오는데요, 처음에는 두 사람 모두 책을 쓰는 친구 사이였습니다. 권 배리는 단순한 소설, 유치한 뉴에이지 소설을 씁니다. 리처드는 어려운 모더니즘 소설을 쓰고요. 권은 큰 성공을 거둡니다. 어디까지가 현대의 기준에 대한 비난이었습니까?

에이미스 기분을 상하게 하지 않을 뿐 아무것도 하지 않는 문학을 좋아할 수 있다는 암시가 있습니다. 문화적·정치적 완곡어법은 확실히 그런 방향을 가리키고 있지요. 저는 "정치적으로 올바르다"라는 표현보다는 완곡어법이라고 말합니다. "정치적 올바름"이라는 것은 몇 년 안에 사라질 테니까요. 하지만 정치적 완곡어법을 향한 충동은 미국에서 오랫동안 존재했고 앞으로도 그럴 것입니다.

완곡어법은 소설가의 적입니다. 이 소설에는 흑인 운전 강사가 등장하는데, 저는 애정 어린 시선으로 그의 운전 실력과 억양을 풍자했어요. 또 비열한 유대인이 등장하는데, 저는 그런 인물을 만들 수 있도록 허락되어야 한다고 생각합니다. 그런 사람들은 실제로 존재해요. 정제된 소설에 저항하는 하나의 방법이지요. 과거의 작가들을 보면서 현대적이지 않다고 맹비난하는 것이 이제는 흔한 일입니다. 저는 그러한 경향을 17세기 이탈리아 미술 평론가들이 원근법을 몰랐다며 옛날 화가들을 비웃는 데 시간을 허비했던 것과 비교한 적이 있어요. 그게 도

대체 무슨 직업입니까? 자아는 발전합니다. 정치적 완곡어법의 문제는 사실을 부인한다는 것이지요. 이 모든 것이 과정이라는 사실을, 진화라는 것을 몰라요. 모든 사람이 유전으로부터 자유로워져서 깨끗한 성격을 갖는 순간은 절대 오지 않을 겁니다. 우리는 모두 인종주의자이고, 다만 인종주의자가 적어지기를 바랄 뿐이지요. 우리는 가족을 좋아하기 때문에, 씨족적이기 때문에 인종주의자입니다. 하지만 정치적 완곡어법은 이 오래된 유전을 우리의 본성에서 없애 버렸다고 주장하지요. 그건 헛소리고, 거짓말이고, 크나큰 불안을 만들어 냅니다. 그렇기 때문에 정치적 완곡어법은 사상을 통제하는 태도로 이어지기 쉽고, 항상 서로의 진보와 기준을 점검하는 겁니다.

와크텔 소설 이야기로 돌아가 보면, 당신은 확실히 무척 재미있는 극단을 만들어 냅니다. 리처드의 소설은 어려울 뿐만 아니라 그것을 읽으려는 사람은 말 그대로 병이 나죠. 또 오늘날의 문학 독자에 대해서도 이야기합니다. 예를 들어서, 리처드가 비행기를 탔을 때 이코노미석 승객은 조지 엘리엇과 호메로스를 읽고, 비즈니스석 승객은 스릴러를 읽고, 일등석 승객은 책을 아예 읽지 않습니다.

에이미스 아니면 향수 카탈로그를 읽죠. 하지만 저는 소설의 건강을 전혀 걱정하지 않습니다. 소설은 벌써 10년 전에 사망 선고를 받았지만 11년 후 병원에 갔더니 소설이 침대에 일어나

앉아서 고깃국물을 한 컵 마시더니 훨씬 나아졌다고 말하는 상황이에요. 우리는 소설을 읽으면서 흉내 내기 힘든 방식으로 저자와 아주 친밀하게 대화를 나누는데, 제 생각에 사람들은 항상 책이라는 형태로 그런 대화를 하고 싶어 할 것 같습니다. 우리는 무릎에 직사각형의 묵직한 형체를 올려놓고서 언제든지 잠깐 멈추거나, 다시 읽거나, 한 장 앞으로 돌아가거나, 여백에 메모를 할 수 있어요. 이러한 대화는 독서라는 경험과 불가분의 관계입니다.

와크텔 하지만 당신은 이 소설에서 풍자하거나 의문을 제기하는 문학적 기준에 대해서 이렇게 말합니다. 육체와 천상의 아름다움에 대해서 말할 때는 금방 동의할 수 있지만 책에 대해서는 그렇지 않다고요. 왜 그럴까요?

에이미스 어떤 시 구절이 다른 시 구절보다 낫다고 입증할 방법은 전혀 없지만 우리 모두 어느 정도는 알고 있습니다, 안 그런가요? 뛰어난 것과 그렇지 않은 것을 구별하는 방법을 찾는 데 수준 높은 지적 에너지가 아주 많이 투자되어 왔어요. 마지막으로 끝맺은 사람은 노스럽 프라이였는데, 그는 1950년대에 『비평의 해부』에서 문학적 가치 판단을 찢어 버립니다. 그 책의 서문은 가치 판단의 종말을 선언해요. 우리는 어떤 책이 다른 책보다 더 나은지 말할 수 없습니다. 우리가 할 수 있는 일은 이미 알고 있는 것을 설명하는 것뿐이지요. 하지만 실제로는 시간이 항상 좋은 작품과 그렇지 않은 작품을 분류해 왔습니다. 몇 세기가 지나면 라셀레스 애버크럼비나 새컬리 마미언보다 밀튼의 작품이 공부할 가치가 있다는 사실이 명확해지죠. 이 사실을 깨달을수록 다 아는 이야기를 설명하고 싶지 않아질 것입니다.

와크텔 당신은 이제 희극이라는 형식만이 남아 있다고 말했습니다. 왜죠?

에이미스 전반적으로 저는 희극이라는 형식만 남았다는 느낌이 듭니다. 희극이 이상해 보이는 것은 비극이 더 이상 존재하지 않고, 더 이상 울림을 주지 않기 때문이에요. 누구도 이제 비극을 믿지 않지요. 그러므로 희극은 모든 재난을, 다른 장르의 난민을 받아들여야 합니다. 희극의 원래 대상은 익살, 가장, 박식한 척하는 것이었지만 이제 살인과 아동 학대, 사회의 부패까지 다루어야 해요. 다른 시대의 희극 작가였던 디킨스는 악인을 진부하게 벌하거나 말도 안 되게 개심시켰습니다. 하지만 예전의 도식은 더 이상 통하지 않아요. 우리는 선이 반드시 보상을 받지는 않듯이 악이 반드시 벌을 받지는 않는다는 사실을 알지요. 이제 우리가 악을 다루는 방법은 그것을 비웃는 것, 일소에 부치며 쫓아내는 것밖에 없는 듯합니다. 현실에서는 벌을 받거나 개심하지 않으리라는 사실을 알기 때문에 그렇게밖에 할 수 없죠. 나보코프의 강연에 아주 사랑스러운 부분이 나오는데요, 그는 이렇게 말했습니다. 범죄자가 안락의자에 앉아 있을 때 공모자가 권총을 들고 뒤에서 살금살금 다가가게 만드는 것으로 벌을 주는 게 아니라고, 범죄자가 새끼손가락을 콧구멍에 집어넣는 모습을 보는 것으로 벌을 주는 것이라고 말입니다. 코 파는 모습을 지켜보는 것, 그것이 작가로서 당신이 복수하는 방법이에요. 처벌과 개심 같은 구식의 방법이 아니라 희화화를 이용하는 거죠. 처벌이나 개심은 이제 설득력이 없으니까요.

또한 동기를 보는 19세기식 낡은 관점도 이제 유효하지 않다는 느낌이 듭니다. 동기는 이제 문학적 장치에 지나지 않아요. 저는 현실 세계에서 사람들이 일관된 동기를 갖는다고 생각하지 않습니다. 오클라호마 폭탄 테러범 티모시 맥베이는 스스로 동기가 있다고 생각했지만 사실 설득력이 없었어요. 그는 스스로 아웃사이더라고, 람보라고 생각하는 사람이었고 간접적이고 편집증적인 공상이 머리에 가득했지요. 그러한 이미지가 그의 머릿속으로 들어가서 혼동을 일으킨 것입니다. 제가 보기에 19세기에 A.C.브래들리가 셰익스피어를 비평할 때 말하던 동기 같은 것은 이제 없습니다. 인간의 행동에서 동기는 사라졌어요.

와크텔 당신은 스스로 도덕주의자이며, 나쁜 행동과 저속함, 퇴락에 대해서 쓰지만 기준 ── 정확히 '기준'이라는 단어를 쓰신 것은 아니지만 그 비슷한 말이었습니다 ── 은 순수함이라고 말한 적이 있습니다. 무슨 뜻이지요?

에이미스 아버지의 도덕적 기준과 저의 도덕적 기준의 차이가 뭘까 생각하고 있었는데, 아버지가 중요하게 여긴 것은 품위라는 생각이 들더군요. 그런 다음 제 책에서 긍정적인 가치를 찾았더니 늘 아기로 대표되는 순수함이라는 사실을 깨달았습니다. 항상 하늘, 구름, 죄 없는 것들을 이용해서 비유하는 것 같았고, 제가 가장 중요하게 여기는 것은 순수함인 듯했습니다. 분명 순수함이란 이 세상이 점차 잃어버리고 있는 거죠. 세상이 점점 더 나빠지고 있다고 생각하는 것은 환상입니다. 다들 항상 그렇게 생각했어요. 6천 년 전 파피루스도 번역해 보니 아이들이 더 이상 부모를 존경하지 않는다고 써 있었지요. 그들은, 착한 사람들은 어디로 갔을까요? 그것이 반복되는 인간의 환상입니다. 하지만 우리는 세상이 항상 점점 덜 순수해진다는 사실을 확실히 알고 있어요. 단순히 경험의 축적 때문에 말입니다. 그리고 아이들도 점점 더 일찍 순수함을 잃지요.

와크텔 확실히 당신 책에서 순수함을 찾기는 힘들지요. 저는 『정보』에서 유일하게 부드러운 부분은 아이들을 향해 있다고 생각합니다. 예를 들어서 리처드와 그의 아들들의 관계 말이에요.

에이미스 그렇습니다. 사실 그 부분이 없으면 리처드에게 공감하기 힘들 것입니다. 그가 일을 하지 않을 때는 아들들과 시간을 보낼 때밖에 없고, 그때는 기분 나쁜 느낌이 부드러운 느낌으로 바뀌지요.

와크텔 문학적 라이벌, 질투, 부러움, 경쟁 이야기로 돌아가 볼까요. 그런 주제가 당신에게 왜 그렇게 중요한가요?

에이미스 그런 것들이 꼭 저에게 중요하다고 생각하지는 않지만, 글을 쓰기 시작하자 이 책의 목적 때문에 중요해졌습니다. 이 소설을 쓰는 초기에는 그런 것들에 대해서 생각하지 않았지만 저는 이 주제에 대해서 쓸 수 있는 독특한 위치라는 결론을 내렸어요. 아버지와 아들이 작가로 동시에 작품을 발표하고 둘 다 아버지의 말을 인용하자면 "어느 정도 잘 하는" 동시대 작가인 경우는 없었으니까요. 저는 작가가 있는 집안에서 자랐는데, 보통 아빠가 하는 일만큼 낯설지 않은 일도 없죠. 그러므로 저에게는 글쓰기가 절대 낯설지 않았습니다. 저는 '다른 사람들은 왜 글을 안 쓰지?'라고 생각했어요. 글쓰기는 아주 자연스러운 일처럼 느껴집니다. 하지만 저는 작가로서의 시샘과 우스꽝스러운 과대망상과 그런 것들을 가지고 있어요. 저는 그런 감정과 생각을 받아들일 수도 있지만 또 한 발 떨어져서 희극적 가치를 살펴볼 수도 있습니다, 제가 이 책에서 한 것처럼요. 저는 그 문제에 대해서 다른 의견을 가지고 있고, 그 어떤 작가보다도 더 객관적일 겁니다. 그러니 제 시각을 제시하는 것이 저의 의무였지요.

와크텔 초연한 자세를 유지하는 이야기를 들었지만 당신이 이 소설의 선인세를 많이 받으려고 한 것에 대한 논란도 있었기 때문인지 "중요한 건 돈이 아니다, 내가 얼마나 가치가 있는지 아는 것이 중요하다"고 했던 말이 저에게는 가장 크게 다가왔습니다. 그것이 척도인가요?

에이미스 아니요, 그것은 문학 작품 시장의 척도이지 저의 척도는 아닙니다. 작가에게 작용하는 이상한 한계 중 하나는 자신이 얼마나 잘 하는지 절대 알 수 없다는 것입니다. 모든 것은 작가가 죽은 뒤에 결정되니까요. 어떤 서평도, 상도, 훈장도, 선인세도, 당신이 알고 싶은 것을 알려주지 않습니다. 그러므로 선인세는 시장에서 제가 어느 등급인지 알려줄 뿐입니다. 저는 중년의 위기와 관련된 모종의 이유 때문에 제 등급이 알고 싶었습니다. 하지만 그런 액수[50만 파운드]를 난데없이 숭배하게 되어서 요구한 것은 아닙니다. 그 일 자체가 롤러코스터 같았고, 첫 미팅 이후 몇 초 만에 그 이야기가 공개되었고, 그 후로는 제가 통제하고 있다는 느낌이 한 번도 들지 않았습니다. 그 이후로 저는 바늘꽂이 신세가 됐지요.

와크텔 저는 당신 작품에 나오는 이중성과 쌍이라는 주제에 대해서 생각했습니다. 『정보』에는 두 라이벌 소설가가 나오지요. 또 서로 무섭게 싸우는 남자아이 쌍둥이도 등장합니다. 단편 「전직」에는 대립하는 각본가와 시인이 나옵니다. 장편 소설

『런던 필즈』에는 좋은 연인과 나쁜 연인이 있고요. 왜 이중성에 끌리나요?

에이미스 저도 생각해 봤는데, 아마 어린 시절에 형이 있었다는 사실과 관련이 있는 것 같습니다. 형 필립은 저와 나이가 비슷하지만 저보다 훨씬 더 컸는데, 그때부터 작은 차이에 집착했지요. 한 번은 제가 바닥에 누워서 눈물을 펑펑 흘리며 주먹으로 마루를 치고 있는 것을 아버지가 발견하고 무슨 일이냐고 물었는데, 저는 거친 숨소리를 내며 숨을 몇 번 들이마시고 겨우 말했죠. "필립이 비스킷을 가지고 있어요."

늘 그랬습니다. 말씀하신 것처럼 『런던 필즈』에는 착한 연인과 못된 연인이 나옵니다. 저는 그것이 희극적 장치라고 생각해요. 많은 작가들이 때로는 착하고 때로는 못됐고 때로는 부도덕하고 때로는 로맨틱하고 때로는 호색한인 연인 한 명만 만들겠죠. 비슷하게 『정보』에서도 가끔은 무시당하고 가끔은 과도하게 찬사를 받는 작가 한 명만 등장할 것입니다. 하지만 저는 그런 작가가 아닙니다. 저는 크나큰 차이와 사악한 부당함에 대해서 씁니다. 저의 글은 엄청난 힘을 가진 진부한 이야기들이라고들 합니다. 저는 항상 그런 평이 좋았습니다, 아주 만족해요. 한 사람이 가진 미묘하고 다양한 명암에 대한 소설을 쓰는 사람은 많습니다. 희극은 등장인물을 멀찍이 떼어 놓을 때, 극단으로 나눌 때 그 틈에서 생겨납니다. 희극은 그 틈에서 살지요. 저는 항상 그것을, 분열의 희극을 추구합니다. 그러니까 예를 들어서, 퀸은 책을 수십만 부를 팔고 극진한 대접을 받지만 리처드는 책을 한 권도 못 팝니다. 리처드가 책을 한 권 팔았다고 생각했을 때 그 사람이 반품을 하지요. 그 정도로 차이가 납니다.

와크텔 하지만 리처드는 어떤 면에서 당신이 겪은 중년의 위기를 전달하는 매개인데, 그는 실패자입니다.

에이미스 그 부분은 상상에 의존했습니다. 왜냐하면 저는 중년의 위기 중에서 가장 보편적인 면을 유일하게 겪지 않았거든요. 그건 바로 바로 한밤중에 깨서 그동안 하지 못했던 일들, 열아홉 살 때하고 싶었던 일들을 생각하면서 이제 아무 일도 생기지 않을 것이라고, 이게 다라고, 이제 갑자기 발전하거나 그런 일은 없을 거라고 생각하는 것입니다. 이게 평결이고, 자기 평생의 실적에 대한 정보인 거죠. 하지만 저는 제가 하리라 생각했던 것보다 더 많은 것을 했기 때문에 그런 기분이 들지는 않습니다. 그러나 우리는 모두 실패 속에서 살아갑니다, 무슨 일에 대해서도 자신을 인정해 주지 않지요. 정말 우습게도 성공은 방해입니다. 성공을 글의 주제로 삼으면 하찮을 뿐입니다. 성공은 흥미롭지 않아요, 항상 똑같죠. 하지만 실패는 풍성하고 복잡하고 구슬프게 울립니다.

와크텔 당신은 『정보』에서 "M.A."라는 이니셜의 전지적 화자를 이용합니다.

에이미스 이 책의 앞부분 절반에는 제가 등장합니다. 열두 번 정도 나오는데, "나는 말했다, 그래서 느낀다" 같은 구절의 첫 부분에 등장합니다. 그런 다음 저는 책에서 빠지고, 저 없이 등장인물들이 계속해 나가게 둡니다. 예술적으로 정당화시키기는 힘들지요. 왠지는 모르지만 어떤 면에서 저는 이 책에서 제가 어디에서 왔는지 독자에게 말해줘야 한다고 생각했습니다. 완전히 자전적이라고 할 수는 없지만 아주 개인적이지요. 또 하나는, 제가 소설에서 사라질 때 정보는 저에게 "안녕"이라는 말을 멈추고 "잘 가"라 하라고 말합니다. 소설가는 독자에게 안녕! 난 이것도 할 수 있고 저것도 할 수 있고 재밌게도 쓸 수 있어, 즐겁게 해줄 수도 있고 재밌게 해줄 수도 있고 기쁘게 해줄 수도 있고, 가르쳐 줄 수도 있어, 라고 말하지요. 소설가는 이렇게 말합니다. 난 이 세상에 대해서 이런 걸 발견했어. 너도 알고 있었어? 하지만 중년이 되어서 죽음의 방문을 받고 나면 어떤 의미에서 이제 "안녕"이라는 말을 멈추었음을, 이제 당신이 세상을 떠날 준비를 일찍감치 시작했기 때문에 사상의 색조가 달라졌음을 깨닫습니다. 그래서 책이 반쯤 지나면 저는 작별인사를 하죠. 그건 일종의 거짓말이고 익살이지만, 아무튼 그런 느낌과 관련이 있습니다.

와크텔 세상을 떠날 준비를 어떻게 하십니까?

에이미스 준비를 하고 마음을 다잡는 겁니다. 점점 커지는 굴욕의 역사처럼 세상을 떠날 준비는 적어도 점진적입니다. 솔 벨로의 소설 『허조그』에 아주 아름다운 구절이 나옵니다. 등장인물이 여자 친구와 헤어지고 5년 후에 그녀를 다시 만나러 가는데, 여자 친구의 얼굴을 묘사하면서 눈 밑 주름에 대해 이야기하며 이렇게 말합니다. "죽음은 아주 느린 예술가." 장례식장 담당자는 장례식에 참가한 손님들에게 마지막으로 보여 주기 위해서 당신 얼굴에 화장을 이미 시작했습니다. 그 사실을 침착하게 받아들이면 됩니다.

와크텔 중년의 위기를 넘기면서 잃은 것만큼 얻은 것 또한 있습니까?

에이미스 중년의 위기에서 빠져나올 때는 분명히 이렇게 말하죠. 뭐, 그렇게 나쁘지 않았어, 아직 다리도 한 쪽 있고, 이 팔도 가끔은 움직이잖아. 우리는 서른여덟 살이면 자기 삶을 다 안다고 생각합니다, 삶이 지루할 정도로 투명해 보이지요. 하지만 아무것도 모른다는 사실을 불현듯 깨닫는 겁니다. 낯선 땅에 있는데 화폐를 쓰는 방법도 모르고, 지하철을 타는 법도 모르고, 언어도 못 하고, 지식이 전부 증발해 버린 것과 같아요. 이미 알고 있었던 것은 아무 소용도 없지요. 이제 해야 할 일은 두 번째 삶에서 어떤 언동을 조심해야 하는지 배우는 것입니다. 콘래드는 10년마다 새로운 규칙을 배워야 한다고, 그렇기 때문에 우리는 평생 아이들이라고 말했습니다. 아주 멋진 말이라고 생각하지만, 사실 마흔 살이 되면 완전히 새로운 교과서를 배워야 한다는 느낌이 듭니다. 예전에는 알아차리지 못했던 것을 알아차리는 거죠.

소설에서 제가 가장 좋아하는 예는 이겁니다. 비행기에 탄 리처드는 여자 두세 명이 우는 모습을 보면서 그 여자들이 항상 그렇게 울고 있었음을, 예전에는 남자친구랑 싸웠다고 생각했음을 깨닫습니다. 이제 마흔 살이 된 리처드는 비행기에 탄 여자들이 우는 것은 사랑했던 사람이 지구 어딘가에서 죽었거나 죽어 가고 있기 때문이라는 사실을 깨닫습니다. 죽음에 대한 인식이 없었는데 ─준비가 되지 않았던 것이지요─ 갑자기 마흔 몇 살이 되면 이렇게 생각하는 겁니다. 예수님, 이게 다라는 걸 저는 왜 몰랐을까요? 그러므로 죽음에 대한 간단한 정보를 배우는 것은 신나는 일입니다.

와크텔 소설에서 리처드의 아내는 돈이 안 되니 글쓰기를 포기하라고 말합니다. 리처드는 그렇다면 번역되지도 않고 전해지지도 않는 경험만 가진 채 남겨질 것이라고, 평생이 남겨질 테니 그럴 수 없다고 하지요. 당신 스스로 M.A.라고 밝히지는 않았지만 당신이라고 느껴지는 순간입니다.

에이미스 네. 저는 사람들이 어떤 면에서 예술가가 되지 않는다면 삶을 어떻게 헤쳐 나갈지 모르겠습니다. 제가 머릿속에서 삶을 끊임없이 새로운 형태로 만들지 않는다면 저에게 삶은 무시무시할 정도로 얇게 느껴질 겁니다. 삶은 적당한 모양을 취하고 있지 않아요. 제가 작가가 아니었다면 하루하루가 엉망으로 쌓여 있었을 겁니다. 삶에는 다른 차원이, 스스로의 생각에 모양과 형태와 유머를 주는 다른 차원이 필요합니다. 저는 그것을 정말로 느껴요. 작가가 아니고, 그런 차원이 없고, 이런 식으로 세상에 대해 자신과 대화를 나누지 않는다는 생각만 해도 공포에 질립니다.

1993년 1월 / 1995년 6월

샌드라 라비노비치, 메리 스틴슨과 인터뷰 공동 준비

"저는 살면서 수치심에 대해서 배운 것 같아요.
수치스러운 일이 있으면 그것을 말해야 한다고 생각해요.
그렇지 않으면 타인에게 당신을 휘두를 수 있는 힘을 주는 거니까요.
저는 그 무엇에도 휘둘리는 것을 견딜 수 없기 때문에
수치스러운 것을 직접 말하려고 노력합니다."

자메이카 킨케이드

자메이카 킨케이드
Jamaica Kincaid

나는 『뉴요커』에서 자메이카 킨케이드의 작품을 처음 만났다. 카리브 해 안티과 섬에 사는 어린 소녀와 어머니에 대한 강렬하고 감동적인 단편 소설들이었다. 킨케이드는 강렬한 관계를 회상하면서 여러 편의 단편 소설에서 그 관계의 힘, 덧없음, 심오한 양가감정을 탐구한다.

엄마와 딸에 대해서 글을 쓰는 것이 특별히 드문 일은 아니지만, 킨케이드의 이야기에는 집착, 서정성, 엄마와 딸을 갈라놓는 통렬함이 있다. 한 단편 소설에서 딸은 어머니의 애정이 사라진 것에 대해서 이렇게 말한다. "나는 19년의 인생 중에서 10년 동안 사랑의 종말을 애도했는데, 그것이 내 평생 단 한 번밖에 모를 진정한 사랑일지도 몰랐다."

킨케이드의 성장 이야기가 담긴 『애니 존』은 다른 두 작품과 함께 국제 리츠 헤밍웨이상 최종 심사에 올랐다. 다음 작품 『루시』에서 킨케이드의 또 다른 자아인 주인공은 뉴욕으로 가서 부유하고 진보적인 가족과 같이 살면서 보모로 일한다. 킨케이드 역시 열일곱 살이었던 1966년에 안티과를 떠났다. 그녀는 전기도 수도도 없는 집에서 자랐고, 역시 뉴욕의 외국인 보모로 일을 시작했다. 킨케이드가 최근에 말한 것처럼 "내 글은 마침표 하나까지 전부 자전적이다".

자메이카 킨케이드는 20대 초반에 자기 이름을 직접 선택했다. 태어났을 때의 이름은 일레인 포터 리처드슨이었지만 글을 쓰기 시작하면서 새로운 이름을 쓰면 주변 사람들에 대한 날카로운 평가도 자유롭게 쓸 수 있을 거라고 생각해 이름을 바꾸었다. 킨케이드는 아직도 날카로운 글을 쓰지만 이제 누가 자신을 알아볼까봐 걱정하지 않는다. 가장 최근에 나온 소설은 『내 어머니의 자서전』이다. 소설의 화자는 70세의 수엘라 클로데트 러처드슨이고, 킨케이드가 초기에 다루었던 주제가 계속 등장하지만, 거기서 더 나아가 자기 삶을 꽉 붙들고 전통적인 삶이 주는 안락함에 저항하는 굳건한 여성의 초상을 그린다.

자메이카 킨케이드는 세상을 떠난 『뉴요커』의 편집자 윌리엄 숀의 아들이자 작곡가인 앨런 숀과 결혼했다. 킨케이드의 말에 따르면 『뉴요커』에 글을 쓰기 시작했을 때 파티에서 만난 사람들이 어떻게 일을 얻었는지 물어보면 "아, 시아버지가 편집자예요"라는 농담을 하곤 했다. 킨케이드 부부는 아이들과 함께 버몬트의 베닝턴에서 아이들과 함께 살고 있다. 킨케이드는 또한 『뉴요커』에 자기 집에 대한 글, 정원 ——다문화적 정원,

역사적 정원, 흔한 체력과 정원에 대한 가꾸기 자체 ——에 대한 글도 써서 1997년에 책으로 엮어 냈다.

이 인터뷰는 1993년 6월과 1996년 2월, 두 번에 걸쳐 이루어졌다. 아쉽지만 두 번 다 전화를 통해서였다. 인터뷰를 읽어 보면 킨케이드는 놀랄 만큼 솔직하고 허세 없이 이야기할 뿐만 아니라 무슨 말이든 할 수 있는 사람임을 느낄 수 있다.

* * *

와크텔 당신은 안티과보다 미국에 더 오래 살았지만 글은 주로 어린 시절의 경험에서 나옵니다. 미국에서 살고 있지만 안티과 의 상상력을 가지고 있다고 말할 수 있을까요?

킨케이드 그렇게 말할 수 있을 것 같군요. 저는 대체적으로 미국 적인 가치관을 가지고 있는 것 같고, 그런 가치관이 없다 해도, 예를 들어 제가 걸프 전쟁을 지지하지 않는다 해도 ——사실 지 지하지 않아요 ——전쟁에 찬성하는 사람만큼이나 걸프 전쟁의 열매를 즐길 수 있습니다. 그러므로 저는 좋든 나쁘든 미국적 인 삶을 살고 있지만 아직도 제가 온 곳에 대해서 쓰고 있다고 할 수 있겠죠. 하지만 저라면 어딘가에 망명 중이라고 하겠어 요. 그게 미국의 멋진 점이죠. 미국에서는 스스로 망명자가 될 수 있어요. 남은 평생 미국에 살면서도 원래의 자신으로 남을 수 있죠. 미국은 그걸 허락해 줘요. 제 생각에 권리장전 외에는 모든 미국인이 동의하는 하나의 미국적 정체성이라는 것이 없어요. 하지만 권리장전은 정체성이 아니죠. 그건 사고방식이고, 누구든 어디서든 그런 사고방식을 가질 수 있어요.

와크텔 당신의 말은 미국을 용광로라고 부르는 흔한 개념과는 다르게 들리는군요.

킨케이드 저는 어떤 면에서 용광로란 늘 신화였다고, 하지만 미국이 용광로라는 생각이 통한다면, 그건 모두 녹아서 유럽인이 되는 것에 동의하기 때문이라고 생각합니다. 용광로에서 녹으면 앵글로-아메리카인이 되지만 점점 더 많은 사람들이 그것을 문제시하죠. 사람들은 용광로가 매력적이지 않다는 결론을 내렸어요. 그건 정말 그래요. 저는 미국에 살고, 투표도 할 수 있고, 미국인이 할 수 있는 것은 무엇이든지 할 수 있지만, 어떤 면에서 저는 미국인이라는 생각이 들지 않아요. 저는 수많은 미국적인 것들이 바다의 유목流木처럼 제 안에 모여 있는 것이 느껴져요.

와크텔 『뉴요커』에 정원 가꾸기에 대한 글을 썼고, 그것들을 모아서 책을 냈습니다. 그중 한 편의 글에서 안티과의 꽃과 식물이 어떻게 식민 역사를 반영하는지 분석하면서 동시에 뉴잉글랜드의 거의 모든 계절을 즐기며 버몬트의 정원을 가꾸고 있다고 고백했습니다. 당신의 현재 집과 예전 집 사이에서 어떤 균형감을 느끼나요?

킨케이드 균형은 일종의 만족감을 함축하죠. 아니요, 저는 어떤 균형감도 느끼지 않습니다. 전 모순적인 삶을 살고 있어요. 저는 이 세상의 밑바닥에서 온 사람이지만 지금은 세상 꼭대기에 있어요. 저는 제 자리를 멋지게, 아무런 회한 없이 차지하고 있고, 양심을 갖고 싶지만 제 몫보다 더 많은 것을 즐기지 못하지 않을 정도면 좋겠어요. 저는 가진 게 많습니다. 너무 많아요! 저는 아주 큰 집에 살고 있고, 땅도 있고, 정원도 있고, 유기농으로 작물을 재배하죠, 저처럼 키우면 토마토 하나에 10달러는 받아야 할 거예요. 그리고 저는 페루의 가난한 인디언들이 주식으로 먹는 작물을 키워야 하는지 아닌지 제 자신과 토론 중이에요. 하지만 저는 이런 일들을 전부 하고 싶어요. 저는 제 삶이 좋아요, 더 많이 갖고 싶을 뿐이에요.

균형이라고요? 아니에요. 저는 절대 균형감을 느끼고 싶지 않아요. 저에게 균형감이라는 게 있다면 저는 공화당에 투표를 하거나 뭐 그런 범죄에 가까운 일을 하고 있을 거예요! 아뇨, 저는 전혀 균형 잡혀 있지 않아요.

와크텔 안티과는 원래 노예 식민지였고, 1981년까지 영국의 지배를 받았습니다. 당신은 안티과의 분위기가 영국인들에게 영향을 받았고 ─정복에 의해 ─영국의 분위기를 물려받았다고 썼습니다. 영국의 유산을 설명해 주시겠습니까?

킨케이드 사실 저는 영국의 식민 지배에 큰 영향을 받은 마지막 세대인 것 같아요. 저희 세대는 어떤 면에서 아주 영국적이에요, 분명 문학을 통해서 그렇게 되었죠. 우리는 세상을 유럽식이 아니라 영국식으로 봅니다. 정복의 유산은 대부분 잔인해요. 사랑과 동정과 자선이 아니라 잔인함이죠. 사람들이 자기 아이들을 버리고 가는 것도 그러한 유산이죠.

와크텔 아이들을 버리고 간다는 게 무슨 뜻이죠?

킨케이드 아이들을 버리고 캐나다나 영국으로 일을 하러 가거든요. 그것에 대한 글이 아주 많아요. 물론 제 글은 아니죠, 저에게는 저를 절대 버리지 않는 보기 드문 어머니가 있었으니까요. 하지만 서인도제도의 문학과 삶에는 버려짐이 무척 많습니다. 안티과에서 사람들은 서로를 떠나죠, 정상적인 상황이라면 서로 사랑할 것 같은 사람들이 떠나 버려요. 평범한 사람들의 잔인함이 바로 유산입니다. 제 생각에 전형적인 식민지 사람은 자신이 누구인지, 어떤 사람이 될 것인지에 관심을 갖지 않습니다. 따라서 일반적으로 문화라고 부르는 것들——서로에 대한 관심, 자기 삶의 방식에 대한 관심——은 사실 존재하지 않아요. 한 마디로 이러한 경험에서 잔인함이라는 유산이 나오죠.

와크텔 놀라운 이야기군요. 사람들이 보통 자기 사회——식민 지배에서 독립한 사회——에 대해서 쓸 때는 잔인함처럼 불편하고 불쾌한 것을 분별해 내기보다는 자기 민족을 낭만화하는 경향이 있는데요.

킨케이드 네, 그런 역사에도 불구하고 우리는 여전히 놀랍고 멋지다고 말하는 경향이 있지만, 그건 진실이 아닙니다. 적어도 제 경험으로는 그래요. 식민 지배가 아주 강하고 성공적인 곳에 가 보면 알지요. 아프리카, 카리브해 같은 곳 말이에요. 아프리카는 구제불능이에요. 과연 치유가 될지 저는 모르겠어요. 식민 지배자들이 아프리카 사람들의 영혼은 건드리지 않았다는 말은 사실이 아니에요. 아프리카 사람들은 서로에게 무척 잔인해요. 굶어죽는 사람들을 봐도 그렇죠. 아프리카의 지도자들이 자기 국민의 얼굴을 보면서 어떻게 마음이 움직이지 않을 수 있겠어요? 하지만 마음이 움직인 것 같지 않아요. 그들은 식민 지배를 받을 때 당했던 일을 계속하죠, 사실 더 심해요. 진실은 식민주의가 모든 곳에 잔인함과 잔혹함과 도둑질을 유산으로 남겼다는 것입니다. 식민주의자들이 온건한 방식으로 저지르던 짓을 이제 우리는 과장되고 그로테스크한 방식으로 서로에게 저지릅니다. 그래서 식민 지배를 받을 때 아프리카인들은 거의 먹지 못했지만 아프리카의 지배하에서는 아예 먹지 못해요. 그런 식이죠. 서인도제도는 아프리카만큼 과장되지는 않았고 아프리카만큼 잔인한 지배를 받지는 않았어요. 착취할 게 별로 없었으니까요. 하지만 식민지 시대가 끝나자 서인도제도의 지배자들은 식민 지배자들보다 더 심하게 사람들을 지배했습니다. 안티과 사람들은 의료 서비스와 교육처럼 우리가 인프라라고 부르는 것을 당연하게 생각했어요. 영국만큼 좋지 않을지는 몰라도 아무튼 있긴 있었죠. 하지만 자치가 시작되고 나서는 그마저도 사라졌습니다. 병원의 상황은 아주 나빠요, 병원이 있긴 있다면 말이에요. 저는 어렸을 때 영양실조를 본 적이 없지만 지금 안티과에는 영양실조가 있어요. 지금의 상태를 영속화하고 싶지 않다면 낭만화할 이유가 없지요.

와크텔 식민 지배를 처음으로 인식하고 거부했던 특정한 사건이나 순간이 있습니까?

킨케이드 저는 왠지 모르지만 영국 국가 "브리타니아여 통치하라"가 이상하다고 생각했어요. "브리튼 사람은 절대 노예가 되지 않으리"라는 가사가 있거든요. 그게 이상하다고 생각했던 기억이 나는데, 그게 시작이었던것 같습니다. 저희 어머니는 마거릿 공주가 서인도제도를 방문한다는 소식을 듣고 무척 흥분했습니다. 영국 왕실은 마거릿 공주가 유부남과 불륜을 저지르자 공주의 주의를 돌리려고 서인도제도로 여행을 보냈고, 서인도제도 전체가 공주의 존재에 흥분했어요. 마거릿 공주가 서인도제도에 머물 때 저는 걸스카우트 비슷한 단체에 억지로 들어가야 했어요. 그 순간이 뭔가 잘못되었다는 깨달음의 시작이었던 것 같습니다. 제가 기억하는 한 저는 늘 반식민주의적, 반영국적인 감정을 가지고 있었어요. 하지만 참 이상한 일이죠. 제가 그런 감정을 표현할 수 있는 유일한 언어는 영어, 즉 저를 괴롭힌 자들의 언어밖에 없거든요. 어떤 면에서는 참 재미있죠.

와크텔 소설에 등장하는 애니 존과 루시처럼 당신은 십대 때 안티과를 떠나 세상으로 나왔습니다. 겨우 열일곱 살이었죠. 탈출을 하는 느낌이었습니까?

킨케이드 아니요. 그러면 감당할 수 없었을 테니까요. 탈출임을 깨닫는다는 것은 제가 어디로 가는지 알았어야 한다는 뜻이에요. 그것은 저 스스로를 어느 정도 이해했을 거라는 의미죠. 하지만 당시의 저는 그런 생각을 견딜 수 없었을 거예요. 지금 생각해 보면, 네, 그건 탈출이었고 저는 절대 돌아가지 않으리라는 사실을 알았어요. 돌아가느니 죽겠다고 생각했던 것 같습니다. 하지만 저는 많은 위험을 무릅썼어요. 아는 사람 하나 없는 이 나라로 왔고, 아는 사람이 하나도 없는 곳들을 전전하며 살았어요. 저는 작가가 되기로 결심했지만 추천장 하나 없었지요. 모든 기회를 이용했지만 결과가 어떻게 될지는 몰랐어요. 저에게는 자의식이라는 게 없었어요, 제가 뭘 하고 있는지 알고 싶지 않았어요. 그러니 제가 탈출을 하고 있는 건지도 알고 싶지 않았을 거예요. 받아들일 수 없었을 테니까요. 저는 본능에 따라서 행동할 수밖에 없었어요. 잠시 멈춰서 생각이라는 걸 했다면 절벽에서 떨어졌을 거예요.

와크텔 그 이유를 아십니까?

킨케이드 정말 힘든 일이었습니다. 열일곱 살짜리에게는 너무 큰 일이었죠. 저는 분명히 사랑받으며 자랐고, 사람들은 저를 유난히 믿었어요. 저는 많은 응원을 받았어요. 그런 응원을 일부러 잘라냈다면 결과적으로 저는 무너졌을 거예요. 그때 저는 누구에게도 지금 당신에게 말하는 것처럼 솔직하게 말할 수 없었습니다. 제 자신에게는 물론이고요. 아주 높은 곳을 걸어가는 것과 같았어요. 지금도 그때를 생각하면 기절할 것 같아요. 나이아가라 폭포에서 가느다란 줄을 타는 사람의 사진을 보는 것과 같아요. 어떻게 제가 그렇게 살았는지 모르겠어요. 지금 저에겐 사랑하는 가족, 멋진 친구들, 그리고 어느 정도 성공적인 경력이 있습니다. 그런 지금의 나도 그때 어떻게 그렇게 했는지 모르겠다면, 아무것도 없었던 그 당시에는 어땠을지 생각해 보세요. 저는 감히 알아내려 할 수가 없었어요!

와크텔 『루시』의 화자는 부유한 미국 가정에서 보모로 일하는 젊은 안티과 여성인데, 허물을 벗고 다시 태어나는 듯한 느낌이 있습니다. 집을 떠나온 루시는 백인 미국의 가치관 안에서 소외된 자신을 발견합니다. 당신도 루시처럼 두 정체성의 중간에 있다는 느낌이 들었습니까? 아니면 그것 또한 너무 의식적인가요?

킨케이드 그것은 너무 의식적인 경험이었고, 저는 그때도 지금도 백인 미국과 흑인 미국을 구분하지 않습니다. 제가 구분할 수 있는 게 아니에요. 저는 특권과 힘을 가진 사람과 특권도 힘도 없는 사람을 구분했을 거예요. 그러한 말——백인 미국인, 흑인 미국인——로는 현실을 올바로 설명할 수 없습니다. 결국 피부색은 전혀 중요하지 않아요, 일종의 약칭일 뿐이죠. 따라서 저는 그런 식으로 구분하지 않습니다. 그리고 제가 보기에 백인의 가치관이나 흑인의 가치관 같은 것은 없어요. 사람들은 자신이 할 수 있을 때 할 수 있는 것을 하지요. 『루시』에 "백인"과 "흑인"이라는 단어는 한 번도 나오지 않아요. 루시 같은 배경을 가진 사람이 인종을 의식한다고 하면 틀린 말이지만 힘의 불균형을 의식한다고 하면 틀린 말이 아닐 겁니다.

와크텔 네, 루시가 고용주와 기차를 타고 가는 장면이 있는데, 루시는 식당칸에 앉아 있는 사람들이 전부 고용주나 고용주의 친척처럼 보이고 서빙을 하는 사람들은 전부 자신이나 자기 친척들처럼 보인다고 생각합니다.

킨케이드 저는 사람들이 백인의 가치관이라는 말을 물질적이라는 뜻으로 쓰는 것 같아요. 그런데 전 좋은 냉장고를 갖는 게 뭐가 잘못된 건지 전혀 모르겠어요. 이제는 저도 좋은 냉장고를 가지고 있죠. 저는 전부 가지고 있어요. 물론 그것을 얻는 수단으로 전 세계의 수많은 사람을 억압한다면 그것을 지지하지는 않겠지만, 성공하면 저도 그냥 줄을 서서 제 몫을 즐길 거예요.

저는 인종에 정말 관심이 없어요. 인종에 대해서 생각하기 시작하면 진짜 문제가 뭔지 헷갈리죠. 왜냐면 인종 문제라는 것은 사실 인종이라는 생각을 강요할 수 있는 권력을 가진 집단이 있고 인종이라는 생각을 받아들여야 하는 힘없는 집단이 있다는 뜻이니까요. 보통 우리가 아침에 일어나서 침대에서 나왔을 때 제일 먼저 드는 생각이 자기 인종은 아니라는 거예요. 아마도 제일 먼저 드는 생각은 불안하다는 느낌, 차가운 세상 또는 따뜻한 세상을 다시 마주해야 한다는 충격이겠죠. 어떤 환경에 있든 침대에서 한 발짝 나가면 세상은 믿을 수 없을 만큼 불편해요. 정신적으로 아주 혼란스럽지 않은 이상 제일 먼저 생각하는 것은 자신의 인종이 아니라 자신이 인간이라는 사실, 그것이 얼마나 힘든 일인가입니다.

와크텔 하지만 세 번째나 네 번째로 생각해야 하는 것이 인종일 지도 모르잖아요.

킨케이드 음, 맞는 말입니다. 생각하는 게 아니라 생각해야만 하는 거죠. 하지만 평범한 세상에서는 인종을 생각하지 않아요. 제가 자란 평범한 세상에서, 저는 아침에 일어나서 인종을 제일 먼저 생각하지는 않았지만, 저의 평범한 세상에서는 모두 흑인이었어요. 그러므로 저에게 평범한 것은 흑인이에요. 지금 저는 사람들이 대부분 흑인이 아닌 곳에 살고 있지만, 사람들은 제가 흑인이라는 사실을 언급하지 않고 저도 그들이 흑인이 아니라는 사실을 언급하지 않아요. 우리가 다르다는 사실을 잊어버리죠. 우리는 이 작은 마을에서 살고 있고 서로에게 정말 친절하니까요. 그 사람들이 저를 보면서 "세상에, 흑인이잖아" 라고 생각할 수도 있지만 그런 말은 절대 하지 않기 때문에 저 는 그 사실을 완전히 잊어버려요.

저는 아프리카인들이 정복자들의 믿음을 받아들이지 않았 다면 어떻게 되었을까, 라는 생각에 늘 매료됩니다. "누가 당신 을 만들었을까?"처럼 간단한 질문도 무기예요. 누가 지나치게 정치적이라는 말은 매일 생각을 너무 많이 하고 어떤 것도 그 냥 넘기지 않는다는 뜻이에요.

그러면 아프리카인들이 기독교를 믿게 되지 않았다면, 자신 들의 현실 감각을 유지하면서 그것이 존재할 권리를 주장했다 면 어떻게 되었을까라는 생각으로 돌아오죠.

와크텔 그랬다면 어떻게 되었을까요?

킨케이드 저도 정확히 모르겠지만 항상 그런 생각을 합니다. 물 론 유대인이라는 예가 있죠, 유대인은 믿음을 지켰어요. 그러면 어떻게 되었을까요? 저도 모르겠어요. 우리는 모두 똑같은 난 제를 안고 있어요. 어떻게 살 것이냐는 거죠. 어떻게 되었을지 는 모르겠지만 제 입장에서는 싫어하는 것을 선택할 수 있으니 까 아주 좋았을 것 같아요. 당신이 모욕하고 패배시키고 파괴 한 사람들이 당신과 똑같은 용서와 구원을 믿는다면 정말 만족 스럽겠죠. 그들에게 끔찍한 짓을 한 당신과 똑같은 것을 믿는

다니 말이에요. 정말 대단할 거예요!

와크텔 루시라는 인물은 자기 정체성을 갈망할 때 감정적으로 냉혹합니다. 과거에 짓눌리지도 않고, 가족이나 친구나 연인에게 답장을 쓰지도 않죠. 가끔은 어머니의 편지에도 답장을 하지 않아요. 스스로 자유로워지기 위해서 필요한 것인가요?

킨케이드 성인聖人이 될 생각이 아니라면 전 그렇다고 생각해요. 평생 그렇게 살아야 한다고 생각하지는 않지만 젊을 때는 이해할 만하고 용서받을 수 있는 행동이에요. 평생 계속 그렇게 한다면 결국 해가 되어 돌아오겠지만, 삶을 시작할 때는 유용한 방법이에요. 제 경험상 하는 말이에요.

와크텔 당신도 그렇게 해야 한다고 느꼈나요?

킨케이드 네. 저는 제 자신을 위한 공간을 냉혹하게 만들어 내야 한다고 느꼈어요. 누가 저에게 남겨 두고 온 가족을, 저를 먹이고 키웠던 가족을 보여 주면서, 뒤집히는 배에 탄 가족을 보여 주면서 나에게 크나큰 자기 확신과 자신감을 줄 변화를 포기하면 가족을 구할 수 있다고 말했어도 스무 살의 저는 분명히 "뒤집히게 두세요"라고 대답했을 거예요. 저는 가족을 돕기 위해서 내 삶을 희생시키지 않았을 거예요. 하지만 이제는 그렇지 않죠. 제가 평생 그렇게 남아 있다면 비극일 거예요.

와크텔 지금 그렇게 말씀하시는 것만 들어도 약간 충격적이네요, 아주 극단적이에요.

킨케이드 음, 충격적일지도 모르지만 사실이에요. 저는 제 기억과 제 자신에게 최대한 진실하려고 노력해요. 내가 얼마나 진실한지 과장할 생각은 없지만—그건 사실이 아니니까요—이 말이 사실이라는 건 알아요. 거기서 물러설 생각은 없어요. 이것이 진실이고, 저에 대한 진실이었어요. 아까도 말했지만 마흔 살이 된 지금 내가 그렇게 말한다면 끔찍할 거예요. 하지만 전 지금은 그렇게 말하지 않아요. 저는 가족을, 안티과에 두고 온 가족을 도울 수 있다면 변화를 포기할 거예요. 저는 지금 저의 가족, 그러니까 제 아이들과 남편을 위해서라면 남은 평생 좋은 변화를 전부 포기할 수도 있어요. 그러니까 제 말은, 지금의 제가 스무 살 때처럼 자기 잇속만 차리고 자신에게 푹 빠져서 자기밖에 모르는 무자비한 사람이 아니었으면 좋겠다는 거예요. 저는 그렇지 않다고 믿어요. 하지만 그때는 그런 사람이었고, 분명히 말하지만 20대 때 그렇게 살았던 것을 한순간도 후회하지 않아요. 스무 살로 돌아가서 다시 선택을 할 수 있다 해도 또 그렇게 할 거예요.

와크텔 당신은 일레인 포터 리처드슨으로 태어났지만 20년쯤 전에 자메이카 킨케이드라는 이름을 선택했습니다. 왜 그 이름을 선택했나요?

킨케이드 저는 글을 쓰고 싶었어요. 제 자신과 가족에 대해서 잔인한 이야기를 하게 될 텐데, 가족들이 제가 누군지 알아차리지 않기를 바랐죠. 하지만 제가 말을 안 해도 가족들은 자기 이야기라는 걸 바로 알아차리고 "이거 일레인 아니야?"라고 말했죠. 그 후에 법적으로 개명을 했어요. 누가 나를 일레인이라고 부르면 정말 이상해요. 저는 그 이름을 가진 사람을 만날 때마다 항상 흠칫했죠. 그 이름을 가진 사람이 좋은 사람이라고 상상할 수 없어요.

와크텔 자메이카 킨케이드라는 이름은 어떻게 지었습니까?

킨케이드 저는 실험을 하고 있었어요. 버나드 쇼였나, 책에도 비슷한 이야기가 나왔던 것 같아요. 저와 친구들이 각자 이름을 지어서 부르고 있었는데, 갑자기 자메이카 킨케이드라는 이름이 떠올라서 "이제 그게 내 이름이야"라고 말했죠. 다른 섬에서 따온 이름들도 있었지만 자메이카라는 이름이 마음에 들었어요. 그리고 아시겠지만, 미국에서는 그렇잖아요. "이게 내 이름이야"라고 말한 순간부터 친구들은 전부 그 이름으로 저를 불렀어요. 누구도 저에게 그게 제 본명이 아니라고 말하지 않았어요. 다들 그냥 받아들였지요. 미국이니까요. 여기서는 자신을 만들어 낼 수 있죠. 이곳에 살던 사람들이 희생되었지만, 미국은 이 세상에 커다란 선물이에요.

와크텔 『애니 존』과 『루시』도 그렇고, 논픽션도 그렇고, 당신 작품 속의 목소리는 무척 독특합니다. 강렬하고, 시적이고, 무척 정직하죠. 수전 손택도 당신 목소리가 감정적으로 얼마나 진실한가에 대해서 이야기했던 것 같은데요. 그 목소리는 어떻게 나타났습니까?

킨케이드 저도 알고 싶어요. 진실한 목소리 같아서 저는 무척 기쁩니다. 정직하다는 제 말이 거짓말이 아닌 것 같아서요. 저는 살면서 수치심에 대해서 배운 것 같아요. 수치스러운 일이 있으면 그것을 말해야 한다고 생각해요. 그렇지 않으면 타인에게 당신을 휘두를 수 있는 힘을 주는 거니까요. 저는 그 무엇에도 휘둘리는 것을 견딜 수 없기 때문에 수치스러운 것을 직접 말하려고 노력합니다. 이것 역시 힘을 가진 것과 힘이 없는 것에 대한 집착과 관련이 있죠. 누구든 저에 대해 나쁜 말을 할 게 별로 없어요. 제가 이미 직접 말했으니까요. 우리에게 수치스러운 것이 있으면 그것이 우리를 방해하고 우리를 무릎 꿇릴 수 있어요. 저는 무릎을 꿇는 것은 상관없지만 뭐든지 직접 하고 싶어요. 저는 제 안에서 수치스러운 것을 찾아서 그걸 말합니다.

와크텔 흥미롭군요. 『애니 존』의 여주인공이 학교에서 에세이를 쓰는데, 어머니가 나쁘게 비치는 것을 견딜 수가 없어서 자기 검열을 하지만 또 자기가 어머니를 얼마나 경멸하는지 다른 사람이 알아내는 것도 견딜 수 없다고 인정하죠. 작가인 당신이 기꺼이 드러내려는 것을 애니 존은 감춥니다.

킨케이드 다른 사람이 알아내기를 바라지 않을지는 모르지만 자신은 알고 있죠. 저는 소설에서 정말 다 말했어요. 가끔 제 자신도 놀랄 정도지요. 지금 쓰고 있는 글에서 가족에 대해서, 남편에 대해서 아주 솔직한 이야기를 하는데, 제 글을 전부 읽어 주는 남편이 그러더군요. "당신, 정말 이걸 다 말하고 싶어?" 하지만 저는 그래요, 아주 솔직해지려 애쓰고 있어요. 저는 가족의 깊숙한 비밀도 쓰지만, 타자기 앞에서 물러나면 더 이상 그 사람이 아니에요. 길거리에 서서 제 자신에 대한 이야기를 큰소리로 떠들지는 않아요. 저는 저에게 일어난 모든 일을 글로 쓰려고 노력합니다. 아마 어렸을 때 수치심 때문에 크게 힘들었나 봐요. 사실 그랬어요. 동생들이 태어나면서 가족의 사랑을 잃었다는 것이 수치스러웠고, 나이가 들면서 제가 물려받은 것과 가정생활의 여러 부분을 수치스럽게 여기게 되었던 것 같아요. 아버지는 친아버지가 아니었는데, 저는 분명 그 사실을 알면서도 몰랐어요. 너무 수치스러웠으니까요. 저는 무척 고통스러웠을 거예요. 그것 때문에 무력해진 기분이었거든요. 그래서 저는 그걸 전부 글로 썼죠.

와크텔 아까 루시가 감정적인 독립을 해내야 했던 것에 대해서, 누구의 참견도 거부했던 것에 대해서 이야기를 나누었습니다. 당신의 모든 소설에서 가장 강렬한 사랑이나 증오의 감정은 모녀관계를 중심으로 합니다. 모녀관계가 당신에게 어떤 힘에 갖는지 이야기해 주시겠습니까?

킨케이드 제가 나이가 들수록 어머니와 저 사이의 영향력이 약해졌는데, 아마 저 역시 어머니가 되었기 때문일 거예요. 저는 이제 예전보다 어머니를 잘 이해할 수 있는 인생의 단계에 다다랐어요. 하지만 다른 종류의 사랑으로, 다른 종류의 영향력으로 대체되었기 때문에 예전만큼 대단하지 않죠. 저는 이제 아이가 둘이고 남편이 있으니, 제 삶에 어머니와 나의 공간은 아주 적어요.

딸이 저에게 엄청난 영향력을 미치고 있고, 저는 그것을 분명히 파악하는 것에 무척 큰 흥미를 느껴요. 오해일지도 모르지만, 저는 딸을 아주 잘 안다는 느낌이 들어요. 딸은 분명 그것을 크나큰 짐이라고 여기겠지요. 하지만 저는 딸을 잘 아는 느낌이 들어요. 아들이 저에게 미치는 영향력은 저도 잘 이해하지 못하겠어요. 저는 아들을 정말 사랑하지만 그 방식이 달라요. 저에게 아들은 수수께끼 같아요. 저는 남자를, 남성성을 정말 잘 모르겠어요. 저는 아들을 보면서 종종 딸에게는 느끼지 않는 호기심을 느껴요.

저는 딸을 썩 오래 알지 못했기 때문에 ─지금 겨우 여덟 살이거든요─ 딸이 저에게 미치는 영향력을 어떻게 표현할지 정말 모르겠어요. 제가 딸을 얼마나 사랑하는지, 딸에게 얼마나 의존하는지, 가까이에서 딸을 보는 것에 얼마나 의존하는지, 또어떤 면에서 제가 딸을 얼마나 숭배하는지 생각하면 정말 흥미로워요. 그런 영향력이 어떻게 전개되는지 지켜보면 정말 흥미로울 거예요. 저에게는 좀 다를지도 모르겠어요. 저는 딸아이의 감정기복을 무척 강하게 동일시해요. 최근에 딸이 캠프에 가서 며칠 동안 보지 못했는데, 캠프를 방문했다가 딸 앞에서 할 말을 잃어서 정말 놀랐어요. 저는 인생의 서로 다른 단계에 강력한 두 여자——처음에는 어머니, 지금은 제 딸——에게 경외감을 느낄 운명인가 봐요.

와크텔 딸에 대해서 하는 말을, 딸을 얼마나 숭배하는지 들으면서 당신이 어머니와 어머니를 향한 애착에 대해서 쓰는 방식에 떠올리니 비슷하게 느껴집니다. 당신이 쓰는 표현도 그렇고요.

킨케이드 저는 딸을 정말 그런 식으로 생각해요. 하지만 엄마도 그랬고 제 딸도 그럴 가치가 있어요. 딸이 저를 어떻게 느끼는지 저는 모르겠어요, 그건 제 딸에게 물어보셔야 합니다. 언젠가 딸과 어디에 갔는데 어떤 사람이 저를 알아보고 무척 칭찬을 했어요. 한참 후에 제 딸이 자기 아빠한테 그때 일을 이야기하더라고요. 제가 딸의 이야기를 듣고 말했지요. "그래서 창피했니?" 그러자 딸이 말했어요. "아니요, 엄마가 자랑스러웠어요." 딸은 겨우 여덟 살이에요. 저는 딸에 대한 제 감정밖에 말할 수 없어요. 딸의 감정은 어떤지 몰라요. 약간 창피할지도 모르죠.

와크텔 어머니와의 관계에 대한 설명을 들어 보면 복합적이고 계속 변화하는 것 같습니다. 처음에는 낙원처럼, 에덴동산처럼 시작하지만 얼마 후 동산에서 쫓겨나고, 증오에 가까운 강렬한 감정이, 엄마가 죽은 모습을 보고 싶다는 욕구가 등장합니다. 딸에 대해서 이야기하셨는데, 그런 감정이 당신에게 돌아올까 봐 걱정되나요?

킨케이드 그런 걱정은 하지 않아요. 그런 건 걱정할 수가 없어요. 아이들의 인생은 아이들의 것이고, 그렇게 되면 어쩔 수 없죠. 하지만 과연 그렇게 될까 싶긴 해요. 제가 어머니를 증오하는 감정은 사실에 바탕을 둔 것이고 제가 만들어 낸 게 아니에요. 하지만 또 하나 기억해야 할 것은, 한 사람의 심리가 얼마나 복잡해질 수 있느냐죠. 저는 아주 어릴 때『실락원』을 읽었는데, 사탄과 저를 동일시했어요. 제가 깨닫기 한참 전에 그런 지적을 받은 적이 있어요. 제 작품은 맨 처음에 낙원을 중심으로 시작하는데, 주인공이 거기에서 추방되어서 절대 돌아가지 못한다고요. 저는 어렸을 때 요한묵시록을 읽음으로써 스스로를 고문하는 동시에 즐기곤 했어요. 제가 전혀 다른 책들을 읽었다면 제 문학적 인생 전체가『실락원』에 바탕을 두지 않았을 가능성도 높죠. 자기도 모르는 것이 큰 영향을 미쳤다는 건데, 정말 그랬어요. 우리는 학교에서 나쁜 짓을 하면 벌로『실락원』을 베껴 써야 했어요.

와크텔 당신은 집을 떠난 후 19년 동안 어머니를 만나지 않았습니다. 집으로 돌아갔을 때 당신은 분명히 다른 사람이었겠지요.

어떤 경험이었습니까?

킨케이드 완전히 다른 사람은 아니었어요. 나이를 더 먹긴 했지만 완전히 달라지지는 않았죠. 헤어졌을 때 그대로 전혀 어색하지 않았고, 저는 어머니를 다시 만난 후에야 진정으로 성장했어요. 아이처럼 말이죠. 제가 애를 낳지 않았다면 어머니를 다시 만나지 않았을지도 모른다니, 정말 믿을 수가 없습니다. 저는 어머니가 되었고, 제 어머니와 똑같은 실수를 하고 싶지 않았기 때문에 어머니를 만나고 싶었어요. 저는 제 아이들이 저를 20년이나, 그렇게 오랫동안이나 저를 만나지 않는 것은 바라지 않았기 때문에 어머니를 만나러 갔습니다. 우리는 관계를 다시 시작했는데, 우리 관계의 새로운 단계는 3년 전에 끝났어요. 어머니가 저희 집에 오셨는데 제가 거의 신경증을 일으켰거든요. 저도 정말 모르겠어요.

저는 안티과를 처음 떠났을 때 몸무게가 77킬로그램 정도였는데, 어머니를 다시 만났을 때는 59킬로그램 정도였던 것 같아요. 그리고 책도 두 권 썼죠. 하지만 아주 다르지는 않았어요. 시대가 다른 게 더 컸죠. 우리는 서로 정말 달라요, 저는 더 이상 엄마의 딸이 아니니까요.

와크텔 『애니 존』의 마지막 부분에서 당신 어머니가 이렇게 말합니다. "네가 무엇을 하든 어디를 가든 중요하지 않아, 나는 항상 네 엄마일거고 여기는 항상 네 집일 거야."

킨케이드 네, 아이에게는 정말 듣기 좋은 말이죠. 우리는 절대 아이를 거부해서는 안 되지만, 아이가 우리를 거부하도록 허락해야 합니다. 사실 아이는 엄마가 나에게 뭐예요, 라고 말할 필요가 있어요. 그래야만 해요. 그건 우리가 엄마 노릇을 제대로 할 때 받는 보상이에요. 아이들이 묻죠, 엄마는 누구예요? 엄마는 저랑 무슨 상관이에요? 답은 아무것도 아니라는 거예요. 말씀드린 것처럼 남편과 제가 딸아이의 캠프에 찾아갔는데, 아이가 딱 그렇게 말한 건 아니지만 거의 그러기 직전이었어요. 네, 저는 우리가 부모 노릇을 제대로 하고 있구나 생각했지요. 딸 아이는 자기가 만든 그 멋진 세상에 우리가 침입이라도 한 것처럼 느꼈어요. 우리는 그 애가 우리 딸이라는 사실을 상기시키고 있었죠. 딸아이가 멀게 느껴지고 거의 우리를 부인하는 것 같았어요. 우리는 정말 흥분했죠!

와크텔 『루시』의 여주인공은 기억, 분노, 절망이 창의적인 자산이라고 말합니다. 당신의 자산은 뭐라고 할 수 있을까요?

킨케이드 물론 기억이죠. 제가 지금 예전의 나에게 연민만 느끼는 삶을 살고 있는 건 아니에요. 기적 같은 일이 일어나 지금과 같은 삶을 살고 있지 않다면 저는 아직도 그런 사람이었겠지요. 저와 같은 위치의 많은 사람들이 기억을 아직 가지고 있는지 모르겠지만, 저는 기억을 가지고 있어요. 그리고 분노도요.

제 생각에 사람들은 분노를 부끄러워하는 것 같아요. 유럽 남자가 분노하는 것은 괜찮아요. 이제 그 특권이 유럽 여자에게까지 확대되었을지도 모르죠. 하지만 나 같은 피부색과 나 같은 성별을 가진 사람이 분노하면 사람들은 불편하게 여겨요. 우리는 아무도 듣고 싶어 하지 않는 이야기를 하기 시작하는데, 거기에 기억까지 있으면 정말 끔찍하죠. 저는 아직도 기억하고 분노해요. 절망은 하지 않지만 오늘 우연히 그런 것뿐이에요. 가끔은 절망을 하고, 절망으로 글을 많이 썼습니다. 절망 역시 우리가 부끄러워하는 거죠. 한탄하거나, 절망에 빠지거나, 어쨌든 불행한 거요. 저는 종종 불행하고 종종 절망하는데, 현재의 삶에 대해서 그런 건 아니에요, 가끔 그럴 때도 있지만요. 그건 신경 쓰지 않아요. 절망은 삶의 일부이고, 가끔은 무겁지만 또 가끔은 그렇지 않아요. 멋질 때도 있어요. 저는 절망스럽거나 행복할 때면 타자기 앞으로 달려갑니다. 매일 절망하는 것은 아니지만 기억은 매일 하는 것 같고, 이런 저런 생각을 오래 하다 보면 확실히 분노가 몰려오죠. 그 두 가지는 항상 간직하고 싶어요. 바람직한 것을 전부 가진 사람이라고 해서 왜 분노를 하면 안 되는지 모르겠어요. 어쨌든, 우리는 모두 죽잖아요. 저는 그 사실만으로도 분노할 수 있어요.

와크텔 『내 어머니의 자서전』이라는 최신 소설 제목은 무척 흥미를 자극합니다. 왜 그런 제목을 붙였지요?

킨케이드 전 처음부터 제가 그런 소설을 쓰리라는 것을, 영국이 지배하는 서인도제도에 사는 어떤 여성의 일생을 그리게 될 것을 알았어요. 제 이야기도, 제 세대의 이야기도 아니었지만 자전적인 목소리로 이야기를 하고 싶었습니다. 물론 자서전은 자기 목소리로 자기 이야기를 하는 것이지만, 저는 모계 쪽을 거슬러 올라가 볼 수 있다고, 제 이전의 모든 여자들의 삶은 저의 일부라고 믿어요. 그러니 저의 삶이라고, 저의 전기라고 생각할 수 있죠. 엄밀히 말하면 그렇지 않지만요.

와크텔 당신 어머니의 삶을 쓰신 건가요?

킨케이드 어머니 세대의 이야기는 맞지만, 전혀 그렇지 않습니다. 저는 어머니의 삶을 자세히 모르지만 이 책의 주인공이 자기 운명을 통제하는 느낌 ──물론 운명은 계속 빠져나가지만요──과 자아 의식은 어머니에게서도 느껴져요. 자신의 이야기에 대한 권위를 갖는 것, 어머니에게서는 특히 그런 것이 느껴지죠. 말했듯이 이건 순전히 공상이에요, 누구도 그런 힘은 없어요. 하지만 그렇게 생각하는 것을 좋아하죠.

와크텔 당신은 우리에게 수수께끼를 던집니다. 이야기 속의 여성은 아이를 낳지 않기로 결심하지만 "내 어머니의 자서전"이니까요. 벌써 역설이 생기죠.

킨케이드 네. 저는 제가 없는 삶을 상상해요. 태어난 것을 후회하는 사람은 없어요. 어쩌면 우리는 다른 시작을 바라는 건지도 몰라요. 이것은 그런 질문에 대한 대답이에요.

와크텔 당신은 소설에서 모녀관계에 대해서 많이 썼습니다. 이 소설에서 주인공의 어머니를 책 첫 문장에서 죽이기로 결정한 이유는 무엇인가요?

킨케이드 저는 글을 쓸 때 제가 쓴 다른 글에 대해서 생각하지는 않아요, 당장 쓰고 있는 글만 생각하죠. 그렇게 표현하니 제가 처음 생각했던 것보다 훨씬 단호하게 들리는군요. 주인공의 삶은 어머니가 죽는 것에 의해서 결정됩니다. 삶의 맨 처음에 끝이 함께 있었던 거죠, 그게 자연스러운 진행이니까요. 부모님을 보면 우리가 죽음을 피할 수 없다는 사실을 믿기 어렵죠, 우리는 아직 아이니까요. 하지만 우리를 지켜 줄 절대적인 부모가 곁에 없으면 이제 다음 차례는 우리라는 현실을 끊임없이 실감하며 살아요.

와크텔 그래서 주인공의 어머니가 주인공을 낳다가 죽는 것이군요.

킨케이드 네. 그리고 어떤 면에서는 그것이 불임의 원인이에요. 주인공에게는 번식의 기반이 형성되지 않았으니까요. 누구도 그녀의 어머니가 아니고, 따라서 그녀는 더 나아갈 수 없는 거예요. 그녀로 끝나는 거죠.

와크텔 초반에 주인공은 아무도 그녀를 사랑하지 않는다면 자신도 아무도 사랑하지 않겠다고 결심하는데—

킨케이드 하지만 그녀는 자신을 사랑하죠. 나르시시스트적이고 자기중심적일지도 모르지만, 그런 나르시시즘은 아이를 낳지 않는 한 아무런 해도 끼치지 않아요. 그녀는 자신을 사랑하고, 자신을 사랑할 수 있다면 다른 사람들에게까지 그 사랑을 확장시킬 가능성이 아주 커요. 또 그녀에게 사랑이 없는 것은 아니라는 점을 인정해야 할 거예요. 그녀는 다른 타인을 무척 큰 연민을 가지고 봐요. 조심해야 합니다, 누가 자신을 그렇게 뚜렷하게 안다는 것은 사실 자신을 전혀 모른다는 뜻이에요. 주인공은 자기가 사랑을 할 수 없다고 종종 말하지만, 저는 그 말을 의심해야 한다고 생각합니다.

와크텔 아, 역시 신뢰할 수 없는 화자였군요.

킨케이드 바로 그거예요! 삶이 대부분 그렇듯이 말이죠.

와크텔 주인공이 세상을 인식할 때 언어가, 또는 방언의 차이가 큰 역할을 하는 것 같습니다. 주인공은 계속 말을 하지 않다가 네 살 때 처음으로 말을 하는데, 주변 사람들이 쓰는 프랑스어 방언이 아니라 영어예요. 그녀에게 영어를 말한다는 것은 무슨 의미일까요?

킨케이드 음, 중요한 건 그녀에게 무슨 의미인가가 아니라 그녀가 살고 있는 곳에서 그게 무슨 의미인가입니다. 영어, 제대로 된 영어는 정통의 언어이자 현실의 언어예요. 제대로 된 유럽어로 설명되지 않는 것은 모두 현실로 받아들여지지 않죠. 비현실적인 것으로 여겨지고 진지하게 받아들여지지 않아요. 주인공은 우리가 쓰는 말이 곧 무기임을 바로 인식합니다. 그녀는 모든 것이, 숨을 쉬도록 허락받는 것조차도, 권력의 행위이고 권력의 표현이라는 것을 알고 있어요.

와크텔 당신의 글은 무척 환기적이고 강렬하지만, 『내 어머니의 자서전』에서는 흑인이든 백인이든 카리브해 지역 사람들의 시선이 무척 황량합니다. 식민주의 지배자들이 남긴 유산——당신이 말씀하신 것처럼 잔인함과 가혹함——을 그곳 사람들이 극복할 방법이 있을까요?

킨케이드 항상 희망은 있죠. 우리는 미래를 위해서, 불공평함이 모두 사라질 때를 위해서 삽니다. 저는 어디에서든 누구나 이런 어려움을 극복할 수 있다고 생각해요. 하지만 당신은 "그 뒤로도 오래오래 행복하게 살았습니다"로 끝맺고 엔딩 크레딧이 올라가는 것을 말하는 것처럼 들리는군요.

저는 삶은 복잡하고 기복이 있다고 생각해요. 불의의 문제는 흑인과 백인의 문제가 아니라, 아까 말한 것처럼 인종의 문제가 아니라, 힘을 가진 자와 그렇지 못한 자의 문제입니다. 미국에 사는 흑인이 직면해야 하는 끔찍한 사실 중 하나는, 동료 아프리카인들의 협조가 없었다면 여기에 그들이 존재하는 것을 상상도 할 수 없었을 것이라는 점입니다. 그러니 삶은 믿을 수 없을 만큼 복잡하죠. 우리는 정의를 바라지만 흑인과 백인이 서로의 뺨에 입맞춤을 하면서 끝나는 건 아니에요. 그것은 훨씬 더 보편적이고 복잡하지요. 또 그보다 훨씬 단순하기도 하고요.

와크텔 제가 행복한 결말과 엔딩 크레딧을 찾고 있는지 잘 모르겠지만, 『내 어머니의 자서전』은 좋은 책일 뿐 아니라 강렬한 책입니다.

킨케이드 저는 강렬한 책만 쓸 거예요, 몸을 웅크리고 달콤한 잠에 빠져들고 싶게 만드는 책은 절대 쓰고 싶지 않아요. 저는 그런 편안한 책을 절대 못 쓰기를 바랍니다.

와크텔 아까 이 소설의 화자는 신뢰할 수 없는 화자라고 경고했지만, 책의 앞부분에서 그녀는 이렇게 말합니다. "내가 매여서 벗어날 수 없는 내 인생의 거의 모든 것이 고통의 근원이다." 정말 강렬한데요.

킨케이드 하지만 사실이죠, 안 그런가요? 모든 게 오십보 백보예요. 나는 무엇이든 확실할 거라고, 또는 다른 면이 없을 거라고 기대하지 않습니다. 삶은 그런 거예요. 저는 화자가 그런 것처럼 그 사실을 온전히 받아들이고 싶어요. 감당하기 힘들지만, 정말 감당하고 싶어요. 제가 그럴 수 있는지 확신은 하지 못하겠어요. 어쩌면 이 책의 화자는 지나치게 현실적인지도 모르겠지만, 그래도 저는 그녀가 좋습니다.

1993년 7월/1996년 1월

샌드라 라비노비치, 폴 윌슨과 인터뷰 공동 준비

"이 나이가 되어 돌아보니
당시엔 보이지 않던 제 삶의 연속성이 보입니다.
지금 생각해 보니 저는 항상, 그림에 대해 이야기할 때조차
이야기와 밀접하게 관련되어 있었던 것 같습니다.
저는 미술비평을 할 때도 항상 이야기꾼으로서 접근했지요."

존
버
거

존 버거

John Berger

소설가이자 미술비평가인 존 버거는 도발적인 텔레비전 시리즈 겸 책 『다른 방식으로 보기』로 한 세대를 급진적으로 변화시켰다. 버거는 사진과 회화에 대해서, 또 프랑스 알프스 지역 농부들의 삶에 대해서 썼다.

나는 오랫동안 존 버거를 존경했다. 에세이를 통해서 그를 알게 되었고, 가끔 강의를 할 일이 있으면 그의 글을 교재로 썼다. 날카로운 미디어 비평과 윤리학, 정치학을 접목시킨 4페이지짜리 글 「고뇌의 사진」이 기억에 남는다. 또 다른 책의 문장도 떠오른다. "우리는 희망의 원칙과 악의 존재에 대해서 말하지 않으면서 미학에 대해서 말할 수 없다."

버거의 마음은 비범하고 포용력이 크고, 그는 이를 바탕으로 열렬한 감성을 드러낸다. 그의 에세이 모음집 서문에서 편집자는 버거가 다루는 주제를 이렇게 나열한다. "사랑과 열정, 죽음, 힘, 노동, 시간의 경험과 우리 현재 역사의 본성."

1926년 런던에서 태어난 존 버거는 화가로 시작했다. 사실 그는 "세상이 더 인간적이라면 나는 글을 쓰지도 않았을 것입니다. 그림만 그렸을 거예요"라고 말한다. 존 버거는 열여섯 살에 예술 학교에 들어가서 나중에는 그림을 가르쳤고, 1950년대에는 잡지 『뉴 스테이츠맨』의 미술비평가가 되었다. 그는 항상 보는 것이 가장 먼저라고 말했다. 보는 것은 그가 세상을 이해하는 근본적인 방법이다. 이야기는 그림이나 사람에 대해서 하겠지만, 버거는 우선 보는 것에서 시작한다.

1972년에 존 버거는 두 가지로 유명해졌는데, 하나는 획기적인 BBC 텔레비전 프로그램과 책 『다른 방식으로 보기』였다. 버거는 사회적·정치적 맥락을 설명함으로써 사람들이 예술을 생각하는 방식을 바꾸었다. 예를 들어서 시각적 대상으로서 여성에 대한 장은 1970년대 페미니즘 이론의 초석이 되었다. 『다른 방식으로 보기』는 백만 부가 팔렸다.

두 번째는 소설 『G』로 부커 상을 받은 것이었다. 그는 수상 소식뿐만 아니라 수락 연설로 유명해졌는데, 연설에서 그는 수상 주체인 부커-맥코넬 사의 노동 행위로 카리브 해에서 빈곤 문제가 생겼다며 비판했다. 버거는 상금의 절반을 흑인 혁명 조직에 기부했고, 나머지 반은 유럽 이주 노동자에 대한 다음 책의 출판 자금으로 썼다.

존 버거가 영국을 떠난 것도 이 즈음이었다. 그 이후 버거는 유럽에서 살았고, 지난 20여 년 동안 프랑스 알프스 산기슭의 마을에서 지냈다. 그는 바로 그곳에서 『기름진 흙』을 시작으로 『그들의 노동에 함께 하였느니라』라는 농민 소설 3부작을 썼다. 버거는 또한 희곡, 각본, 시, 에세이집을 썼고, 현재까지 스무 권 넘는 책을 펴냈다.

나는 1995년 7월에 전화로 존 버거와 이야기를 나누었는데, 당시 그는 건초 만드는 시기가 끝나 파리의 아파트에서 지내고 있었다. 그의 소설 『결혼을 향하여』가 출간된 직후였다. 『결혼을 향하여』는 젊은 HIV 보균자 여성에 대한, 사랑이 죽음에 대하여 거두는 승리에 대한 유려한 산문시이다.

* * *

와크텔 영화배우로 잠깐 일했던 경험을 다룬 최근 에세이에서 당신은 항상 자신의 삶이 아닌 다른 삶에 상상력을 빌려 주려 노력했다고 말했습니다. 미덕이 아니라 강박이었다고요. 왜 그렇다고 생각하십니까?

버거 경험에 의한 것이라고 생각하지는 않습니다. 아주 어렸을 때에도 그랬고, 청소년 시절에도 그랬다는 느낌이 드는군요. 이제 저는 나이가 꽤 많지만 마찬가지입니다. 그러한 성향은 저에게 주어진 것이고, 아마도 주어진 것이 대부분 그렇듯이 약점에서 비롯되었겠지요. 재능이 강점이라고 생각하는 것이 잘

못입니다. 재능이란 약점을 극복하는 방식이에요.

와크텔 무슨 약점 말이죠?

버거 저는 정신분석이 무척 의심스럽습니다. 눈치 챘는지 모르지만 저는 단편 소설이나 장편 소설에서 절대로 정신분석을 쓰지 않습니다. 정신분석이 우아하고 깔끔할 수는 있겠지만 닫힌 회로일 뿐이고, 그 안에 삶의 숨결이 없기 때문입니다. 하지만 그렇게 말을 한 다음 당신의 질문에 솔직하게 대답을 하려고 생각해 보니, 정체성에 대한 감각이 무척 약하기 때문일지도 모르겠습니다. 이상하게 보일지도 모르지만 —특히 사람들이 저를 만날 때 꽤 강한 존재감을 느낀다는 사실을 저도 압니다—그럼에도 불구하고 사실 저 자신의 정체성에 대한 감각은 극도로 약합니다. 제가 아무것도 아니라고 느낄 때도 참 많습니다. 아주 어린 시절부터 그랬던 것 같아요. 저는 어머니와 무척 가까웠고 어머니도 저와 무척 가까웠지만, 제가 아주 어렸을 때 어머니가 곁에 없을 때가 많았습니다. 그러니 —보통 어머니가 아이들에게 하듯이— "존, 우리 존. 존!"이라고 항상 말해 줄 사람이 없었습니다. 제 생각에는 거기서 시작된 것 같아요. 어떤 면에서 저는 비참한 부분만 빼면 고아와 좀 비슷한 어린 시절을 보냈지요.

와크텔 왜 그랬나요? 어머니가 없었다는 게 말 그대로, 물리적으로 어머니가 곁에 없었다는 뜻인가요?

버거 네. 어머니는 일을 했기 때문에 곁에 없었습니다. 저희는 돈이 별로 없었기 때문에 어머니가 일을 아주 많이 했고, 그래서 어머니를 거의 보지 못했습니다. 그 뒤에 먼 기숙학교로 보내졌는데, 거기에는 당연히 어머니가 없었죠. 아무도 없었습니다. 저에게는 무척 트라우마 같은 경험이었습니다. 그렇게 자아 정체감이 약하면 어떤 면에서는 ─물리적으로든 상상 속에서든─자기 앞에 있는 사람의 정체성을 인식하거나 받아들이는 게 더 쉬워지는 것일지도 모릅니다.

와크텔 고아 같은 느낌이었다고 설명하신 때로 돌아가 볼까요? 어떤 느낌이었는지 조금 더 설명해 주시겠습니까?

버거 다른 아이들과 비교했을 때 고아가 경험하는 것은 우선 외로움과 스스로에게 기대야 한다는 깨달음일 겁니다. 이 두 가지는 함께 갑니다. 자기의존을 독립심이라고 할 수도 있겠지요. 그리고 또 존재의 감각, 말하자면 존재론적으로 혼자라는 느낌이지요. 꼭 물리적으로 혼자가 아니라 해도 말입니다.

와크텔 당신은 화가로 시작했습니다. 예술 학교에 진학했지만 1950년대 초에 포기했죠. 스스로 재능이 없다고 생각해서가 아니라 말에, 언어와 미술 비평에 끌렸기 때문입니다. 왜죠?

버거 정치적인 이유였습니다. 우리가 지금 이야기하는 것은 냉전이 절정에 달했던 50년대 초예요. 그 시대에 살아 보지 않은 사람은 그 역사적 시대가 얼마나 격렬했는지 상상하기 힘듭니다. 처음에는 소련이 동등한 핵 전력을 가지고 있지 않았다는 사실을 기억하는 것이 아주 중요합니다. 따라서 철학자와 정치가들은——모두가 아니라 일부가, 일부 중요한 사람들의 제안이죠——소위 말하는 "예방" 전쟁을 시작하자고 주장했습니다. 핵무기로 모스크바를 공격하자는 거죠. 정말 무시무시한 주장이었지요, 아직도 히로시마를 잊을 수 없는데 말입니다. 당시 사람들의 마음속에서는 아주 생생한 공포였습니다.

그런 다음 소련이 동등한 핵 전력을 확보하자 상호 핵전쟁의 위험이 생겼습니다. 정말 현실적인 위험이에요. 그 위험을 인식하는 사람들은 하루하루 겨우 살아가고 있었지요. 문제는 우리의 죽음이 아니라 수백만 명의 죽음, 그리고 어쩌면 지구 자체의 죽음이었습니다.

그런 상황에서——제가 그린 그림 몇 점이 그랬던 것처럼——갤러리에 전시된 다음 팔려 가서 누군가의 거실에 걸릴 그림을 계속 그리는 것은 부조리해 보였습니다. 모든 화가의 눈에 부조리해 보였던 것은 아니지만——다행히도 많은 사람들이 계속 그림을 그렸지요——저에게는 부조리해 보였습니다. 글을 쓰는 것이 덜 부조리해 보였습니다. 특히 이러한 문제에 대한 글을 쓰는 것이 말입니다. 제가 미술비평만 한 것은 아닙니다. 핵전쟁에 대해서, 정치에 대해서, 냉전에 대해서도 썼지요. 그러므로 긴박한 정치적 상황, 또는 긴박한 역사적 상황

때문에 저는 공적인 글을 쓰자고 결심하게 되었습니다. 그 이전에는 사적인 글을 썼지요.

저는 그림과 글 두 가지를 모두 진지하게 계속할 수 없다는 사실을 처음부터 알고 있었기 때문에 그림을 버렸습니다. 하지만 제가 앉아 있는 이 방 벽에 그림이 세 점 걸려 있는데, 그 중 두 개는 제가 그린 것입니다. 하나는 스페인에 살 때 어디든 붙어 다닐 만큼 친했던 숫양과 나귀를 그린 최근 그림이고, 그 옆에는 헤브리디스 제도에서 그린 그림이 걸려 있습니다. 네, 저는 아직도 그림을 그리고 있습니다.

와크텔 글쓰기가 지속적인 투쟁이라고 설명하셨습니다. 하지만 당신은 시각에서 큰 즐거움과 직접성을 찾는 것 같고, 주로 보는 것을 통해서 세상을 이해하는 것 같습니다. 글쓰기로 돌아선 것이 어떤 면에서는 의도적인 희생이었습니까?

버거 아니요, 저는 희생이었다고 생각하지 않지만 강한 의지가 필요했던 것은 맞습니다. 전 재능이 별로 없었기 때문에 큰 결심이 필요했습니다. 희생이라고 생각하지는 않아요, 다들 우리 모두 희생될 것이라고 생각했으니까요. 하지만 우리는 저항하면서 희생되었을 것입니다.

와크텔 1950년대 후반, 그러니까 1958년에 첫 소설 『우리 시대의 화가』를 냈습니다. 소설로 옮겨 간 이유는 무엇입니까?

버거 크게 옮겨갔다고는 생각하지 않습니다. 이 나이가 되어 돌아보니 당시엔 보이지 않던 제 삶의 연속성이 보입니다. 지금 생각해 보니 저는 항상, 그림에 대해 이야기할 때조차 이야기와 밀접하게 관련되어 있었던 것 같습니다. 저는 미술비평을 할 때도 항상 이야기꾼으로서 접근했지요. 그렇다고 항상 그림에 이야기를 끌어들이거나 그림에서 이야기를 찾고 싶어하는 문학적인 미술 비평가는 아니었어요. 아니, 전혀 아니었죠. 가끔 예를 들어 렘브란트의 「돌아온 탕자」처럼 아주 명확한 주제가 있는 그림에 대해 이야기할 때는 그 주제에 대해서 이야기했습니다. 하지만 화가의 삶, 화가의 개인적 삶과 그 시대적 순간, 화가가 살던 시대에 대한 이야기를 할 때가 더 많았습니다.

제가 가상의 화가에 대한 소설을 쓴 건 이야기를 하기 위해서였는데, 그리 큰 전환은 아니었습니다. 일종의 발전이었다고 생각합니다. 저는 『우리 시대의 화가』를 통해 저에게 책 한 권을 쓸 수 있는 힘이, 사람들이 소설이라고 부르는 것을 만들어 낼 힘이 있음을 발견했습니다. 소설을 쓸 수 있다는 사실을 증명한 다음 저는 다른 이야기를 하는 것에 관심을 갖기 시작했지요.

와크텔 『우리 시대의 화가』는 헝가리에서 망명하여 런던에 사는 화가에 대한 이야기입니다. 당신은 항상 망명자, 이주자, 자기 자리에서 벗어난 사람에게 끌렸던 것 같습니다.

버거 네, 당시 런던에서, 그리고 그보다 조금 앞선 40년대에도 저는 대부분 저보다 상당히 나이가 많은 친구들을 사귀었습니다. 그 친구들이 저 같은 애송이를 왜 친구로 받아들였는지 모르겠지만, 아무튼 친구로 삼아 주었지요. 대부분은 파시즘을 피해 달아난 망명자 ─ 오스트리아인, 독일인, 헝가리아인 등 ─ 였습니다. 그 친구들을 보고 그들의 이야기를 들으면서 정말 많이 배웠지요.

자전적으로 연관시키고 싶다면 ─ 당시 저는 의식하지 못했지만 ─ 저희 아버지의 아버지, 그러니까 할아버지 역시 망명자라는 점을 들 수 있겠지요. 할아버지는 이탈리아 트리에스테에서 리버풀로 왔습니다. 저희 아버지는 무척 영국인 같았지만 ─ 태도든 뭐든 거의 이상적인 영국 신사였습니다 ─ 사실은 1세대 망명자였지요.

와크텔 트리에스테에서 오셨다니 흥미롭군요. 당신 작품에서 트리에스테가 중심 지역으로 등장합니다.

버거 네, 『G』에 제일 처음 나오는데, 그때는 의식적으로 트리에스테를 선택했습니다. 할아버지를 생각했지요. 사실 저는 그 책을 쓰기 위해서 트리에스테에 조사를 하러 갔을 때 친척을 찾으려고 했습니다. 할아버지에 대해서 거의 들은 바가 없었기 때문에 친척들에 대해서 아무런 단서도 없었습니다. 할아버지가 돌아가셨다는 이야기밖에 못 들었거든요. 나중에 저는 사실은 제가 스물여섯 살인지 스물일곱 살이 되었을 때 할아버지가 돌아가셨고, 할머니를 버리고 다른 여자와 살았기 때문에 가족들이 저에게 할아버지가 돌아가셨다고 말했다는 사실을 알았습니다. 그래서 트리에스테에 갔을 때 전화번호부를 뒤져 여러 가족을 찾아가 저희 할아버지와 인척관계인지 물어보았지요. 그 사람들은 제가 친척을 찾는 것이 돈이나 다른 형태의 지원을 받고 싶어서라고밖에 생각할 수 없었으니 대부분 의심스럽다는 듯이 반응했습니다.

와크텔 아버지가 전형적인 영국 신사라고 말씀하셨을 때 깜짝 놀랐습니다. 정작 당신은 그 정도로 영국인이라는 느낌이 없었거나 영국인으로서 편안하지 않았다는 느낌을 받았거든요.

버거 맞습니다.

와크텔 전형적인 이민 가족의 패턴이군요.

버거 정말 그렇습니다! 저희 아버지는 영국인 같은 외모를, 특정 계급의 영국인 같은 외모를가지고 있었지만 사실 영혼은 그렇지 않았습니다. 제1차 세계대전에서 살아남은 많은 사람들이 그랬던 것처럼 아버지는 그 전쟁에 큰 영향 받았습니다.

아버지는 보병 장교였지요. 서부 전선에서 중위로, 그 다음에는 대위로 4년 꼬박 복무했습니다. 영국 보병 중위와 대위 중에서 4년이나 견딘 사람은 아주 적습니다. 아버지는 용감한 군인이었어요. 훈장을 여러 번 받았지요. 저는 어린 시절에 아버지가 침실에서 비명을 지르며 고함치는 소리를 들었던 기억이 있습니다. 아버지는 악몽을 자주 꾸었는데, 항상 전쟁에 대한 악몽이었지요.

와크텔 미술비평을 처음 시작했을 때 마르크스주의가 당신 미학의 특징이 되었습니다. 지금은 바뀌었습니까?

버거 아니요. 제가 미술비평가로서 미학에 대해서 알았던 것은 화가들과 선생님들에게서 배우고 저 스스로 그림을 그리면서 깨달은 것들이었습니다. 또 제가 마르크스주의자였다는 것도 물론 사실입니다. 마르크스주의는 예술사를 포함한 역사의 일부를 설명할 수 있는 도구처럼 보였습니다. 하지만 마르크스주의가 제 미학의 결정적인 요인은 아니었어요. 제가 아주 오래 전에 깨달았던 중요한 점인데, 마르크스주의에는 윤리학이 없듯이 미학도 없습니다. 그것이 마르크스주의의 빈틈입니다. 역겨운 마르크스주의자들도 있었지만 믿을 수 없을 정도로 자신을 희생하면서 윤리적으로 무척 고결한 사람들도 수백만 명이나 있었습니다. 하지만 그것은 그들 자신에게서 나온 것이지 마르크스주의에서 온 것이 아니었어요. 또 제가 사회주의에 대해서 가지고 있던 정치적 충성심, 자본주의에 대한 증오, 자본주의는 결국 멸망할 것이라는 확신도 영향이 있었지요. 저는 아직도 그렇게 믿습니다.

와크텔 당신의 글을 읽으면서 그런 생각이 들었는데, 예술 작품을 평가할 때 그것이 현대 세계에서 인간이 사회적 권리를 주장하는 데 도움이 되었느냐를 기준으로 삼으시는 것 같습니다.

버거 그런 글을 썼던 기억이 납니다. 당시 제가 쓴 많은 글이 그랬던 것처럼, 일종의 반항이었지요. 그 말을 했던 맥락을 고려해야 합니다. 당시 모든 사상은 예술이 오로지 감각과 취향 등과 관련이 있는 자율적인 활동이라고 말했지요. 그래서 저는 제가 비평가로서 하는 일을 도전적으로 정의했습니다. 하지만 저는 해고를 당한 사람이 자신에게 말을 거는 예술 작품을 만나면 거기서 어떤 자양물을 얻을 수 있다고, 그래서 자신의 존엄성을 더욱 잘 인식하고 자기 운명을 거부하거나 운명에 맞서 싸울 수 있다고 생각합니다. 저는 존엄이라는 개념과 존엄성에 필요한 자양물이 절대 개인적일 수만은 없다고 생각합니다. 존엄성은 무엇보다도 사람들이 당신을 어떻게 대하고 당신이 다른 사람을 어떻게 대하느냐라는 질문입니다. 그러므로 예술이 인간의 존엄성에 대한 것이라면 우리는 또한 예술이 인간 사이의 관계에 대한 것이라고 할 수 있고, 그러한 관계는 사회적이라고 말할 수 있습니다.

와크텔 본인도 직접 말했듯이 에세이, 비평, 소설, 무엇을 쓰든지 당신 글의 중심에는 이야기가 놓여 있습니다. 당신은 이야기꾼이죠. 하지만——『기름진 흙』을 시작으로——농민 문화 3부작을 쓸 때 글 쓰는 법을 거의 처음부터 다시 배워야 했다고 말했습니다. 왜 그래야 했지요?

버거 어떤 경험에 대해서 말하려고 하는지와 관련이 있었습니다. 우리가 이야기를 발견하는 것은——'발견한다'고 말하는 것은 이야기는 반쯤은 발견하는 것이고 반쯤은 만들어 내는 것이기 때문입니다——시작일 뿐입니다. 그런 다음 그 이야기를 할 목소리를 찾아야 하는데, 그것이 가장 어려운 부분이거든요. 이상적으로는 각각의 이야기에 맞는 목소리가 있습니다. 때로 목소리란 실제로 이야기를 들려주는 화자의 목소리를 의미할 수 있습니다. 하지만 이야기를 3인칭으로 전한다고 해도 거기에는 목소리가 있고, 목소리를 찾아야 합니다. 그 목소리만이 그 이야기를 정당하게 할 수 있어요. 저는 목소리라는 문제가 정말 중요하다고 생각합니다. 이야기에서는 말해지는 내용뿐만이 아니라 말해지지 않는 내용이 더욱 중요하기 때문이지요. 이야기는 침묵에 달려 있습니다. 모든 목소리는 자기만의 침묵을 가지고 있어서 말하지 않는 내용을 뛰어넘습니다.

농민의 이야기를 전하는 목소리는 농민의 경험에서 나오는 목소리여야 합니다. 그렇지만 여러 가지 이야기에서 목소리는 어느 정도 바뀔 수밖에 없어요. 어느 정도는 모두 농부의 목소리라고 해도 말입니다. 그것을 배워야 했다는 뜻입니다.

예를 들어서 제가 알기로——제가 아는 농민들은——"하지만"이라는 단어를 거의 쓰지 않습니다. "하지만"이라는 단어는 지적 담화에서 쓰는 단어이며 대립의 의미를 바탕으로 합니다. "그 남자는 잘생겼지만 비열했어"라고 쓰죠. 그러나 농민은 "그리고"를 씁니다. 생생한 예를 들자면 "우리는 돼지 도리스를 좋아했고 지난 1월에 도리스를 죽였어"입니다. 더욱 익숙하고 더욱 지적인 대화라면 이렇게 되겠지요. "우리는 돼지 도리스를 좋아했지만 지난 1월에 죽였어."

이런 식으로 단어 하나만으로도 차이를 알 수 있으니 훨씬 더 복잡한 것들 ─ 구문론, 다른 단어들, 당연하게 여겨지는 것과 당연하게 여겨지지 않는 것 ─ 을 생각하면 제가 농민에 대한 이야기를 하면서 얼마나 많이 다시 배워야 했는지 알 수 있을 겁니다. 아니, 다시 배우는 것이 아니라 처음 배우는 것이지요. 그전까지 제가 쓴 책은 부르주아나 노동자, 지식인, 예술가에 대한 것이었지 농민에 대한 글은 아니었으니까요.

와크텔 농민들 사이에서는 어땠습니까? 그곳에 살기로 결심한 이유는 무엇입니까?

버거 우연이죠. 저는 우리가 평생 내리는 큰 결정의 대부분은 직관적으로, 큰 이유 없이 이뤄진다고 생각합니다. 나중에 그것을 합리화하면서 사실을 왜곡하기 시작하죠. 저는 그 당시에 제가 "이게 돈을 적게 쓰면서 사는 방법이야"라든지 "여기는 살기 좋은 곳이야"라고 스스로에게 말했다고 생각하지 않아요. 저는 "난 동물들한테 둘러싸이는 게 좋아"라고 말하지 않았습니다. 사실 동물들한테 둘러싸이는 것을 좋아하지만요. 동물은 제 그림에 계속 등장하고, 어쩌면 글에도 등장할지 모릅니다.

저는 화가가 되기 전에, 아주 어릴 때 수의사가 되고 싶었습니다. 생각나는 대로 말하자면, 저는 십대 초반에 동물에 대한 D.H. 로렌스의 시들에 무척 큰 영향을 받았습니다.

와크텔 인터뷰 일정을 건초 만드는 시기 즈음으로 정해야 했는데요, 건초 만드는 것을 좋아하시나요?

버거 건초 만들기는 아주 힘들어요, 더울 때는 특히 더 그렇죠. 먼지도 많이 나고 피곤합니다. 하지만 항상 두 명, 세 명, 네 명이 같이 일을 하기 때문에 상호성이, 작은 노동 공동체가 생겨서 서로 보호하지요. 건초를 가득 채우면 헛간이 꽤 위험해지거든요. 함께 하는 것은 즐겁습니다, 저는 그게 좋아요. 하루가 끝날 때면 정말 피곤한데, 그러면 머릿속에서 모든 생각이 사라지기 때문에 즐기게 되죠. 또 산에 암소들이 물을 마시는 샘이 하나 있는데, 늘 차갑고 절대 마르지 않습니다, 계속 흘러요. 헛간의 건초더미 사이에서 나오면 그 차가운 물에 머리를 푹 담그는데, 아주 좋습니다.

와크텔 말씀하시는 것을 들으니 농민 3부작 중에 그런 이야기가 등장하는 『기름진 흙』이 떠오르네요. 그런 것들을 찬양하는 것까지는 아니지만——그렇다면 지나친 낭만화가 되겠죠——노동 공동체와 사람들 사이의 상호관계에 대한 소설입니다.

버거 유쾌함을 과장해서는 안 됩니다. 하지만 네, 그래요. 우리는 건초더미를 하나만 빼고 전부 들여놓았을 때 ─ 하나는 수레에 실려 있지만 아직 내리지 않죠 ─ 일을 멈추고 부엌으로 갑니다. 커피를 만들고 치즈와 와인을 꺼내고 빵을 잘라서 식탁 앞에 앉죠. 먼지가 정말 많고 파리도 많지만, 일종의 축하연입니다. 우리는 와인을 마셔요. 술을 한 잔 마시고 치즈를 잘라서 먹죠. 그건 하나의 의식, 엄연한 의식입니다.

와크텔 당신은 이런 것들을 무척 감각적으로 자세히 설명하지만 ─ 아니, '하지만'이 아니라 '그리고'죠 ─ 『그들의 노동에 함께 하였느니라』라고 제목을 붙인 3부작은 상실을 향해서 가차 없이 나아갑니다. 사람들 사이의 이런 친밀한 관계와 땅에 대한 관계에서 멀어지죠.

버거 네, 그렇습니다. 왜냐면 전 세계에서 정말로 그런 일이 일어나고 있으니까요. 새로운 경제 대국들은 ─ 멕시코든 유럽의 알프스 지역이든 ─ 농민이 이제 쓸모없다는 결론을 내렸습니다. 정도는 각기 달라도 농민들은 저항을 하고, 하지만 보통 저항을 해도 실패합니다. 그러므로 이것은 제 기분의 문제가 아니라 세계 발전의 문제입니다.

와크텔 소설 『결혼을 향하여』에 대해서 이야기하고 싶습니다. 어떤 의미에서 앞서 나눈 이야기는 이 소설을 이야기하기 위한 준비나 다름없는데요, 이 소설이야말로 죽음 앞에서의 활기라는 문제를 다루고 있기 때문입니다. 당신의 책에서는 대부분 자본주의, 정치적 억압, 가차없는 도시화가 파괴적인 요소였습니다. 그런데『결혼을 향하여』에서는 HIV가 비극의 작인입니다. 왜 에이즈에 대해서 쓰고 싶었나요?

버거 에이즈에 대해서 써야 할 것 같았습니다. 이 책을 쓴 이유 중 하나는 이 끔찍한 고통을 겪는 사람들이 게토에 격리될지도 모른다는 중대한 위험이 있기 때문입니다. 소설 쓰기의 기능 중 하나는 사람들이 지어 놓은 게토에 갇힌 사람을 꺼내는 것입니다. 게토에 들어간 사람들은 "우리"가 아니라 "그들"이 됩니다. 게토에서 나오면 다시 "우리"가 되지요. 저는 필요성을 인식했습니다. 어떤 식으로든 제가 그런 필요를 충족시킬 수 있을지는 몰랐지만요. 아직도 모르겠습니다.

와크텔 『결혼을 향하여』는 사랑 이야기인데, 당신의 작품에서는 사랑의 에너지, 사랑이라는 관념이 반복적으로 나타납니다. 시간이라는 개념에 관한 에세이에도, 소설『한때 유로파에서』에도, 당신이 마지막으로 기억하는 어머니의 말씀에도 등장하지요. 레이먼드 카버의 말을 빌리자면, 사랑에 대해서 말할 때 우리는 무엇을 이야기하는 걸까요?

버거 이미 세상을 떠난 건 알지만, 카버에게 물어보세요. 그는 아주 많이 알았으니까요. 물론 우리가 이야기하는 건 끝없는 수수께끼 같은 겁니다. 제 생각에 그것은 삶의 근원과 밀접한 관련이 있습니다. 우리는 창조에 대해, 예술적 창조가 아닌 삶 자체의 창조에 대해, 대문자로 시작하는 창조에 대해 이야기하고 있습니다. 어쩌면 창조가 신비롭다는 말 외에 아무 말도 할 수 없을지 모릅니다. 저는 신비화가 싫어요. 우리가 사용하는 단어 하나 하나에서 신비화라는 곰팡이를 닦아내야 하는 동시에 수수께끼를 인정해야 합니다. 그 두 가지는 무척 달라요.

와크텔 당신이 예술에 대해서, 그 밖의 여러 가지에 대해서 이야기할 때 쓰는 언어는 구체적이고, 실용적이고, 감각적이고, 자세할 뿐 아니라 무언가를 환기시키기도 하고, 물리적인 것을 넘어서는 존재, 영적인 존재를 암시하는 것 같습니다. 제 말을 이해하시겠어요?

버거 네. 당신 말이 맞는 것 같습니다. 대답을 한번 해보죠. 우선, 한참 거슬러 올라가서 잠시 약간 추상적으로 말해도 된다면, 어렸을 때부터 제 상상력은 물리적이면서도 형이상학적이었다고 생각합니다. 어떤 의미에서 저는 형이상학적인 정신을 가지고 있는 것 같아요. 그렇기 때문에 사람들이 제게 마르크스주의자라거나 마르크수주의자였다고 말하면 저는 그것을 받아들입니다. 그 말은 진실의 일부이지만, 일부일 뿐입니다. 다른 것이 —마르크스주의에는 존재하지 않는 것이 —공존하기 때문입니다. 저는 삶과 삶의 의미, 삶의 근원에 대해서 형이상학적인 의식을 가지고 있습니다. 무척 일반적이고 무척 추상적이지요. 간단히 말해서, 저는 신을 믿습니다. 그렇다고 해서 "신자"로 보이고 싶지는 않습니다. 그런 것과는 전혀 달라요. 하지만 제가 쓰는 글에서 그 믿음이 보입니다.

그 질문에 대한 또 다른 대답은 어느 정도 직업적입니다. 저는 글 쓰는 속도가 무척 느려요. 제가 제일 빨리 쓴 책은 2년, 제일 오래 쓴 책은 8, 9년이 걸렸고 대부분 3, 4년 정도 걸렸습니다. 게으름을 피우는 것은 아니지만 글을 무척 힘들게 쓰기 때문입니다. 저는 한 페이지, 한 페이지를 수 없이 여러 번, 아마 여덟, 아홉 번 정도 다시 씁니다. 그렇게 글을 쓰고 다시 쓰면서 저는 항상 전체로서의 언어와 각 단어와의 관계를 살핍니다. 단어를 적절하게 선택해서 서로 적절한 관계를 맺으면 어떤 울림이 생깁니다. 그 단어들이 속한 전체로서의 언어는 아주 약한 메아리를 되돌려 줍니다. 그 희미한 메아리가 믿음의 요소로 인식되는 것일지도 모릅니다. 어쩌면 그것이 사소한 것을 추방할지도, 아니 초월할지도 모르니까요. 사소한 것들이 지평을 모두 채우면 품위가 떨어지고 기가 꺾이지요.

저는 당신이 말하는 것이 어떤 면에서는 저의 언어 사용에서 온다고 생각합니다. 하지만 저는 언어를 사용한다는 감각이 없어요. 오히려 언어를 받아들이는 것, 언어를 향해 열린 자세를 취하는 것의 문제지요. 결국, 어떤 경험에 가까이 다가가려면 모국어에 가까이 다가가야 하니까요. 그러면 모국어가 당신에게 무언가를 줍니다. 모국어가 무언가를 준다면, 독자들 역시 그것을 받는다는 뜻입니다.

와크텔 저는 당신의 책을 읽으면서 대체로 그런 울림, 일종의 희망을 느끼지만, 거기에는 갈망이 물들어 있습니다. 어쩌면 그 갈망이 희망의 필수적인 부분일지도 모르지요. 저는 당신이 첫 소설 『우리 시대의 화가』 첫부분과 끝부분에서 인용했던 고리키의 말을 생각하고 있습니다. 그것은 아마 희망에 대한 가장 쓸쓸한 선언일 겁니다. ── "삶은 언제나 인간의 마음속에서 더 나은 것에 대한 갈망이 꺼지지 않을 정도로만 힘들 것이다."

버거 그것이 바로 고리키의 고귀함입니다. 저는 그 말이 쓸쓸하다고 생각하지 않아요. 그 반대라면 쓸쓸하겠지요. 그러면 희망이 꺼질 테니까요. 우리가 삶의 막간을 어떻게 보느냐에 달려 있습니다. 유토피아의 관점에서 보면 아주 쓸쓸하죠. 하지만 자유와 삶의 창조 ── 인간은 스스로 바라는 것을 할 수 있다는 뜻입니다 ── 와 그에 수반하는 불가피한 싸움과 씨름, 갈등이라는 관점에서 보면 쓸쓸하지 않습니다. 자유를 선택할 수 있다는 것은 곧 선이나 악을 선택할 수 있다는 것이고, 그런 맥락에서 보면 고리키의 말은 쓸쓸하지 않다고 생각합니다. 계몽주의의 관점에서 보면 쓸쓸하지만 예를 들어 고대 그리스인들에게는 쓸쓸해 보이지 않았을 겁니다.

제가 『결혼을 향하여』를 쓰면서 하고 싶었던 또 한 가지는 (게토를 없애는 것의 일부라고 할 수 있습니다) 에이즈라는 질병을

앓는 사람들의 고통, 고뇌, 상실을 그 특수성과 새로움을 그대로 간직한 채 인간의 비극이라는 틀 안에 넣고 연관시키는 것이었습니다. 인간의 비극은 항상 존재해 왔고, 우리는 그리스비극 덕분에 그것에 대해 잘 알지요.

그리스 비극에서는 합창이 무척 중요합니다. 합창은 배우가 아니라 도시 시민들이 담당하지요. 합창단은 바로 대중의 대표, 비극 속에 등장하는 구경꾼들의 대표이기 때문에 중요합니다. 합창은 정말 아무런 힘도 없습니다. 사건을 바꾸지 못해요. 합창이 할 수 있는 것은 사건에 대해 평하고, 한탄하고, 때로는 칭송하는 것입니다. 하지만 무엇보다도 합창이 하는 일은 연민을 드러내는 것입니다. 그렇기 때문에 그리스도가 등장하기 4, 500년 전에 쓴 이 연극들에는 예언적인 면이 있습니다. 신약에 등장하는 동정심을 예언하니까요. 우리 시대에 "연민"이라는 말은 매우 폭발적이고 어떤 면에서는 위험합니다. 19세기와 20세기를 거치면서 연민은 잘난 척하는 것으로 보이게 되었습니다. 혹은, 그렇게 보일 수 있습니다. 하지만 원래의 의미는 그렇지 않아요. 연민은 다른 사람의 고통을 목도하고 나누는 방식이었습니다. 고대 그리스인은 연민이라는 감정에 익숙하고 가끔 그 감정을 통해 발생하는 행동에, 즉 연대라는 행동에 익숙했기 때문에 고리키의 인용구가 쓸쓸하다고 생각하지 않았을 것입니다. 그러므로 고리키의 말이 쓸쓸하다고 생각한다면, 오늘날 우리가 과거 다른 세기의 사람들만큼 연민이라는 감정에 익숙하지 않기 때문일 겁니다.

와크텔 어쩌면 우리야말로 연민이 가장 필요한 시대를 살고 있을지도 모르는데, 왜 그럴까요?

버거 저는 그 이유가 무척 복잡하고 계속 변화한다고 생각합니다. 2세기 동안 유럽인들의 생각을 지배했던 감정의 소멸——그렇게 부를 수 있다면 말입니다——은 이제 끝났습니다. 연민의 문제는, 좋아, 연민을 느꼈으니 가만히 앉아서 아무것도 안 해도 돼, 라는 태도입니다. 일종의 책임회피인 거죠. 하지만 그것은 연민이라는 생각을, 아니 생각이 아니라 그 능력을 비방하는 것입니다. 연민은 인간 본성을 구성하는 일부니까요. 그것은 상상력의 작용일지도, 인간 본성의 기본일지도 모릅니다. 세계 어디서든 모든 아이들에게서 연민을 볼 수 있어요. 아이들은 주변 사람들과, 동물과, 심지어는 장난감과, 이야기책에 나오는 인물과 완전히 동일시합니다. 연민은 다른 사람의 입장이 되어 보려고 상상력을 발휘하는 것입니다. 물론 이루기는 어렵죠. 이룰 수 있다고 말하는 것은 너무 감상적입니다. 하지만 첫 걸음을 내딛는 거죠. 제 생각에는 윤리학만이 아니라 예술도 바로 여기서 시작하는 것 같습니다.

1995년 7월

메리 스틴슨과 인터뷰 공동 준비

작가라는 사람, 문학이라는 것

이 책은 1990년에 방송을 시작하여 지금까지 매주 방송되고 있는 캐나다의 라디오 프로그램 〈Writers & Company〉중 일부 인터뷰를 엮은 것이다. 여기에 실린 스물두 명의 작가는 출신 지역도, 제각기 글을 쓰는 방식과 주제도 다르지만 책을 읽다 보면 몇 가지 공통점을 느끼게 된다. 인터뷰어 엘리너 와크텔이 서문에서 말하는 "이방인이라는 위치" 역시 그 중 하나다. 물리적인 환경 때문이든 타고난 성정 때문이든 어느 한곳에 머물지 못하거나 자신이 살고 있는 사회를 외부인으로서 바라보는 작가들이 많이 눈에 띈다. 그 이유는 사실 작가가 하는 일과 관련이 있다. 결국 작가는 무리에 휩쓸리지 않고 날카로운 눈으로 현재나 과거의 인간 사회를 진단하는 사람인 것이다. 이를 위해서는 사회의 안쪽이 아니라 그 바깥에서 안을 들여다보는 한 쌍의 날카로운 시선이 되어야 한다.

작가들의 인터뷰를 읽으며 작가라는 사람에 대해서 생각하다 보면 자연스럽게 문학이라는 것에 대한 생각으로 이어진다. 대부분의 인터뷰는 인터뷰 즈음에 나온 책에 대한 이야기로 시작해 그 작가의 작품 전반에 대한 이야기로 이어지는데, 작가들이 어떤 책을 무슨 생각으로, 무슨 의도로 썼는지, 혹은 작가가 여러 작품에 걸쳐서 천착하는 문제는 무엇인지 설명을 듣다 보면 결국 문학이 하는 일을 이해하게 된다. 물론 문학에 어떤 뚜렷한 목적이 있다거나 반드시 어떤 교훈을 담고 있어야 하는 것은 아니다. 문학이 하는 일은 여러 가지가 있지만, 세상에 파묻혀 있는 우리가 한 걸음 떨어져 비판적인 시선으로 바라보고 이해할 수 있게 만드는 도구의 역할도 그 중 하나일 것이다. 결국 어떤 이야기를 만들어 내든, 어떤 세상을 꾸며내든, 우리가 사는 이 세상에 대한 고찰 없이는 불가능하기 때문이다.

이 책을 읽으면서 한 가지 흥미로웠던 점은 여성 작가들은 출신 배경이나 성향, 나이가 다 다르지만 거의 어떤 형태로든 페미니즘을 언급하고 있다는 것이었다. 비교적 나이가 많고 온화한 캐럴 실즈부터 젊고 과격한 자메이카 킨케이드까지 거의 예외가 없었다. 이 역시 같은 맥락에서 이해할 수 있을 것이다. 작가는 세상의 모순을 알아보고 불편하게 여기는 사람이기 때문이다. 그래서 작가들은 페미니즘뿐만 아니라 식민주의에 대해서, 내셔널리즘에 대해서, 팔레스타인 문제에 대해서, 그밖의 크고 작은 사회적 문제들에 대해서 목소리를 높인다.

그런 작가들의 목소리를 자연스럽게 끌어내는 엘리너 와크텔의 힘 역시 눈에 띈다. 가즈오 이시구로가 "내가 전 세계에서 만나 본 사람들 중에서 작가들과의 인터뷰를 가장 잘 하는" 사람이라고 평한 바 있는 와크텔은 책을 무척 사랑하는 사람답게 능숙한 솜씨와 거짓 없는 애정으로 가장 핵심적인 이야기를 향해 작가와 독자를 안내하며, 가끔 요리조리 빠져나가는 작가들에게서도 풍성하고 진실한 이야기를 매끄럽게 끌어낸다. 아마도 25년이 넘도록 이 프로그램을 유지하는 힘이 거기에 있을 것이다.

  이 책을 번역하는 동안 유난히 부고가 많이 들려왔다. 올리버 색스와 윌리엄 트레버, 존 버거까지 작가들이 세상을 떠났다는 소식이 차례차례 들려올 때마다 지인의 부고를 듣는 듯한 안타까움과 그 사람을 조금 더 잘 알고 싶었다는 아쉬움이 동시에 차올랐다. 사실 여기에는 그 세 사람뿐 아니라 지금은 세상을 떠난 작가들의 목소리가 많이 담겨 있다. 이 책은 뒤늦게나마 그들의 목소리를 들을 수 있는 고마운 기회가 되리라 생각한다.

  2017년 허진

참고문헌

E.L. 닥터로

『래그타임』*Ragtime*, 최용준 옮김, 문학동네, 2012

____, 『룬 레이크』*Loon Lake*, Random House, 1979

____, 『세계 박람회』*World's Fair*, Random House, 1985

____, 『빌리 배스게이트』*Billy Bathgate*, Random House, 1989

____, 『다니엘 서』*The Book of Daniel*, 정상준 옮김, 문학동네, 2010

____, 『급수탑』*The Waterworks*, Random House, 1994

____, 「작가의 믿음」"The Belief of Writers", *Michigan Quarterly Review*, Spring 1997

____, 『시인들의 삶』*Lives of the Poets*, Random House, 1984

조지프 헬러, 『캐치 22』*Catch 22*, 안정효 옮김, 민음사, 2008

루이스 어드리크

루이스 어드리크, 『사랑의 묘약』*Love Medicine*, 정연희 옮김, 문학동네, 2013

____, 『사탕무 여왕』*The Beet Queen*, Holt, 1986

____, 『트랙스』*Tracks*, Henry Holt and Company, 1988

____, 『빙고장』*The Bingo Place*, Harper Collins Publishers, 1994

____, 『어치의 춤』*The Blue Jay's Dance : A Birth Year*, Harper Collins Publishers, 1995

____, 『불타는 사랑의 이야기들』*Tales of Burning Love*, Harper Collins Publishers, 1996

____, 「도약」"The Leap", *The Red Convertible : Selected and New Stories, 1978-2008*, HarperCollins Publishers, 2009

____, 「빙고 밴」"The Bingo Van", *The Bingo Place*, Harper Collins Publishers, 1994

토니 모리슨, 『빌러브드』*Beloved*, 토니 모리슨, 김선형 옮김, 들녘, 2003

다비드 그로스만

『황색 바람』*The Yellow Wind*, Farrar, Straus, and Giroux, 1988

____, 『양의 미소』*The Smile of Lamb*, Farrar, Straus, Giroux, 1990

____, 『밑을 보라: 사랑』*See Under: Love*, Farrar Straus Giroux, 1989

____, 『본질적인 문법의 책』*The Book of Intimate Grammar*, Farrar, Straus, Giroux, 1994

____, 『줄 위에서 잠자기』*Sleeping On Wire: Conversations with Palestinians in Israel*, Farrar, Straus, and Giroux, 1993

헨리 로스(Henry Roth), 『선잠』*Call It Sleep*, Farrar, Straus and Giroux, 1991

제인 스마일리

제인 스마일리, 『천 에이커의 땅에서』*A Thousand Acres*, 양윤희 옮김, 민음사, 2008

____, 『슬픔의 시대』*The Age of Grief*, Alfred A. Knopf, 1987

____, 『평범한 사랑과 선의』*Ordinary Love and Good Will*, Knopf, 1989

____, 『그린란드 사람들』*The Greenlanders*, Knopf, 1988

____, 『무』*Moo*, Alfred A. Knopf, 1995

리차드 로즈(Richard Rhodes) · 빌 그리어(Bill Greer), 『농장』*Farm: A Year in the Life of An American Farmer*, Simon and Schuster, 1989

해럴드 블룸

해럴드 블룸, 『서구 정전』*The Western Canon*, Harcourt Brace, 1994

____, 『루시퍼를 향한 비행』*The Flight to Lucifer*, Farrar, Straus, Giroux, 1979

____, 『영향에 대한 불안』*The Anxiety of Influence*, 양석원 옮김, 문학과지성사, 2012

____, 『제이의 책』*The Book of J*, Grove Weidenfeld, 1990

월터 페이터(Walter Pater), 『감상』*Appreciations: With An Essay on Style*, Macmillan, 1910

새뮤얼 존슨(Samuel Johnson), 『시인들의 삶』*The Lives of the Most Eminent English Poets*, 1783

____, 『라셀라스*Rasselas*』, 이인규 옮김, 민음사, 2005

퍼시 셸리(Percy Bysshe Shelley), 『프로메테우스의 해방*Prometheus Unbound*』, University of Washington Press, 1959

A.C.브래들리(A. C. Bradley), 『셰익스피어 비극*Shakespearean Tragedy : Lectures on Hamlet, Othello, King Lear, Macbeth*』, MacMillan Press, 1992

윌리엄 해즐릿(William Hazlitt), 『셰익스피어 희곡의 인물들*Characters of Shakespeare's Play*』, 1921

해럴드 클라크 고다드(Harold Clarke Goddard), 『셰익스피어의 의미*The Meaning of Shakespeare*』, University of Chicago Press, 1951

A.D.누탈(A. D. Nuttall), 『새로운 미메시스*A New Mimesis : Shakespeare and the Representation of Reality*』, Methuen, 1983

제인 앤 필립스

제인 앤 필립스, 『검은 티켓*Black Tickets*』, Delacorte Press/S. Lawrence, 1979

____, 『머신 드림*Machine Dreams*』, Dutton/S. Lawrence, 1984

____, 『쉼터*Shelter*』, Houghton Mifflin/Seymour Lawrence, 1994

____, 『추월 차선*Fast Lanes*』, Dutton/Seymour Lawrence, 1987

제임스 디키(James Dickey), 『석방*Deliverance*』, Houghton Mifflin, 1970

윌리엄 포크너, 『소리와 분노*The Sound and the Fury*』, 공진호 옮김, 문학동네, 2013

카를로스 푸엔테스

카를로스 푸엔테스, 『늙은 외국인*The Old Gringo*』, Farrar Straus Giroux, 1985

____, 『테라 노스트라*Terra Nostra*』, Editorial Joaqíun Mortiz, S.A., 1975

____, 『파묻힌 거울*The Buried Mirror*』, Houghton Mifflin Company, 1992

____, 『다이아나 : 홀로 사냥하는 여인*Diana : The Goddess Who Hunts Alone*』, Farrar, Straus and Giroux, 1995

____, 『멕시코의 새 시대*A New Time for Mexico*』, Farrar, Straus and Giroux, 1996

____, 『캠페인*The Campaign*』, Farrar, Straus, Giroux, 1991

____, 『공기가 청명한 지역*Where the Air is Clear*』, Ivan Obolensky, Inc., 1960

_____, 『아르테미오 크루스의 최후』*The Death of Artemio Cruz*, Farrar, Straus and Giroux, 1964

_____, 『피부의 변화』*A Change of Skin*, Farrar, Straus & Giroux, 1968

니콜 브로사르

니콜 브로사르, 『담자색 사막』*Le Desert mauve*, Coach House Press, 1990

_____, 『씁쓸함과 붕괴된 장』*L'amèr : ou, Le chapitre effrité*, Nouvelles Messageries internationales du livre, 1977

_____, 『공중 편지』*La lettre aérienne*, Editions du Remue-ménage, 1988

_____, 『새벽의 바로크』*Baroque d'aube*, Hexagone, 1995

_____, 『메아리는 아름답게 움직인다』*L'écho bouge beau*, Estérel, 1968

_____, 『로버스』*Lovhers*, Guernica, 1987

_____, 『사진 이론』*Picture Theory*, Roof Books, 1990

_____, 『공상의 역학』*Daydream Mechanics*, Coach House Press, 1980

_____, 『프렌치 키스』*French Kiss, or, A Pang's progress*, Coach House Press, 1986

_____, 『하얀 중심』*Le centre blanc*, Éditions de l'Hexagone, 1978

시몬 드 보부아르, 『제2의 성』*Le deuxième sexe*, 조홍식 옮김, 을유문화사, 1993

필리스 체슬러, 『여성과 광기』*Women and Madness*, 임옥희 옮김, 여성신문사, 2000

버지니아 울프, 『3기니』*Three Guineas*, 태혜숙 옮김, 이후, 2007

슐라미스 파이어스톤, 『성의 변증법』*The Dialectic of Sex*, 김민예숙, 유숙열 옮김, 꾸리에, 2016

케이트 밀레트, 『성정치학』*Sexual Politics*, 김전유경 옮김, 이후, 2009

마틴 에이미스

마틴 에이미스, 『런던 필즈』*London Fields*, 허진 옮김, 열린책들, 2012

_____, 『어리석은 지옥』*The Moronic Inferno*, Viking, 1987

_____, 『돈, 혹은 한 남자의 자살 노트』*Money*, 김현우 옮김, 민음사, 2010

_____, 『다른 사람들』*Other People : A Mystery Story*, Cape, 1981

_____, 『성공』*Success*, Harmony Books, 1987

_____,『죽은 아기들』*Dead Babies*, Knopf, 1976

_____,『레이첼 페이퍼』*The Rachel Papers*, Knopf, 1974

_____,『시간의 화살』*Time's Arrow*, Harmony Books, 1991

_____,『정보』*The Information*, Harmony Books, 1995

_____,『아인슈타인의 괴물』*Einstein's Monsters*, Harmony Books, 1987

_____,「핵 도시」"Nuclear City", *Visiting Mrs. Nabokov and Other Excursions*, Harmony Books, 1994

_____,「전직」"Career Move", *Heavy Water and Other Stories*, Harmony Books, 1999

로버트 제이 리프톤(Robert Jay Lifton),『나치 의사들』*The Nazi Doctors : Medical Killing and the Psychology of Genocide*, Basic Books, 1986

노스럽 프라이,『비평의 해부』*The Anatomy of Criticism*, 임철규 옮김, 한길사, 2000

솔 벨로,『허조그』*Herzog*, 이태동 옮김, 펭귄클래식코리아, 2011

자메이카 킨케이드

자메이카 킨케이드,『애니 존』*Annie John*, Farrar, Straus, Giroux, 1985

_____,『루시』*Lucy*, Farrar Straus Giroux, 1990

_____,『내 어머니의 자서전』*The Autobiography of My Mother*, Farrar, Straus, Giroux, 1996

존 버거

존 버거,『다른 방식으로 보기』*Ways of Seeing*, 최민 옮김, 열화당, 2012

_____,「고뇌의 사진」,『사진과 텍스트』, 김우룡 엮음, 눈빛, 2006 [『본다는 것의 의미』"Photographs of Agony", *About Looking*, 박범수 옮김, 동문선, 2000])

_____,『G』, 김현우 옮김, 열화당, 2008

_____,『그들의 노동에 함께 하였느니라』*Into Their Labours*, 설순봉 옮김, 민음사, 1994

_____,『결혼을 향하여』*To the Wedding*, 이윤기 옮김, 해냄, 1999

_____,『우리 시대의 화가』*A Painter of Our Time*, 강수정 옮김, 열화당, 2005

_____,『한때 유로파에서』*Once in Europa*, Pantheon Books, 1987

작가라는 사람 2 : 현재 세계에서 가장 뛰어난 작가 22인의 목소리 그리고 이야기

지은이 엘리너 와크텔 | 옮긴이 허진 | 펴낸이 유재건 | 펴낸곳 엑스플렉스(X-PLEX)

등록번호 105-91-96264호 | 주소 서울시 마포구 와우산로 180 (4층 402호)

대표전화 02-334-1412 | 팩스 02-334-1413

초판 1쇄 인쇄 2017년 3월 20일 | 초판 1쇄 발행 2017년 3월 27일

xbooks는 엑스플렉스의 출판브랜드입니다. 이 도서의 국립중앙도서관 출판예정도서목록
(CIP)은 서지정보유통지원시스템 홈페이지(http://seoji.nl.go.kr)와 국가자료공동목
록시스템(http://www.nl.go.kr/kolisnet)에서 이용하실 수 있습니다. (CIP제어번호:
CIP2017006109)

ISBN 979-11-86846-16-2 04800

ISBN 979-11-86846-14-8 (세트)

※ 이 책은 한국출판문화산업진흥원의 출판콘텐츠 창작자금을 지원받아 제작되었습니다.